说英雄·谁是英雄 天下有敌

◎著 温瑞安

作家出版社

第贰卷

目录·第贰卷

第二篇 这人的命

〇〇三·【第六章】天生杀人狂

【第贰篇】这人的命

二六九·第三十七回 救世鱼
二七五·第三十八回 鱼鱼鱼鱼鱼鱼
二八一·第三十九回 为鱼辛苦为鱼忙
二八六·第四十回 斯文鱼
二九一·第四十一回 移移移移移移
三〇三·第四十二回 太阳在手
三一〇·第四十三回 说时迟，那时快
三一六·第四十四回 阴湿的男人
三二二·第四十五回 腰斩
三三〇·第四十六回 断了气
三三八·第四十七回 刀凤凤刀刀凤如刀
三四五·第四十八回 茶杯杯茶茶杯有茶
三五二·第四十九回 执行大行动

第陆章

天生杀人狂

○○四・第一回　紧张与和平
○一一・第二回　不对路的对劲
○一八・第三回　不对劲但对路
○二六・第四回　灰色顽童
○三七・第五回　白发的赌注
○五○・第六回　好汉首敌
○六○・第七回　凄凉好梦
○七四・第八回　死人堆里的活人
○八五・第九回　活人家里的死人
○九五・第十回　攻其无鼻
一○五・第十一回　非法行动
一一四・第十二回　非违法活动
一二一・第十三回　大姐大
一二七・第十四回　小女子
一三四・第十五回　无齿之徒
一四一・第十六回　买鱼送刀
一四七・第十七回　买刀送鱼
一五三・第十八回　人善被鱼欺
一五三・第十九回　人不如鱼
一六○・第二十回　鱼的哲学
一六七・第二十一回　鱼之余
一七二・第二十二回　傻鱼
一七七・第二十三回　失魂鱼
一八三・第二十四回　落雨，落鱼
一九三・第二十五回　凄凉的鱼
一九九・第二十六回　摸鱼
二○四・第二十七回　流鼻血的鱼
二一一・第二十八回　捉鱼
二一七・第二十九回　好鱼
二二三・第三十回　电、火、光、石
二三○・第三十一回　石！火！光！电！
二三七・第三十二回　快活鱼
二四三・第三十三回　杀人飞鱼
二四九・第三十四回　当心儿童
二五六・第三十五回　琵琶鱼
二六三・第三十六回　没有掌纹的人

第壹回 紧张与和平

　　特别深刻的原因,是因为他们长得非常漂亮、可爱、逗人喜欢。

　　乌溜溜的眼睛,红彤彤的唇瓣,华美的衣饰,加上深深甜甜的酒涡,笑起来的时候简直要令人心花怒放,还普天同庆,让人看了一眼,就因为喜欢而留下深刻印象。

这是雷纯的推论：

她认为无情这一记暗器是别有用心的。

他已向"六分半堂"作出了警告：

一、他已明白了"六分半堂"伺伏一旁，图"渔人得利"之意。

二、他这一刀摆明了他所代表的刑部，仍控制住京师的治安，谁要是触犯了律法，他仍有制裁他们的力量。

三、他也向她发出了只有雷纯才明白的"暗示"：她要救天下第七的"真正用意"，他已猜估掌握到了。

所以，他这一刀，借自捕快老乌，却表达了极大的警示：

让她不要轻举妄动。

——也不许她有异动。

可是，如果雷纯真有密谋，会因为他这一刀而打消么？

不管雷纯是什么反应，林哥哥当然看不出来，但雷纯却看得出来：事情还没完。

林哥哥果然还有话要说。

"后来事情是不是还有变化？"

雷纯这么一问，林哥哥立即心悦诚服了。

事情到后来真的有变化。

而且变化极大。

林哥哥因为那一记匕首而惊魂未定，瑟缩在藤店里一动也不敢动，反而看到了"下文"：

下文是在无情领队走后：他一走，老乌自然也跟着走了，他手下的八名衙差，有六名跟着离去，只剩下了两人，留着监察天

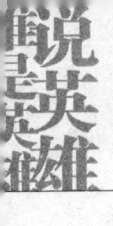

下第七的骸首。

——收尸,那是件作的事,并且要衙门里特派的验尸"行尊"来检核后,才能搬动现场事物,包括尸首。

这是规矩,也是办案、验尸的法定程序。俟仵作及衙门派来的侦察衙差把现场作记录后,再经办案主簿综合总结,然后才向主事刑吏作呈报,才能判定案子的性质,和决定是否追究、侦办的方法。

仍匿伏在藤具店为无情那一刀所慑的林哥哥,一时仍举棋不定,匿伏不出,却看见温和人自无情轿子步出,与温文人、温壬平、温子平、温渡人、温袭人等在街头叙议一阵,然后两人一道,各在蓝衫大街、黑衣染坊及绿巾衖等地消失了。

黄裤大道上守着天下第七染血尸首的,就只剩下两名衙差。

这两名衙差,都是六扇门中的硬手,也是老乌的兄弟,且是京师里最有名的"师爷"门下两名子弟,一个名叫"沙尘",也不知他原来是否真的姓"沙",另一个人皆称之为"灰耳"。"灰耳"看去有点憨直直的,人却很沉着。"沙尘"十分高傲,但为人也真的警省得很。

这两人守在街头,就站在尸首旁边,都知道这是大案,不敢轻离职守,要等到仵作及侦查人员来了再说。

另外,街上探头出来察看,甚至走过来围观的人已渐增多。"灰耳"和"沙尘"也忙着维持秩序,着大家不要恐慌——

要知道像京师这样的繁华大都,一旦有什么流言传了开去引起骚动,那造成的破坏和伤害是无以控制,也无法收拾的,所以,沙尘和灰耳都十分小心。

就在这纷纷攘攘之际,林哥哥忽然发现:有两个人,又挤在人群中，折了回来。

他们本不该在这时候出现的。

应该说，他们应该是一早已离开了的。

这两个人，夹在人群中，很容易就让人忽略——可是一旦注视他们的样子，印象又会特别深刻。

特别深刻的原因，是他们长得非常漂亮、可爱、逗人喜欢。

乌溜溜的眼睛，红彤彤的唇瓢，华美的衣饰，加上深深甜甜的酒窝，笑起来的时候简直要令人心花怒放，还普天同庆，让人看了一眼，就因为喜欢而留下深刻印象。

不过，一般人却忽略他们的原因，是他们不是大人。

他们只是孩子。

他们就像一对"金童玉女"。

他们是温渡人和温袭人。

他们为什么要再回来？林哥哥这一方面的人，也难以推测其理由。也许是因为他们童心未泯，或许是因为他们好胜心强，抑或是他们发现了什么疑点，还是他们只是为了泄一泄愤，因为他们开始时发出的暗器毒物未能取天下第七的性命，所以他们说什么都要打他一下，毒他一次，且不管对方已失去了生命或否……

总之，温渡人和温袭人二人，又混入人群中，并逐渐迫近天下第七的尸首，两人还递了一个眼色，趁灰耳和沙尘一个不备之际——

温渡人忽然低着头，冲出了人群中，还好像一个跟跄——

沙尘急忙赶了过来，扶住了他，叱道："兀那小儿，快回去，

胡闹个啥——"

话未说完,温袭人已一个闪身,到了天下第七尸首旁,手里碧光一现,多了把湛碧的小刀,快刀锋利,一刀就向天下第七脖子剁了下去!

也许,她是要剁下天下第七的头颅,好向"老字号"交代,或许,他们还是要取天下第七的人头,来慰同门温随亨、许天衣的在天之灵……

不过,变化却出人意料。

她一刀剁下,却惊呼了一声,地上灰影一长,一人精光暴现,一闪而没,飞身猛起,却在起伏间又仆落街头。

人群纷纷惊慌走避,灰耳马上赶了过去,挥拳,却打了个空,他连忙扶住一人,却是温袭人,她已脸色惨白,浑身无力,嘴唇、胸臆间都大量地冒出血水。

温渡人也惊叱一声,与沙尘同时包抄赶了过去,只见一出手就把温袭人重创的人,竟然就是天下第七!

天下第七不是已经死了吗?

他刚才还明明躺在地上,一动也不能动的,就算是一只飞过的乌蝇还是一头路过的老狗,都嗅出他已丧失了性命。

众人甚至因为他已丧失了性命,而相继离去。

刚刚还很紧张的气氛,亦因他的死而平和下来。

战火已止。

战斗已休。

没料到就在温袭人倒回来要割下他头颅的一刹,他猝然扑起,打倒了她。

可是他自己也倒下了。

温渡人怒喝，他手上有一把金色的三角形的兵器，立即递了过去！

他要为温袭人报仇！

他要这人的命！

然而这个人却像有九条命的！

场外突然探出了两个人。

一个较高，一个较矮。

较高的不算高，较矮的却明显有点矮，好像都没有完全发育。

两人都蒙面。

一个是用米铺那种厚纸袋，把头套着，只在上面挖了两个洞，以便视物。

另一个则用一块绸遮着脸，在后脑随便打了一个结。

是以，两人都只突然现身，没有亮相。

但都同时露了一手。

高的一出现，就一扬手。

七八种暗器呼啸而至。

暗器打向温袭人。

温渡人立即撤掉一切攻势，一手夺过灰耳手上的温袭人，一边以"金三角"招架，一边飞退丈余。

沙尘和灰耳叱喝追截，那较矮小的蒙面客忽然踢了一脚。

遥踢。

这时，这身材较矮小的蒙面客，相距两名差役，至少有十一二尺之遥。

饶是这两名公差见过世面，打过不少硬仗，也不禁一呆：

难道"劈空掌"（听说能隔空发掌劲伤人）之外，还有"劈空脚"不成？

第贰回 不对路的对劲

天下第七又走了!

——这人的命,像不死之鸟,又像本来就是一具冤魂,已经大死过了他不在乎多死几次一般!

非也。

看来,这趟"突袭"的人,还未到这把火候,要真的练成"隔空发掌,伤人肺腑"的"劈空掌"法,少说也要有二十年苦练,更何况是"以脚代掌"?

可是这一脚的杀伤力,只怕比"劈空脚"更巨。

难度也更高。

因为他的脚一伸,脚劲没发出,暗器却发了出来。

也是六七种暗器。

沙尘大惊。

灰耳变色。

两人急退、挡架。

两人都不知道自己是怎么接下这些暗器的——真要命,谁也没料到那一脚居然会发出暗器,他们两人正全力腾身过来,几乎等同舍身喂暗器了!

他们也不知道自己是怎么避过这些暗器的!

但避过了。

终于还是避过了。

没死。

未伤。

却惊出了一额的汗。

冷汗透背。

惊魂未定。

却在这时,一高一矮两名蒙面人,已一前一后地"抬"走了天下第七!

——本来已明明死了的天下第七!

又在冒汗。

灰耳搔耳，沙尘觉得有沙子进入了眼里：他们不知道如何向老乌交代、向无情交代、向刑部交差！

天下第七又走了！

——这人的命，像不死之鸟，又像本来就是一具冤魂，已经大死过了，他不在乎多死几次一般！

"这人的命，的确不容易要。"事后，温氏"天残地缺"在救治温袭人的时候，也作出了这样的分析、评价，"他居然还没死，连我们都看走了眼。"

"不过，他纵不死亦已重伤，"这是温子平的看法，"不然，他这一击，袭人必死无疑。"

"在这种情形下，他仍只伤不死，"温壬平的说法是，"无情果然是个阴险的人。"

他的话前一句跟后一句似完全不相干，但谁都知道温壬平是一个说话极有分量的人。

他绝不说废话。

他这样说，必有深意。

所以"天涯海角"一个皱起了眉，一个托起了腮，在寻思。

"你是说，无情故意留天下第七一条命？"

"是的。"

"他为什么要这样做？"

"不知道。可能他要收买人心。"

"收买天下第七这种兽性的人物，他不怕这种人有一日会反噬

吗？何况无情也真的至少是重创了他。"

"也许是诸葛先生授意这样做。诸葛小花旗下，需要像天下第七那样的杀手，专做四大名捕不便做的事。"

"可是，天下第七已成为蔡京手下倚重的杀手，他会转投诸葛麾下么？"

"也许他们一直都只是在做戏，"温壬平冷笑道，"可不是吗？无情让人相信了他阻拦我们取天下第七之命，是为了我们好，且要亲自取他性命，结果，他还是放了他，饶了他——如果不是袭人、渡人偷偷溜回去要取天下第七的首级，我们一定不敢置信，明明已死了的天下第七怎会复活！"

他回目巡扫了着了天下第七一记"势剑"而瘫倒在床上的温袭人。

她以为一刀必能切下天下第七的头颅，没料到才一趋近，反而送上去应了天下第七一击。

这就是"势剑"。

——就其势而施剑。

温袭人反应机敏，倒翻得快，但犹似吞服了一颗太阳。

一粒滚滚烫烫、火火辣辣的太阳。

现在那"太阳"好像蛋黄似的还粘在她的腹腔里，在那儿烫着她，折磨着她，煎熬摧残着她。

幸好那时天下第七力已衰，人已伤重，所以，他发出来的势剑，才不算是"千个太阳在手里"。

千个太阳？那是谁也吃不消的事。

温和人和温文人都不说话了。

两人感觉近似，但又很不同。

温和人觉得愤懑，他觉得自己受无情欺骗。

温文人毕竟跟无情决战过，虽然他本来不想跟此人交手，但温壬平直接收到"老字号"总部之命：尽可能手刃天下第七，并试一试四大名捕是敌是友，有多少斤两？

他出过手，没讨好，但已尽力，但是他也有受骗的感觉。

他还有另一种感触。

不寒而栗：

原来无情是如此奸诈的。

——难怪四大名捕不但能在风诡云谲的江湖上享誉，且还能在政治斗争壁垒分明的京城里稳如泰山了！

他觉得是受传言所骗。

传说里的四大名捕，都是为天下百姓求公道的侠义人物。

现在看来，只有四个字：奸狡可怕。

温子平却有些不一样的看法："无论怎么说，无情似乎都没有必要救天下第七。他饶他不杀还救走了他，宛似撒了把钉子在他正要吃的饭里。这不对路。"

温壬平仍坚持所见："虽看来不大对路，但却对劲——这正好是四大名捕和诸葛小花一向来好放烟雾、莫测高深的手法。"

"会不会是……"

温子平在寻思。

"怎么？"温壬平有些揶揄地问。他一向认为长一岁经验就多一分，温子平再智能天纵，也比不上他这年岁较长、见识较多的兄长。对这点，他很自恃。如果他成就不如其弟，只是因为运气不如，不是因为才能。

好像也因为看透了这点，温子平才没有把话说下去，反而问：

"袭人的伤会不会恶化？"

温壬平没料问题会转到伤者身上来了。

他怔了怔，才说："天下第七那一招看似本来要打在她脸上的，但袭人反应快，急仰身而退，眼看这一记是应该落在袭人胸际的，也不知为何，天下第七却临时改了方位，印在她小腹间……"

说到这里，温壬平白眉耸动，脸有忧色："看来，她的伤好像不怎么严重，却有些不对路——"

温渡人担心得快哭出来了："不对路？袭人会不会复元？"

温壬平捋了捋须脚："别怕。她的伤仍对劲，只不过，担心有些后遗症……"

温子平问："例如？"

温壬平忽然显得有些烦躁，起身负手，看窗外。

窗外有树。

树上有一只猴子。

那是一只他豢养的金丝猴，正在跟他做鬼脸。

"就算她好了，也有可能以笑作泣，以哭作笑。她可能会以种百合花的方式去喂鸟，用饲鸟的方法去养牛。"

他这些话，大家都不了解。在床上躺着的温袭人也没有丧失听觉，只不过，她现在也没心去分辨温壬平这番话的吊诡意义，因为，她腹中、身上乃至心中，都泛起了一种奇特的感觉：

核突、恶心、龌龊……似给人在蹂躏一般的感觉。

又像有什么不道德的事物正在悄悄地滋生着……

温渡人在担心中垂泪。

温文人冷哼了一声："我一定去找天下第七。"

温壬平眯着一双风霜的眼:"你现在找他可不容易,但却是最好对付和解决他的时候。"

温文人恨恨地道:"我一定要杀了他,为袭人报仇!"

温和人却也狠狠地道:"我要找无情。"

温壬平嘿声道:"因为他骗了你?"

温和人抓紧了拳头:"所以我要报仇。"

他气愤地大声道:"我要他知道'老字号'温家的人,都是不好惹的!"

听到这句话,外面那只金丝猴,忽然攀到了窗边,惊呼了起来。

它的视线就落在榻上温袭人那儿。

看它的表情,一点也不像在看它的其中之一个主人,而是看到什么狮子、老虎一般惊恐不已。

大家都不明这头通常极有灵性的猴子,今儿怎似发了瘟。

温壬平仍负手,看向窗外。

窗外已黄昏。

他那样的眼神,仿佛夕晖晚霞间有一群美丽的女奴,正在那儿放牧一般。

温子平则脸有忧色。

忧得就像夕暮那么沉,那么郁。

第叁回 不对劲 但对路

她背着光站,所以,本来看来相当保守矜持的服饰,衣衫和柔肤间的空隙黏紧,全给映照得一清二楚,玲珑浮凸。她站在那儿,每一寸肌肤都诉说着她波浪般的柔、乐曲般的美。

在温壬平、温子平对天下第七"死而复苏"一事作出评价及救治温袭人之际,雷纯也听罢了林哥哥的转述。

她听得很仔细,让说话的人很受注重。

听完了她才发问,她问得也很仔细:

"你是说:天下第七死而复生,起来打倒了要砍他头颅的温袭人,然后才又倒了下去?"

林哥哥答:"是。"

雷纯又细心地问:"后来又有两个蒙面人把他救走?"

"是的。"

"你们有没有跟踪下去?"

"当时,我们分两派意见,一派是跟下去,一派是暂时罢手,先向小姐禀告,再作定夺。"林哥哥小心翼翼地回答,"我们事前接到的命令是:在最好不要太大及太直接的冲突下,尽量带天下第七回来。在'老字号'出手后,我们动手,冲突必巨,我们只好袖手。无情插手后,我们再劫囚,只怕也力有未逮。而今,又有神秘人救走了天下第七,只怕局面越来越复杂。雷同、雷雷、雷有、雷如几位侠兄都主张暂时收手。"

雷雷在一旁插口道:"我们怕追查下去,会惹祸上身,尾大不掉。"

雷同道:"况且,天下第七跟我们'六分半堂'、霹雳堂的人,也委实算不上有啥交情。他那种人不救也罢。"

雷如则说:"如果我们从中插手,就算救得了天下第七,可能也与老字号和六扇门、四大名捕的人结怨,那就得不偿失了。"

雷有也道:"何况,无情早就知道我们窝在那儿,已提出警示,这事若缠上了身,就太不值得了。"

看来,"如、有、雷、同"四杰,都对天下第七为人很不以为然,觉得不应该为他冒险犯难。

雷纯笑了。

她不笑的时候,眼神亮亮的;笑的时候,眼波柔柔的;但无论她笑或不笑,都会让人珍贵,让人爱惜,让人珍惜不已,爱护备至,乃至万千宠爱集一身。

女人见了她,会觉得她才是真正的女人;男人见到她,则会派生出许多情愫来。

作为京师一大帮会的总堂主,她一点也没有架子,更没有杀气,甚至连独当一面的威势也没有——但你又会觉得她独当岂止一面!

——独当七八面还真小觑了她!

雷纯还在笑,但一向气态波潆的"如有雷同",不知怎的,心头都有点儿凉飕飕的。

雷纯笑得眼尾勾勾的,勾魂似的眼波向四人面上逐一扫过,笑着问:

"你们都认为我不该发兵去救天下第七是吧?"

"是!"

这轰的一声似的回答的不是雷有、雷雷、雷如或雷同,也不是林哥哥,而是雷雨。

他夸剌剌似的道:"天下第七这种人,根本不值得一救。"

雷纯报以欣赏的眼光。

当她欣赏对方的时候,无论对方再傻、再疏忽、再不解温柔,都会感受得出来,她对自己的欣赏之意、看重之情——这点是有些奇怪,有些人,不必说一句话,用不着做任何动作,便能使对方充分地了解到这一点。

雷纯显然就是这种女子。

相比之下，反而开口表态、出声夸赞都为之比了下去。

"那你又为何追索下去？"

她只这么问。

柔柔的。

"因为这是你的命令，"雷雨大剌剌地道，"尽管我不同意，但我还是尽量执行。"

雷纯又看了他一眼。

这次她要表达的是感谢。

——她要表示的，一向都会很成功地表达出来，而且连一句话、一个字都不必说，对方也一定会感受、体悟、领略到的。

雷雨舐了舐干唇。他的脸满是胡楂子，脸肤就像是干旱了七年的沙漠一般粗糙。奇怪的是，他的胡子从来都不能长长，别人都以为他刮了胡子后再长出来的须脚，其实不然，他一向都只长到胡楂子，然后新陈代谢，纷纷掉落，但很快又长满整个络腮的胡碴儿。

他的声音也像沙漠。

——久旱逢甘雨的沙漠。

尽管下的不是雨，而是沙子，或是石头。

——他的心，只怕也是荒芜如沙漠吧？

"我是主张追蹑的。我一路跟下去，见那两个家伙，背着天下第七走，一直走入了紫旗磨坊一带，然后就消失在'名利圈'。"

雷纯皱了皱秀眉："名利圈？"

她连皱眉的时候都很好看，还让人看了有点心痛。

代她而疼。

谁都知道,京城的"名利圈"就在紫旗磨坊之西南侧。那儿是一个"半公家"的"机关"。那地方同样供应酒水、小菜,可以让人歇息、驻脚。不过,以前却有一个特色:"名利圈"多是城里的差役、捕快、禁军、衙吏聚脚之处,别的客人也有不少。久而久之,公差愈多,在此处打尖、歇脚、交换情报,乃至押解囚犯、传播信息、巡察更替,也在圈内进行。

一般人倒是少来这种所在。

"是的。"雷雨摊了摊手,"到了这地方,我就不方便进去了。"

"所以你就回来了。"

"但我不是无所获。"

雷纯又笑了。

她的笑很容易让男人觉得自己是男子汉,而让女人觉得自己不够女人味。

"雷大雨大一出手,阎王不死算命大——岂有雷杀人王白手空回的事儿!"

雷雨像雷雨一般地干笑了两声,道:"我至少得悉了两件事。"

"一、在路上,那两个蒙面小子再次出手封了天下第七的穴道。这件事显示出:他们未必是同路人,而且天下第七功力和作战能力定必未能复元。"

雷纯马上表示同意:"他的战斗力只要恢复一半,这两人休想碰他一根汗毛。"

雷雨是以说得更自信:"二、这两个劫走天下第七的人,定必跟京师路的差役、军吏很有关系,否则,他们这样押着一个要犯,岂可如此明目张胆地进入'名利圈'!"

雷纯叹了一口气，悠悠地道："他们当然可以随便出入'名利圈'了。"

这次到雷雨忍不住问："为什么？"

雷纯道："跟在四大名捕之首身边亲信，连'名利圈'都不能出入自如，那无情在六扇门的地位可是白搭了。"

雷雨诧然："你是说——"

林哥哥已沉不住气，代他问了下去："你说劫囚的是无情的三剑一刀童？"

雷纯嫣然一笑："不是他们，还会是谁？"

她娓娓地道："第一，他们使的是暗器。第二，他们的个子外形吻合。第三，只有他们最清楚天下第七其实未死。第四，他们没对黄裤大道的两名差役下毒手，亦不敢跟老字号正面对抗。第五，他们是名捕亲信，自然可以出入'名利圈'而无碍。"

林哥哥倒舒了一口气，仍有点不敢置信："……他们……为何要这样做？"

雷纯柔柔地道："无情做事深沉厉辣，他处事的方法，不易揣测，只不过……"

雷雨问："只不过什么？"

雷纯悠悠地道："聪明人有时也会做傻事。"

雷雨道："你认为是无情故意不杀天下第七，而不是天下第七装死逃过一劫？"

雷纯幽幽地道："本来此案还有讨论余地，但而今既然剑童出手救走天下第七，就不必再置喙了——当然是无情留了一手。"

雷雨又问："你觉得无情对天下第七没下杀手反而救走，是件傻事？"

雷纯只淡淡一笑:"天下第七生性阴霾、坚韧,也不可小觑。"

她顿了一顿,又道:"这件事看来不太对劲,其实发展却很对路——我看无情和天下第七的恩怨还没了,老字号照样会在京城跟蜀中唐门及我霹雳堂的人争锋。"

然后她问:"你跟到'名利圈'便回来了?"

雷雨有点愤慨:"他们进去后一直没出来,那儿我进不去。"

雷纯道:"可是文随汉却进去了?"

雷雨不甘地道:"他好歹也在吏部挂了个名额,天下第七又是他的胞兄,对这种事,他自然不会轻易收手了。"

雷纯笑了一笑。

她这次笑得很奇怪:好像在看一个茧快化成蝶之际,忽然变成了一只蜗牛似的。

"他那种人,"她笑意盈盈地说,"自然不会随便放弃的。"

"迄今他还没回来,"林哥哥倒为文随汉担心起来,"会不会出了意外?"

"我倒担心另一人。"

雷纯有点愁眉不展。

"谁?"

雷雨即问,大有摩拳擦掌为她摆平一切烦忧之决心。

"你师兄,雷逾。"雷纯回答,"我着他去接一个很重要的人,却到如今尚无消息。"

"很重要的人?"雷雨有点迷惑,"谁?有多重要?"

雷纯笑而答:"当然重要。有他来了,只怕京城里整个权力结构,都得要重新划分才行。"

她说话的时候,发现雷雨这个人,整个人的衣衫和头发,好像是浸湿透了一般,然而却绝对不是盛夏之故,因为他脸上是干而糙的、粗而旱的,连一滴汗水也无!

她在观察他的时候,他也在打量她。

他用的是一种贪婪的眼神,狂吞暴食。

她背着光站,所以,本来看来相当保守矜持的服饰,衣衫和柔肤间的空隙黏紧,全给映照得一清二楚,玲珑浮凸。她站在那儿,每一寸肌肤都诉说着她波浪般的柔、乐曲般的美。

雷雨真想用手去触摸它。

揸压它。

但他没有这样做。

他想。

但他不敢。

他只敢重重咽下了一口唾液。

唾液好苦。

裤头里好热!

——好难受!

第肆回 灰色顽童

　　他欣赏他们的同时，也重温自己一颗仍保留了童真的心。

　　在别人面前，这一点赤子之心，他可一点也不能流露：一旦让人知晓，形同将自己弱点示之予人，别人就会择己之破绽进袭，把自身置于极端危险之地。

劫走天下第七的真的是剑童陈日月和叶告。

他们受命，回到人丛，正想制造混乱劫囚，不料却发生了温袭人要砍天下第七的人头这一事件。

结果，连他们也感到意外的是：天下第七居然还有反抗之力，把要杀他的温袭人击伤。

不过，他也余力已尽，萎然倒地不起。

这使得铁剑叶告、铜剑陈日月大为省事，却也添了麻烦。

省事的是：可以不必费力气来制伏天下第七。

麻烦的是：他们可要对付已经给惊动了的温渡人和差役沙尘、灰耳。

因为他们猝起发难，所以还算应付得过来。

他们也不忘先封住了天下第七的穴道，这时这天生杀人狂已完全失去抵抗之力，当真是任由宰割。

其实无情也不完全肯定天下第七死了没有。

他也认为有四种可能性。

一、真的即死。

二、未死将死。

三、伤重，最后难逃一死。

四、伤重不死。

他以为第四个可能机会最大。

因为他发出那一记口中暗器，江湖中戏称为"吐艳"，他已留了余地。

——不错，暗器是打入天下第七右目之中，可是，除了打瞎了他的眼睛之外，无情暗器的取位，并没有对敌人脑部的重要血脉、神经造成重要的伤害。

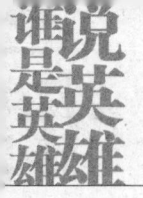

那时，他也不得不出这一记杀着。

可是他也无意要杀此人。

因为对方实在太凶悍、顽劣，也怙恶不悛，他唯一的方法，是用撒手锏将之放倒再说。

之后，他离开了现场黄裤大道。

他知道他这一走，大家都会真的散去，反而方便他暗里着人来"处理"天下第七。

所以他走了不远，便悄悄地召"三剑一刀童"围拢密议。

"谁去料理天下第七？"

三剑童愕然。

"他不是已经死了吗？"

只一刀童一点也不奇怪："若公子真的要杀天下第七，早便不用做那么多的把戏，让老字号的人把他毒死算了。"

银剑何梵不以为然："公子是要给天下第七一个公平的机会，现在既已出手护他，他还是恩将仇报，公子下手，自不容情。"

两人各执一词，互相顶撞了几句。无情却道："我杀了他的父亲，理应让他有个报仇的机会。这次他动手暗算在先，想必以为我押他回牢，公报私仇，将他斩草除根，故而拼死一搏。我不想让他小觑，只要他能活，我仍给他一个替父报仇的机会。"

说到这里，他目中发出森寒的利芒来："只不过，下一次，他再失手，我可不会再给他作恶的余地了。"

"好极了。"银河小神剑何梵兴奋地道，"让我去把他偷偷地押回来。"

"你去？"风云一刀童白可儿讥诮地道："文雪岸又奸又诈。你又实又钝，不怕给他一旦喘定反制，败部复活，反而牵累了公子的大计！"

银河剑何梵马上抗声道："你自以为又醒目又省亮，我看只不过是聪明反给聪明误。我做事踏实，公子让我去！"

风云刀白可儿当然不遑多让："此事看来容易，却难在骨子里。要天下第七活，又不能让他作恶，这种微妙事儿，你办不来，我可一向胜任，公子是素知的。"

银河剑何梵道："他就算不死，已负重伤，有什么好怕的。你争着去，只不过因为当年你在'感情用事帮'白家的一位任掌刑的亲人死于天下第七之手，你想要报仇、泄愤罢了。公子，我去便得！"

风云刀白可儿可恼火了："你这是暗里损我怀私报怨不成！我若要报义姊白凤玩之仇，刚才早加他一刀了，还等到而今！去你的少烦人厌，没想到你人笃实心却小器！公子明察秋毫，我去最好！"

无情觉得有点好笑，但脸容还是冷峻的。

在他心中，他们永远是小孩子，尽管他们常扮懂事、装大人，甚至充老江湖。

他欣赏他们，因为只有跟他们在一起，才不用尔虞我诈，钩心斗角。

他欣赏他们的同时，也重温自己一颗仍保留了童真的心。

在别人面前，这一点赤子之心，他可一点也不能流露：一旦让人知晓，形同将自己的弱点示之予人，别人就会择己知破绽进袭，把自身置于极端危险之地。

这种情形，无情遭受过，且已经历过无数次。

而今，他已善于隐藏。

有时，还不惜自欺欺人：

他是那么狠心。

他确是那么冷的。

他的确是个六亲不认、心狠手辣的人。

他是无情。

无情是他。

因为他无情。

只有跟这三剑一刀童在一起的时候，才不必遮遮瞒瞒、躲躲藏藏，虚饰矫作，尽放一边，而无顾碍。

这时候，他自己也变成了个"孩童"，顽皮淘气爱闹事，只不过，他就算是个"孩子"，也只是个"灰色"的小童。

所谓"灰色"，是他的年岁毕竟不是小孩了，而且，过分早熟的智慧和太早沧桑的心情，让他生命里的"灰色"也过分及太早和太仓促地到来。

没办法。

——人可以喜怒不形于色，但心情却不能化装。

毕竟，他的确是无情。

——四大名捕之首：无情。

"你们两个都不适合去。"无情尽量让自己的态度不偏不倚，忍心去回绝本来兴致勃勃的何梵与白可儿，"何小二沉稳，另有重任，去接一个举足轻重的大人物，重临京师武林。白可儿机灵，我要派你去跟踪一个麻烦人物，十分重要，不可有失。"

然后他向陈日月和叶告道："此事由你们二人来办。"

阴山铁剑叶告和阴阳铜剑陈日月不争反得，不禁一怔。

无情道："阿三粗通医理，正好可治天下第七之伤。老四擅点穴手法，可制住天下第七之异动。"

　　他又吩咐道："我也不知天下第七死了没有。若他挨不住，就替他收尸算了。如他撑得住，则速送他到'名利圈'找'小鸟'高飞，让他给天下第七治理一下，准他死不了。予他七头十天，恢复七八，你们便可离去，与我会合，跟他约好决斗日期便是。若他伤重，延约二三年亦可，但中间万勿作恶，否则我必先索其命。如他不敢应战，那就消隐江湖，我且放他一马，只要他不落在我手里，我就看在他父亲面上，不主动追逮他。假若他改邪归正，为武林主持正义，我盛崖余也极愿意交这个朋友，助他一臂之力。这是他最后弃暗投明的机会。"

　　铁剑叶告知道自己已给指派这项任务之后，立即把注意力集中在要面对的事情上："名利圈……"

　　他集中精神的方式，显然是要把对方的重点一再重复：

　　"'小鸟'高飞……"

　　铜剑陈日月显然心思散漫，他大概是意料不到无情会派给他这个任务吧？抑或是他以为天下第七早已死去。

　　不过，他集中注意力的方式显然与铁剑叶告不一样。

　　他选择用发问。

　　他喜欢问。

　　不懂便问。

　　问才会知道。

　　"为什么要先去名利圈？"

　　"那儿多差役、吏人盘踞，老板孟将旅又是世叔好友，又是我们六扇门里的名宿，高飞也寄居那里，正好可阻止他人跟踪、干

扰、从中作梗。差吏聚脚之地，可杜绝明闯。"

"公子认为还会有人插手此事？"

"只要天下第七一日未死，老字号就非杀他而不甘心。'六分半堂'也要此人活命，要追查过去的一件悬案。蔡京派系，自然要夺回他。"

"老字号不是已经走了吗？"

无情微微叹了口气：

"本来是已走了，但他们这次出动的人里，有两个顽童……"

"顽童？"三剑一刀童都为之大感兴味，于是有问。

"那是温渡人与温袭人。"无情知道他们都起了好胜之心——小孩子毕竟是小孩子！

"他们两个也有小孩子气，一定不服气，尽管天下第七死了，他们也会回来斫他一刀。他们本是'七杀一窝蜂，不死必成疯'温随亭的徒弟。他们一击不成，兜转过来再施袭击，已非首回。去年，他们两人联手暗狙'呼龙社'主持人凤利兵的时候，就用了这一记'回马枪'。上月，这对'金童玉女'也攻击过'雨花城'，屡攻不入而退，俟城主'镇心掌、震山拳'汤告老以为太平无事，打开关迎客之际，这对顽童突又闪现，各打了汤告者汤城主一枚毒针，害得他现今仍在榻上卧病疗毒……"

——连这些事，无情也尽记心里，如数家珍。从个人过去的行为中去观察此人的性格、方式，那是极有用的资料，是以作出有备无患的推断。

"所以，"无情作了结论，"就算是老江湖如温子平、温壬平二人，不见得会回去再审视天下第七的生死——可是渡人、袭人却一定会回来，也势必回头。"

"此外，还留在天下第七'尸身'旁的是老衙差、牌头：灰耳和沙尘，两人都是硬手，也是硬骨头，要避他们，不要硬碰，也不要让他们受到伤害。"无情巨细无遗地嘱咐："所以，你们出手的时候，不要用趁手兵器，也不许露面。"

"还有，"说到这里，无情的语调沉凝，"天下第七此人殊不简单，他虽身负重伤，你们也万勿掉以轻心。一旦遇事，可放五色旗花火箭，或即通知孟将旅、进驻'名利圈'做内应的都头'下三滥'高手'九掌七拳七一腿'何车。另外，如替天下第七养伤，可自'名利圈'后门直去'汉唐家私铺'，那儿有'发梦二党'的弟兄们看顾照料。——只要发现天下第七有异举，你们制他不住，就不要强来，务必要先通知我。"

叶告马上就答："是。"

陈日月却问："有一点我仍不明白。"

无情道："你说。"

陈日月道："我怕。"

无情道："你怕？"

陈日月道："我怕说了公子会生气。"

无情道："你别用话诱我答应你什么。你这鬼灵精。你要问的，就算我生气，你也免不了有此一问，别拖拖拉拉，婆婆妈妈了。"

陈日月给看穿了心事，有点腼腆："我不明白为何要救助天下第七。"

无情道："那是我和他的私仇未了，我要予他一个公平机会。你们是局外人，这件事，如果你们认为做得不对，大可不必插手，我不怪你们。"

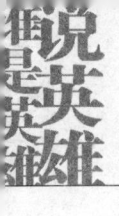

何梵在旁听了，忙不迭地说："这么好玩的事，怎能抽身袖手，不行不行。可惜我没得去。"

他故意激起铁剑叶告的兴趣来，可是叶铁剑依然木然，不置可否。

陈日月乌溜溜的眼珠一转，嗫嚅道："好像……除这个之外……还有别的原因吧？不知……"

无情一笑，啐道："你这人小鬼大的东西，不错，我救天下第七，的确还有别的图谋——"

说到这里，无情又神情凝肃了起来，反问，"你们真想知道？"

银剑何梵脱口而出："想！"

铁剑童子叶告只点头不迭，口中咿咿呀呀，表明他一早已明白猜估到了。

对此，白刀童有点忍无可忍。他成为无情亲信虽然不多时，但对叶告"滥竽充数"敷衍装懂的做事方法，很是不以为然。

"那你明白公子的用意了？"

白可儿直问。

"什……"叶告吓了一跳，"什么？！"

白可儿皱了皱眉："公子的计策，你都领会了吧？"

"这……"叶铁剑犹豫了半晌，终于将胸膛一挺："早明白了。"

白可儿道："那好。公子的用意是啥？请教你！"

这铁剑叶告一愣再愣，又迟疑了半晌，才说："我……我不太清楚，但却很明白……"

"到底清不清楚？明不明白？"白可儿更不耐烦了，"我们这时分没工夫跟你磨叽。"

小剑神叶告这给逼绝了，终于说："我当然明白。"

这回连铜剑陈日月也看不过眼："明白就说出来吧，好让大家听听。"

铁剑叶告又期艾了一阵，终于像遇溺的人抓住了一块浮木："公子明见万里，睿智过人——他这样做，必有深意的。我当然明白他另有用心。"

铜剑陈日月紧咬不放，"那到底是何用意？你提示一下可好？"

叶告瞠目道："我是知道有用意，但用意是什么……这个嘛……公子算无遗策，举世无双，我们怎猜得着？"

一时间，陈日月和白可儿都为之气结。

一个骂道："那你是白说了，白兜圈！"

一个啐道："不知就是不知，你不知扮知，既不问又装懂，怎学到公子的高明处！"

"那就别穷耗了！"何梵在旁打了个圆场，"不如直接请教公子吧！"

无情见起争执，他也不插嘴，只心里有数，道："你们真要知道，我就说。"

铜剑陈日月则说："如果公子认为不便说，我就不敢要求听。"

"你这小子！"无情含笑注目，轻啐道，"就是太知机，小滑头！"

陈日月马上乖乖驯驯地说："在公子面前，我哪敢耍花样！只要不给公子敲破了头，已拾得一身彩了。"

风云刀白可儿则仍在寻思。他这个人，事情未得到破解，是断不肯随便放手的。无情很了解他的性子。

"——我看公子对是否杀死天下第七也几番犹豫，看来，公子

对他生死之间也有矛盾，难以抉择，故而不像公子一贯作风。"白一刀道，"大概公子是认为：这人该死。但若押他回牢，一定让歹人释走。如果放了，又与律法不合。只是公子又想给他一个公平决斗的机会，而且……"

三剑童都看着这刀童，等他把话说下去。

"而且，"白可儿摊摊手，无奈地道，"公子杀而活之，必有深意，大概是有些事非天下第七活着不可知、不可办吧？至于到底是什么事，我就莫测高深了。"

"不高，不深，"无情道，"只为了对付一个人。"

四童齐声问："一个人？谁？"

第伍回 白发的赌注

　　世上最不值做的是赌钱，钱是死物，赢不足喜，输却伤本，纵不输不赢也伤元气和气。

"在京城里，有一个人，很年轻，但武功深不可测，地位也高，且心狠手辣，在朝争得信重，在野也遍布党羽，背后还有名宿长辈撑腰，势力已几可与蔡京、梁师成这些中涓之流相埒——"无情道，"他是谁？"

陈日月、白可儿、叶告一齐抢着回答："方应看！"

"方小侯爷！"

"血剑神枪方拾青！"

——不管什么名字，都是"有桥集团"的领袖：方应看。

只何梵答了："王小石。"

这一来，立刻成了众矢之的。

"什么？！"

"怎会是王小石！"

"王小石现在根本不在京师！"

"小石头在朝没分量，也无长者做靠山，他早已流亡在外，公子又怎会对付他！"

"太离谱了！"

"说话不用脑子！"

何梵大是赧然，但给众口交訾，骂急了，回骂："说话当然不用脑袋，难道你说话不张嘴巴，只开脑袋瓜子吗！"

陈日月听了一愣，道："这话倒有点道理。"

叶告得理不饶人，仍是不甘心："这不是道理，而是歪理！"

白可儿阻截道："别闹！快听公子说下去。"

无情道："方应看这人很不得了，城府也深。光凭他的武功，已兼得驳杂精纯，其中最让人难以破解、武林中人闻名丧胆的就有乌日神枪、翻手风云十八法、覆手雨二十七式、血河神剑……

还有伤心箭法！"

白可儿冷诮地道："可是，这人狼子野心，而且心术不正——"

陈日月却喃喃地道："哗，有一天我能学他那样有本领就好了……"

叶哀冷哼道："不长进！"

这次何梵也附和："没出息！"

无情道："他最近还得到两种绝世神功，一是'山字经'，二是'忍辱神功'，这两大功法一旦配合'伤心神箭'，他就算未能天下无敌，也放眼苍生，除关七外，已难有匹敌之士矣……"

风云一刀童白可儿奇道："莫不是天下第七能克制之？"

无情道："若天下第七有此能耐，今天就不会落于我们之手了。不过，你也说对了一半。他曾是元十三限的爱徒，且曾是他的亲信，而'伤心小箭''山字经''忍辱神功'均是元十三限不世之绝学，是以，元十三限多少都告诉了天下第七一些秘诀，天下第七多少都窥探到一些破解之法，甚至这三种绝艺，他多少都浸淫过一些时候……"

叶哀恍然大悟似的道："那我明白了……公子一定是想要天下第七说出破这三种功法的要害来。"

陈日月忍不住骂道："你现在才来争说！——还有谁不懂哩，没脑的都晓得公子的用意了！"

说的时候，他看着何梵，何银剑登时大怒："没脑！谁没脑了！你这阴不阴、阳不阳的坏脑厮！"

陈日月嘿然道："你骂人？"

何梵懊恼地道："我骂的是你！"

陈日月似笑非笑地道："骂我就是骂人，大家在讲理，骂人就

不对了。"

何梵更恼火。他本来就是个容易光火的少年：

"我骂的是畜牲，那又何必讲理！"

陈日月反问一句："畜牲？！畜牲骂谁？"

何梵即回应道："畜牲骂你！"

陈日月哈哈大笑。

何梵不明所以。

白可儿在一旁忍不住道："你这样应答他，就吃亏了！"

何梵仍没意会过来："吃什么亏？"

叶告在旁笑滋滋、阴恻恻地插嘴道："变成你自己是畜牲了。"

何梵恼恨极了："你才是畜牲！"

叶告叫起撞天屈来："你骂我？！又不是我惹火你的！"

何梵一味发蛮："你没帮我说话，跟他是同一帮子的畜牲！"

叶告也火了："我呸！下闸了！我跟他八辈子搭不上一路。我珍珠他石头，我顺风他逆水，我乘龙他蹓街，神仙比乞丐，要比也找个像话的！"

陈日月听了，倒整颜敛容，充满诚意地向何梵道："刚才倒是我说错了，畜牲不是你。刚才说话的才是畜牲。"

叶告知道陈日月改而针对他。他一向都瞧不起陈日月的嬉皮笑脸、争功媚俗，向来对他毫不客气：

"哦？畜牲会说话么！——难怪披了张羊皮了，却是满脸皱纹，还长不高哩！"

算来叶告是三剑一刀童中长得最高最瘦长个子的，肖牛，人也十分犟，牛脾气。陈日月则比较机灵圆滑，知进退，易讨人欢心，在叶告看来，这只算是小人作风。陈日月个子比较小，属羊，长得一张俊脸，但年纪小小的就在眼角等要冲折了几道皱纹，他一向自命潇洒俊逸，却常给叶告、何梵当作笑柄。

陈日月听了，也不生气，只笑嘻嘻的，说："说得好，说得好。还是老四的脑子好。"

叶告倒是一愣，没想到陈日月竟会帮起他来。

要知道原本无情手上四剑童，跟诸葛先生门下一样，以入门先后排名，而不是年龄幼长定秩。四剑童中以林邀德武功最高，也最先入门，使金佣氽神剑成名，却在"逆水寒"之役中被捕神刘独峰误杀而死。叶告本结识无情并受其恩在陈日月之先，但正式入门，却略在其后，故屈第四，他一向心中不平，认为是只懂巴结逢迎的陈日月走运而已。一刀童白可儿却在金剑童林邀德殁后才参与加入，故跟三剑童略有格格未入，不过四人间常常谁也不服谁，各以"老四""阿三""小二""幺儿"相称，也动辄相詈无好话，争个脸红耳赤。无情却也一向由得他们争执，主要是因为，无情认为少年人之间相处，可以互相竞争，互为激发，各自砥砺，各具个性是件好事，只要不真的伤了彼此间的情义，他甚至觉得小孩子有时斗斗气也就是争气，比比力也就是自立，而且比较活泼有生气，不像他的童年过得孤寂无依。

他容许这样，不到过火，他向不干涉。

陈日月一向惯于扯叶告后腿，而今叶告揶揄他，他反而说叶铁剑好话，使叶告大感不解，还以为陈铜剑转了死性。

"以前我曾听'世公'说过：世上有几位名医，诸如树大夫等，已到了能替病人换心、换脑的地步。也就是说，假如一个人心坏了，就用一颗好心换掉。一个人脑子有问题了，就用另一个好脑去替换。"陈日月侃侃而谈，他口中所说的"世公"，自然就

是诸葛先生了,"只惜,不一定能够更换成功。要不然,如果我的脑子出了问题,一定指明要找叶老四的脑子来换。"

叶老四这一下听了,可是十分受落。

他呵呵笑道:"现在你才知道四阿哥的英明睿智,还算不迟。"

"当然当然。"陈日月唯唯诺诺地道,"老四的脑从来没有用过,保持新鲜完整,当然理应优先选用。"

叶告一时也没意会过来。

白可儿却噗的一声笑了出来。

何梵更加幸灾乐祸,喜溢于色。

叶告这才涨红了脸,气得结结巴巴:"你……你——"

无情这次没闲工夫再听这四个他一手调训出来弟子的争执,截道:"与其说要找出'伤心神箭''山字经''忍辱神功'的要害,不如说,我想找出三者之间的微妙联系之处——找到了这一点,一切就可迎刃而解,而且也可触类旁通,许多武学上乃至艺术上的'道'来。"

白可儿接道:"神枪血剑小侯爷可能已找出了这点要诀。"

无情道:"所以他的武功已深不可测。"

白可儿道:"可是他决不会泄露自己武功的窍门。"

无情道:"他也许也只领悟了部分,要不然,他早已发动了雄霸天下的野心大计。"

白可儿道:"但元十三限已死,这要门的线索就在天下第七的身上。"

陈日月道:"所以天下第七还不能死。"

无情微喟道:"这也是世叔在押解前传达给我的一个指示。"

陈日月道:"原来要公子手下留活口的是世公。"

无情道:"他老人家做事总有道理,且总会留一条后路。"

白可儿接道:"公子说过,大多数时候,后路也就是活路。"

何梵这才理解,深刻地道:"所以天下第七才能活到现在。"

陈日月恍悟道:"可是,还有很多人要天下第七马上授首,也有人企图救他出来,但以公子特殊身份,却不好公然插手,所以应该由我们解决这件事。"

叶告听了就爽快地道:"公子,这事交给我便可以了,我应付得来,小二、幺儿都各有任务,不如把阿三留下来服侍公子好了,我跟这阴阳人合不来,他老扯我后腿。"

他叫陈日月为"阴阳人",缘由来自无情曾跟他起过命盘,发现他太阴、太阳在丑宫守命,嬉说他有两种性情,用情不够专,做事欠耐心,但聪敏机灵,精灵过人,只失于华而不实,恐其轻浮误事。故一再授他较沉实的暗器施放手法。在武功方面,也由最为稳实的铁手教他从基础扎根,希望能调整他缺失之处。

其余二剑童,则分别由追命教叶告、冷血教何梵,皆是对"症"下药,补其先天不足处。何银剑太老实,有点钝,故应学冷血的快、急、剽悍。叶告浮躁,心地善良,貌凶且恶,却不好学,动辄崩溃激动,应由追命多授予江湖经验、内敛沉着。

一刀童白可儿则是带艺投师,暗器、轻功仍直接受无情指点。

无情听了,面无表情地道:"不行。只怕'有桥集团''六分半堂''老字号'、中涓宦官派系的人,都可能插手此事。你顽强,阿三机警,正好互为之助。另,我将我这一筒'上天入地,十九神针'交付阿三,见机行事,若遇不测可做自保,你们也得学会相互调配合作,否则,吃亏的是自己。"

于是,他便派陈日月、叶告去劫走天下第七,另密使白可儿、

何梵，各负重任而去。

陈铜剑与叶铁剑听了无情吩咐，不可露相，便就地取材，借了道旁的米铺及绸布店的纸袋和绸绒，盖住了头，这是他们押解犯人时惯用的方式，如此可以保障犯人不致未定罪就已暴露身份，但这一耽搁，温袭人已先出手，却伤在天下第七手中，天下第七也因而力尽，遭二人劫走。

这时候，鬓已见星、发已微霜的温壬平，一面在喂那只精灵的猴子吃东西，一面向他的胞弟问了一个诡异的问题：

"你敢不敢跟我赌？"

"赌？"温子平扬了扬眉，"赌什么？世上还有什么东西值得我们去赌的？"

他的说法自有其道理。多年前，他因为一次感情上的受伤重击，加上一度给逐出"老字号"温家而流离失所，他曾沉迷于赌。跟著书作史一样，他对赌，也是以一种研究、好奇的心态去参与，但终于输了个开头，使他除了矢志将输去的金钱追回来之外，还要为他所"输"出去三年多的岁月而挣回一点"补偿"。这就糟了。赌最怕的是不甘心、动真气地去"追输"。他泥足深陷，难以自拔。

但世上毕竟没有什么事能使他这样的人物也无法翻身的。他终于坚强、坚定起来，与赌绝了缘，从无论大小、注码、任何事情都要"赌一赌"的人，变成了看破世情，认为没什么事是值得一赌的，而他也摇身一变，变成一绝不沾赌的人。

不过，他也绝不后悔曾沉迷于赌——因无耽迷之惑，何来省悟之得！

如今温壬平却要他"赌"。

他一向都知道"残花败柳任平生",温壬平是个极有自律的人:他不嗜赌,连酒、棋、书、画、乐皆不好,唯一所好的,也许只是色和权。

至少这个"色"字却几误了温壬平一生。

——甚至可以说,如果不是为了色,温壬平绝对有资格成为"老字号"中"正字号"(即本部决策高层)中的领袖,而今,他却只是在"正字号"十大高手"十全十美"中挂了一个字号,徒有虚名,并无实权,反而受到蔡京、梁师成的招揽,成了个为朝廷"涂脂抹粉"的史官,以温天残过人的见识与才智,那自然是十分可惜的事。

而且也挺让他自己觉得"饮恨"。

正如"阴晴圆缺邀明月"温子平一样,为了情字,以及争一口气,使得他亦大权旁落,在主掌"老字号"权力重心的"十全十美"中,只忝居一角,浪迹江湖,只管些江湖琐事,为"老字号"做些联络应接的工作,大志难酬,岂能无憾?

"有,"温壬平把那只惊慌的猴子置于其肩,那只猕猴立即不那么慌乱了,温壬平喂之于一种"包子"似的食物,温子平看了,眉花眼笑中也不禁蹙蹙眉心,"但当然不是钱。"

温子平立刻就同意了。

他深有同感。

也曾深受其害。

"世上最不值做的是赌钱,钱是死物,赢不足喜,输却伤本,纵不输不赢也伤元气和气。"温子平笑说,他的笑言里有看破世情的自嘲,却无痛悔之意:"但赌还是值得的,赌有很多种,有赌成

败、胜负甚至生死……不知兄长要赌的是什么?"

"赌人。"

"人?"

"我赌他们一定沉不住气,只怕要来了。"

"他们?谁?"

"我们的对头。

"雷艳?"

"还有雷怖。"

"你认为他们会来?"

"会。"

"为什么?"

"因为雷家已有不少高手受京城里'六分半堂''有桥集团''金风细雨楼'的人招揽收买了,江南霹雳堂雷家的人一定不甘心,风传蔡京快要复出主政、收回大权,大家趁局势未定之际,各路雄豪逐鹿京师之际,他们也正好挥主力北上,至少占据一方,自雄天下。京城是重地,如果他们派人北上,必定会派堂中顶级好手,并有号召和威望,才能一并将叛将、异离之门徒逐一收拾。"

"故而,他们派来的人,极可能是目前霹雳堂的精英、雄师:雷怖和雷艳?"

"还有蜀中唐门的人。"

"他们也会来?"

"唐家的人早有觊觎中原之心。"

"他们会派谁来?"

"不知道。但一定是最厉害的人物。"

"唐大老爷？"

"他要与唐老奶奶镇守川西，只怕还不敢出动他老人家。"

"唐二先生？"

"极可能。"

"唐三少爷不会来吧？"

"恐怕已来。"

"唐四公子呢？"

"不但是他，连唐五小姐、六丫头、七小子、八奴九仆十怪物，都有可能会来冒京师大风暴这一趟浑水，只看时辰未到。"

"就算他们不来，只怕原潜伏在京的唐门高手也一定不会袖手旁观。"

"这番龙争虎斗，单止唐能和唐零已够瞧了。"温壬平冷哼道，"我已收到各路线报，这些人，有的已开始动身，有的已经动手了。"

"这样看来，京师这块肥肉，是失不得的。"温子平道："我也已飞鸽传书，恳请老家再派大将前来襄助。"

"其实你已经不必再打报告了。"

"哦？"

"老家消息灵通，我看他们早就派人来了。"

温子平倒是很有点讶异："你是怎么知道的？老家只派我们来打探情报，勘察虚实，并为晚哥铺入京之路……老家可没有作出入侵京城、转移实力的指令呀。"

温壬平端详了温子平一阵，咔喇喇地干笑一声，像喉头里有一口浓痰，他刻意不将其吐出来，反而将之留在咽喉，温心温肺，"你还是太嫩了些。"

"哦？"

"我们只是幌子。就算晚哥也只是棋子。老字号早有进占中原、号令天下之心。只不过，时机未到，不敢妄动而已。而今，因京城里三大势力：'金风细雨楼''六分半堂''有桥集团'斗争不绝，而蔡京等朝廷势力图谋复出，诸葛先生那一伙人也在挣扎求存，各方招兵买马，引贼入关，'江南霹雳堂''蜀中唐门'，'太平门''下三滥''天机''飞斧队''神枪会''四分半坛''大安门'的人纷纷入侵、割据，各拥雄兵，各峙一方，咱老字号若不趁时入局，只怕大势就难有作为了。"温壬平抚平了他鬓角翘起的白发，道，"廉颇老矣，尚能饭否？我年岁已高，总要趁风乘云，做一番轰轰烈烈的事，以慰平生。"

"那您的意思是——"温子平试探地问，"老家已另派高手来了？"

温壬平点了点头。

温子平不禁问："是谁？"

"不管派谁来，蛇无头不行，总有个领袖，"温壬平道，"担得了大旗的，一定是'正字号'里的'十全十美'。"

"可是……"温子平仍很狐疑地，"除了我俩，还有谁呢？"

他心中正盘算要留守"老字号"大本营的人，以及各派出去料理四大分部："活字号""死字号""大字号""小字号"的高手，摒除了这些，到底是"老家"中哪一号人物主掌入京大局呢？

"我们就赌这个人。"

温壬平眯着眼，胸有成竹地说。

温子平沉吟半晌，终于说："莫不是……温一安？！"

温壬平道："温故衣。"

温子平的脸色立即变了。

变得像一只吞食了一双袜子——一对陈年未洗的臭袜子一般。

"——'大信神君'故衣先生！他会来？！"

温壬平狡诈地笑了起来："我赌三条头发：我的白发。"

温子平的脸色更难看：仿佛袜子里还装了三支锁匙似的。

——温壬平随口说的白发，在温子平听来，好像比赌人头还可怕似的。

就在这时，卧榻昏迷的温袭人忽然惊醒了过来，发出"哎"的一声，手作握刀状，向正在守候着她、充满关切之情的温渡人砍了过去。

温渡人一时猝不及防，勉力一侧首，啪地着了一记，幸好温袭人手中无刀，不然可真要身首异处了。

"怎会是你？！"

温袭人一弹而起，浑似没事的人一样，只一脸茫然不解。

温渡人摸着正在发红肿胀的脸颊："你……已不痛了？"

温袭人奇道："什么痛？哪儿痛了？天下第七呢？"

温壬平与温子平都在屋外，闻声探首，见此情状，相顾一眼，皆脸有忧色。

第陆回 好汉首敌

　　"名利圈"这地方很杂芜,很乱,但也是结交朋友、打探消息、传播讯息、滋生是非和病菌的理想之地。

叶告与陈日月把天下第七"弄"入了"名利圈"。

其实，"名利圈"现在的性质也变了。本来，这所在是一般官家、差役来打尖、歇脚之地，吃的住的，只要是公人，都只收极微薄的代价，每年都靠官饷津贴赔额，为的是给办公事的官吏行方便。近年，民不聊生，朝廷穷奢极侈，任意挥霍，却连这种小赐小惠也不行方便了，这"名利圈"的老板见"盈亏自负"，便索性将它改头换面，变成只要跟官道上沾点关系的，且不管得不得意、在不在任、真的假的，都一概无不欢迎，且仗官场挂了个牌头之便，成了好些三教九流、青楼绿林、黑白两道、名人志士的庇护之所。

只不过，收费暴涨，与昔有天渊之别。

但收费贵些，不要紧，人们喜欢来这里，听曲子、嗑爪子、从东家长到西家短、南家的南瓜叩到北家的背脊梁去，喋喋不休，尽是人间闲话。

说什么，究竟这儿一度是官家场地，故而，下三滥、下九流、下五门、下里巴人的人物，全喜欢在这里插上一手，歇上一脚，表示自己也沾点官路油水，上光上道。

这儿已变得什么人都有，光怪陆离，也古灵精怪。

这里也要什么有什么，要吃的，在地上爬的，有四只脚的，除了桌子椅子，一概都有；在天上飞的，除了风筝、纸鸢，也一应俱全。吃什么有什么甚至还有煮毛虫、炸蚂蚁、炒蚵虫、煎蛆虫，不能吃的就吞，不能吞的也就从鼻孔里吸进去。

至于要玩的，那就更多了，赌的大小牌九番摊贯十不说，光是嫖，就要女人有女人，要汉子有汉子，从巫娼、女酒、女乐、庄花、婊娘、契弟、相公、娈童……皆无所不有。连有龙阳之癖

的，都可来这儿寻欢作乐，分桃断袖。这儿不问妍媸老少，有求必应，贵贱宠狎，其类相结，从官妓到营妓，都来这儿打钉，有的妙歌舞，有的善讴唱，有些还艺绝一时，有些更尤善谈谑，应对如流、风情绝代，还犹胜"瓦子巷"中的教坊。就连大同"婆娘"和扬州的"瘦马"，都到这儿充作私寀子，聊作暗门子，南来南班子，北去金花班，蛮姐儿到长三堂子，江西褥子到一等清吟小班，应有尽有，还有最原始的钉棚打炮、打洞和最讲究排场的书宴、半掩门、全绣花，都云集在这里。

这地方很杂芜，很乱，但也是结交朋友、打探消息、传播讯息、滋生是非和病菌的理想之地。

当"名利圈"还是"名利圈"的时候，本由六扇门的大阿哥们控制，但自从京城各方势力互动互易之后，权力失衡，变成是"六分半堂"估了几成，"有桥集团"也占了几成，"金风细雨楼"也不甘后人，占了几成，当然还有其他势力，堂口的潜在势力，但看家的老板，依然是"七好拳王"孟将旅。

无情的本意是利用"名利圈"，先打个转，"过滤"一下，然后交给"汉唐家私店"处理。

"汉唐家私店"的老板是"袋袋平安"龙吐珠，他是"发梦二党"的分坛坛主，这两党人马，多为市井豪侠之士，明的暗的，都是支持"四大名捕"和诸葛先生的基层人物。

"名利圈"人杂。——先把犯人押到那里，打个圈，才交到"发梦"二党势力范围内，像污衣先浸皂水漂过一次，再好好清洗，应是明智之举。

无情纵要暂时保住天下第七，也不能公然把他接回神侯府。何况，他接报"风雨楼"与"六分半堂"人马正在"三合楼"对峙，形势十分紧张，他赶去调停之前，还特别去请教过诸葛先生的指示。

当时，诸葛小花跟他有这样一段对话。

"今天局势是有点危险，但绝无大碍。现在京师各路人马齐集，有的是拥护蔡京复出，有的是支持太傅梁师成夺权，有的是皇上密使御卫，听旨办事，还有的各自投靠'有桥集团''六分半堂''风雨楼'，更有的想趁乱捞一笔，自立山头，打出名堂来。今日之事，只是'六分半堂'和'风雨楼'的一个试探，趁机清除部分异己和冗员而已，还不至于要拼个你死我活。双方主事人其实都知道，目下京师权力交替，各路雄豪虎视眈眈，才不会将自己的实力轻易展露，大意输掉。"

"那么，世叔，我该特别留意的是……"

"如果狄飞惊出手，要注意。这人一直深沉叵测。"

"是。"

"我只怕他不出手——就算出手，也不显其功夫：当日他在关七那一战便如是。"

诸葛先生微喟道。

"这次会谈，既是'六分半堂'主动邀约的，只怕必有埋伏，按道理，雷纯是蕙质聪悟的女子，应世之道，犹胜其父，狄飞惊也是绝顶聪明的人，恐在雷损之上，他们完全没有理由要在这时与'风雨楼'对决。会发生决斗的事，一定是蔡京唆使。据我所知，圣上要复相之意已决，蔡京当日曾在江湖好汉正义联手下摔了跤，这次卷土重来，且受上次教训、经验，以他为人、处事手段，必在再度拜相前已把京师武林一一整顿、厘清，并以'清君侧'之名义行之。'六分半堂'已受蔡京、王黼、童贯等人之操

纵，不得不勉强附从。所以，今日三台楼之约，一定是蔡京坚要'六分半堂'与'风雨楼'摊牌、定胜负。"

无情沉重地道："其实，蔡京才真的是天下好汉的首敌。"

诸葛道："至少，他是我们大家的公敌。但'六分半堂'暗中招兵买马，表面示弱，蔡京既然有令，他们决不敢违背，必会诉苦求援，表示堂里人手屡经挫损，非'风雨楼'之敌，恳求蔡京增派高手伏助。"

"所以，在对付'风雨楼'主将之际，'六分半堂'必不会全力以赴，如果损兵折将，那就多是蔡京的人；万一取胜，他们就会乘胜追击，讨个头功。"

"谁不是这样。保住实力，伺机争胜，各怀居心，人所皆然。"

"世叔的意思则说：今日要杀戚少商等头头的主力，是蔡京的人，而不是雷纯、狄飞惊的手下。"

"对。

"问题是：蔡京在未复位之前，会派什么人出来应付场面？"

"你说呢？"

"……这人一定是蔡京信任的。"

"可能还不止一个。"

"——他们一定要武功高强，才能达成任务。"

"当然还有别的条件。"

"我看……他们还得是可以牺牲掉的人。"

"哦？"

"因为对付戚少商、杨无邪等人，本来就是极凶险的事，更何况他们明知山有虎，偏向虎山行，必已有相当把握，且一定秘密召集高手埋伏助拳——若非绝顶高手，去了也于事无补。"

"你说得很对。"

诸葛目中已有欣赏之意。

"这样淘汰之下，蔡京目前身边听候调度的绝顶高手也不算太多。"

"譬如？"

"天下第七。"

"为什么？"

"因为他一直要想蔡京委任他为兵马军卫总教头。蔡京目前正要以此名义招揽各方英雄，若让天下第七担了，就少了一个美饵。如果不予，又怕天下第七有异心。何况天下第七野心大，要取此名头，刚好招怒好大喜功的童贯。偏生蔡京此时局面未定，甚需童上将军在圣御前多说好话。所以，他一举三得。正好趁此解决掉天下第七这累赘。他得手最好，万一失手，也正好剪除。如果他失手就逮，蔡京救之，就让天下第七欠了他一个情。要是任之由之，就让戚少商或我们来背杀他的黑锅。"

诸葛先生眼里更有激赏之色。

"另一个可能是罗睡觉。"

"为什么会是他？"诸葛先生故意这样问。

他喜欢问问题，让弟子们回答，借此来发掘他们的思考能力，他也喜欢放手让他们去处理难题，从中了解他们的办事才能。

耳濡目染、幼受熏陶之故，他的弟子如"四大名捕"也喜欢提问和制造艰困，让人解决，来观察其人潜质、才干。

无情对他的刀童剑童亦如是。

当然，在必要的时候，他们都会出手相助，在适当的时机，也会出言提示。

"因为他具备了这样的条件。"无情的回答是,"他武功高,擅伏袭,最重要的是,如果连他也死了,他们的师父'七绝剑神'就没有退路了,一定得出手。"

他顿了顿才道:"蔡京、梁师成等人,早已渴切期待他们重出江湖,再为他们卖命。"

诸葛先生点头称是:"这七大高手的确是绝顶强手,谁有他们之助,非但如虎添翼,简直所向无惧。"

无情道:"所以,蔡京巴不得'七绝神剑'一个不剩,唯有这样,才会有'神剑死尽,剑神复出'的一日!"

诸葛先生道:"其实开始的时候,蔡京也极信重他们七人。不过,戚少商为报复孙尤烈、梁贱儿、何太绝、余更猛等被伏杀,连同雷卷、朱大块儿等人偷袭'七绝神剑'中的孙忆旧、余厌倦、吴奋斗等人,成功格杀,并使皇上对蔡京、童贯等人起疑弃用。这件事使蔡京对'七绝神剑'不复信心,据我在蔡京身边的卧底所说,他迟早会让温火滚、何难过、梁伤心、罗睡觉等人为他做出好戏,要不然,就得为他而牺牲,以图引出他们那七位本已收山隐居但又不甘寂寞的师父。只不过,这些剑手中,罗睡觉最不可轻忽。"

无情也有点担忧:"我怕戚少商小觑了他——小看了这种人,是要付出惨痛的代价的。"

诸葛先生扪髯道:"以前的戚少商也许会,但今天的戚少商,已受过惨痛的教训,他去三合楼赴约之前,定必对这一流剑手、性格风格都奇特强烈的家伙早有提防。"

无情禁不住问:"戚少商会是此人之敌吗?"

诸葛先生道:"我看,戚少商根本不会跟他交手——至少这次不会。"

　　无情道:"为什么呢?罗睡觉可是冲着戚少商而来的呀!他就算不出手,罗汉果也一定会跟他动手的。"

　　诸葛先生捋髯微笑。

　　他扪胡子就像拈花一样。

　　"因为戚少商现在身边多了一个人。"

　　"哦?"

　　"那是他的强助。"

　　"孙青霞?"

　　"正是。"

　　"孙青霞是'山东神枪会大口孙家'的高手,他为何老是帮着戚少商?"

　　"这叫人缘,也叫惺惺相惜。"

　　"大概……还有别的理由吧?"

　　"有。他们有共同的敌人。戚少商招怒的是蔡京,孙青霞惹火的是朱勔。蔡京和朱勔南北勾结,联声共气,孙青霞自然会跟戚少商联袂应敌。何况,戚少商手上正缺乏像孙青霞这样的战士、高手。"

　　无情沉思后道:"其实戚少商手上也不乏能手。据我所知,'小雷门''碎云渊毁诺城''神威镖局''连云寨'乃至'金字招牌方家''黑面神兵蔡家''下三滥'和'太平门'都派有高手襄助他,何况,'金风细雨楼''象鼻塔'和'发梦二党',本就高手如云,他就非要孙青霞之助不可?"

　　诸葛先生笑道:"孙青霞不一样。"

　　无情双眉一扬:"恳示高见。"

诸葛道:"孙青霞的战力奇强,戚少商手上的高手中,勉强只有雷卷和朱大块儿能与他相比。"

无情目光闪动:"张炭也不可以?"

诸葛答:"以前的张炭,绝不能及;现在的张炭,就不一定了。"

无情听了就问:"张炭现在武功突飞猛进,难以猜估?"

诸葛道:"也不然。我也不确定到底是猛进还是暴退?他的武功路子,自从与无梦女合一双修之后,究竟是弃暗投明?还是改正归邪?我也摸不清楚,总之,他的武功已与先前完全不一样了,得重新估量。"

无情点头道:"当日,关七神龙乍现之前,戚少商曾与孙青霞在古都一战,两人未分轩轾。"

诸葛道:"戚楼主还得借重孙青霞处,另一个原因是他手上兵器,火力极强。"

无情皱了皱眉头,道:"火力?"

诸葛:"有时候,在武林腥风血雨的争斗里,得要一个人对付好些人,以一人之力杀好多个人——孙青霞手上的武器,就有这等威猛的力量,能替戚少商解决不少敌人。"

无情颔首道:"'山东神枪会大口食色孙家',拥有这等强大的火力,的确是件令人担忧的事。"

诸葛小花道:"孙青霞还有一个特色,让戚少商放心重用的。"

无情不禁问:"特色?"

诸葛正我道:"孙青霞好胜好斗,够勇够悍,但他个性放荡不羁,既无志于权力,更不恋栈名位俗利,故与戚少商地位毫无冲突,却可相互奥援。"

无情反问："除了互惜互重之外，孙青霞又为何要鼎力相助戚少商？"

诸葛眯着眼，道："当然，孙青霞也有他的目的。"

"目的？"

"是的。"

"什么目的？"

"凄凉王。"

"凄凉王？！"无情几乎是吃了一大惊：

"您是说那'不见天日，只见阎王，千里孤愤无处话凄凉'的凄凉王长孙飞虹？"

"便是他。"诸葛先生肃然道，"他曾是'山东神枪会'主领决策的'一贯堂'之总堂主，手握大权，纵横东北，名闻天下，人皆景仰。"

"可是，"无情接道，"而今，他却是我们大理寺天牢里的阶下囚！"

第柒回 凄凉好梦

这当然很难,但若人人都独善其身,归隐山林去,那社稷就完全操持在豺狼之手,国家无望矣。

当年,"山东神枪会"孙家,在短短数十年间称雄东北。

主要是因为三个人。

他们各位持了"神枪会"的六大分堂中其三:负责决策"一贯堂"的是长孙飞虹、负责"安乐堂"的是公孙自食,以及负责"得威堂"的仲孙空色。

当时,由于长孙飞虹、公孙自食及仲孙空色三大高手,威震东北,三人联手,世所无匹,是以,武林人称之为:"山东大口食色孙家",所谓"食",就是指公孙自食;"色"则指仲孙空色;至于"大口",指的是长孙飞虹——他有一张大嘴巴,专收暗器,一怒则发狮子吼,动地惊天。

那时候,"正法堂"的孙忠三、"一言堂"的孙疆、"拿威堂"的孙出烟三父子,都尚未冒出头来。而今的"一贯堂"总堂主"枪神"孙三点,那时仍只是长孙飞虹的副手而已(故事详见"四大名捕震关东"之第四部:"惨绿")。

这些人中,最有志气的可以说是长孙飞虹,可是,他却因朝廷重用新党、王安石为相,急行新法,扰民不安,而其中"保马""保甲""军器监法"对"山东神枪会"等帮会组织部构成极大的困扰,长孙飞虹以为王安石暴政误国,故奋而动身赴京,谋刺王安石。

但他的计划为诸葛正我所阻。

长孙飞虹刺杀不遂,后又从大儒程颢、名士苏轼、大将王韶处得悉王安石为人耿介,推行新法,实为国安民,只是操之过急,罪不至死。长孙飞虹首次刺杀为诸葛所阻,之后明白王安石锐意改革的原委,遂放弃杀王安石之念,回到东北。

那时,他一手扶植的孙三点,已然在"一贯堂"坐大,颇有

"一山难容二虎"之势。

多年后，他重返京师，这次，他谋刺的是招天怒人怨、怙势熏灼的蔡京。蔡京以新党为名，名为"绍述"，实是集权刮财，穷奸稔祸，极尽其极，恶尽其恶，那时长孙飞虹已然年次渐老，懂得辨是非、定忠奸，他决意剪除此祸国殃民的奸相。

可是，他这一次，却为蔡元长手上豢养的高手元十三限所阻。他经连番恶斗后，击伤元十三限的首项，以致他日后易有疯狂之举，潜伏了痼瘫恶疾（详见《惊艳一枪》故事），但他也着了元十三限一记以"忍辱神功"打出来的"山字拳"，重创而退，功败垂成。

但他仍不甘心，一面养伤，一面密谋进行第三次暗杀。

这一回，他的人就在京师。

他在京里，以他的聪明和人望，自然对朝廷动向、内幕较为清楚，知道一切祸源，都是来自花花天子赵佶，重用佞臣，宠信六贼。荼毒百姓，劫夺天下，如果要阻止这种对天下百姓敲骨吸髓的剥削、压榨，首先第一个要杀的、该杀的，还是皇帝赵佶。

所以，长孙飞虹第三次行弑，这次要杀的自然是赵佶。

他杀蔡京，诸葛正我可以不理；但长孙飞虹要杀赵佶，他不得不挺身相护。

这一次，长孙飞虹因伤重未愈，失手为诸葛小花所擒。

他自然不忿，大骂诸葛先生为虎作伥，推波助澜，助长了赵佶皇帝的好大喜功、淫佚之心。

诸葛花了很多时间，去跟他说明了：朝廷积弱，非一日所致。目前不但皇帝已给一群"媚帝取宠"的奸臣包围，连社稷也全为一班专权行好的篡窃，有这些人在把持，就算杀了赵佶，宋室在内忧外患之下，恐怕更易倾覆；如果另立天子，也必为这些把持大权的人操纵，同恶相济，更无法重振大宋天威，只怕更是祸亡无日矣。

这就是诸葛小花在这逆势横流里，依然与四大名捕及一群有志改革之士坚持"尽一分力，发一分光"的抱负，至少，有他们这些人在，让那些狠持国柄的群丑，还不致太张狂，如有贻误国机，残害忠良，黜陟不公和强狠自专者，他们亦尽其所能，力挽狂澜，不惜奋身同死。

但罢黜赵佶，时机未至，就别说猝然行弑天子了。

初长孙飞虹与诸葛正我，所见不同，但久而久之，长孙飞虹亦明白诸葛所言甚是。若朝廷要职，皆为奸官把持，一旦帝崩位虚，岂不更加速宋室灭亡？他有问于诸葛如何善策？诸葛先生亦甚苦恼，他只能趁身在庙堂，把握每一个契机，忠言诤谏，引导君主向善，力阻佞官害民，奋持执法严正，能在朝廷有一点影响力，就推行一些好政策；能当一天官，就做一点有益百姓的事。

这当然很难，但若人人都独善其身，归隐山林去，那社稷就完全操持在豺狼之手，国家无望矣。

长孙飞虹虽有不同的看法，但他已成为钦犯，困在天牢里，且着了蔡京遣人暗下的毒"六神无主丸"，加上原本所受元十三限之创，水火交煎，如置炼狱，幸其内力高强，以"耐伤功法"护住心脉，并得诸葛常赐灵药，才保住了性命，但也不可见天日，只好长年累月地待在牢中。

本来，赵佶当然要将这"造反逆贼"处死，不过，诸葛进言，"神枪会"在东北甚有势力，且有的是一流高手、杀手，都是些帮会人物，一旦迫害过甚，必致反扑，那时，就不一定能保驾平安。

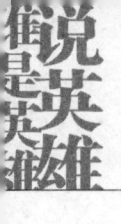

赵佶贪生怕死，一听之下，内心惊悸，就不为已甚，只将长孙飞虹收押天牢就是了。

又过一些日子，连蔡京也以为长孙飞虹形同废人，了无大碍，赵佶更压根儿忘了这个人的存在，诸葛再巧妙进言，皇帝就将处置这"钦犯"一事交予诸葛小花。

诸葛有意放了长孙飞虹，但长孙飞虹当日号称："凄凉绝顶泣神枪"，每一枪俱有惊天地、泣鬼神之威力，在东北更主管决策"神枪会"之"一贯堂"，名震山东，纵横天下，人诵："不见天日事犹小，乍遇飞虹孽为大"，而今，他已垂垂老矣，身负奇毒，受伤又重，"一贯堂"方今主事"枪神"孙三点摆明了不欢迎他重归，就连"得威堂"的仲孙空色也不再支持他，后起一辈的"山君"孙疆和孙出烟、孙拔牙、孙拔河等三父子，更全力支持孙三点，而公孙自食已殒，"神枪会"不似昔年，也不再拥戴他，他自己也不想重返东北矣。

他三次赴京刺杀，都功败垂成，壮志未酬，三次都失败、落空，这与他当年初出江湖就名震天下，形成对比。此际，他已落到"如此地步"，他已不愿重出江湖，加上身负剧毒、重创，不能长途跋涉，不可再见天日，而他也正苦心潜修"内伤拳法"，以"耐伤功法"护体，甚至已不欲再踏出天牢一步。

尽管这样，他在大理寺、天牢中还是有相当的影响力和威望，当年唐宝牛和张炭给任劳、任怨下在狱中，就是他出手相救、出言开释，张炭和唐宝牛才得以脱困，及时从色魔手中救了温柔，惜雷纯还是受到了玷污（详见《说英雄·谁是英雄》故事之第一部："温柔一刀"）。

所以，"泣神枪"长孙飞虹虽然是阶下囚，但他还是一方之主，人称"凄凉王"。

由于他的名头甚响，牵连甚巨，无情乍听诸葛先生提起他，难免也着实吃了一惊。

——这些年来，有不少武林高手、江湖好汉，因不知就里，都曾伙同联结，或孤身勇闯天牢，要救凄凉王，但却不遂。

毕竟，天牢固若金汤，防卫森严，岂是来去自如之地！

何况，长孙飞虹也无意要走。

但这些江湖义士，有不少知名人物，其中还包括少露头角、傲压群英的"神枪会"后起之秀"扬眉剑客"公孙扬眉（故事详见"四大名捕破神枪"篇）！

——莫非，"神枪会"的精英孙青霞也有意要救"凄凉王"不成？！

第捌回 死人堆里的活人

世上有一种人，知错不改，以邪当正，他们得意时，胡作非为，结党谋私；失意时.也暗结私通，同奸共济，一旦羽翼渐丰，时机成熟，便复出为恶。

"正是。"

这次诸葛作了一个斩钉截铁的回答。

"以前,因为时机未到,我不能私自开释凄凉王出来,而长孙飞虹自己也不想出来,所以,几次来救凄凉王的人,包括公孙自食、公孙扬眉和孙青霞试图闯入天牢,都给我阻截了,或给他人破坏了。"

无情很有些讶异:"孙青霞也曾闯过天牢?"

"是的。"诸葛先生道,"使他功亏一篑的是查叫天。"

"查叫天?!一线王?!"无情很是震诧,"是那个名动朝野、高深莫测、仆从如云、高手尽为之罗网的叫天王?!"

"是他,"诸葛先生叹道,"查叫天原是他的贵人,有意要提携他,利用他,但像孙青霞这等性情的人,岂甘为走狗?结果,引起了一些怨隙,更反目成仇。孙青霞救不了凄凉王,便是查叫天叫人从中作梗之故。孙青霞从此对'叫天王'一脉的人衍生怨怼,而'叫天王'组织的人,也决容不下孙青霞仍留在京里活动。"

无情这才恍然道:"难怪'一线叫天王'那一伙人,不管在朝在野,都要迫绝孙青霞了。可是,孙青霞要救出在天牢里的长孙飞虹,这又跟戚少商有什么瓜葛呢?他又不是在大理寺里当牢头司监的!"

诸葛却说:"不但有关系,而且还大有关系。"

无情恳切地道:"弟子请教其详。"

诸葛先生说:"因为长孙飞虹又改变了心意。"

无情问:"他想出来?"

诸葛:"正是。"

无情反问:"可是圣上会赦免他的罪行吗?"

诸葛答："皇上已把他这个人忘得七七八八了，而且，圣上听我说过'山东神枪会'那一干人不好统御，也不想得罪他们，曾向我喻示；如果犯人知过能改，圣上可开恩特赦其罪。"

无情追问："那就是说，长孙飞虹若要出狱，便可以出狱了？"

"是。"

"可是他以前不想离开囚牢？"

"对。"

"但现在他却想出来了？"

"一点也不错。"

"——为什么？"

"因为，"诸葛微笑道，"他又想出来行刺了。"

"行刺？"无情愕然，"这次他又要杀谁？"

"蔡京。"诸葛回答，"他虽人在牢中，但消息仍十分灵通。深知外面百姓叫苦连天，怨声载道，民不聊生，皆因蔡元长为首致祸，奢侈误国，谋私害民，而他又知悉当年守护在蔡京身边唯一能对付他的高手元十三限已殁，所以他又要出动了——此人虽不见天日多年，但豪情壮志不逊于昔时！"

言下颇有不胜激赏之意。

"世叔的意思是说：只要你允可，其实，长孙飞虹随时可以来去自如了？"

"不是很多人知道这个原委，但的确是可以走了。"诸葛微笑更正道，"毕竟天牢那种地方，不是说来便来、说去就去的。"

"世叔认为他可以杀得了蔡京？"

"蔡元长这人机警聪敏，步步为营，加上手下高手如云，能人辈出，的确很不好杀。不过，若说世上还有什么人杀得了他，只怕凄凉王是一个,叫天王是一个,方巨侠也绝对是另一个。"诸葛深思熟虑地说,"蔡京这回若再拜相,一旦登位,必全力铲除异己,再不留情。连当日政敌、武林道上的英雄好汉,必也一个不留,社稷精英,尽为之空。以蔡京豺狼之心,一旦重新得势,他的作为也必更虏极欲,凡是反对过他的人,都没有好下场。我一向反对刺杀,但在这种时候,杀死这个祸首,也许是唯一可行之策。现在已到了这火烧眉睫、兵临城下的时机了。国社倾危,已在一线,蔡京不死:祸亡无日矣!"

无情道:"其实像蔡京这种人,早就该暗杀他了。"

他的话自有一股森寒之意。

他的表情也透露了肃杀之气。

连诸葛先生也微微吃了一惊,突如其来地问了一句:"你曾刺杀过他?"

无情点了点头。

他们之间隔着一座茶几,几上有杯,杯里有茶,有几片茶叶浮在水上。

无情没有动。

诸葛也没有。

可是杯里的茶叶却动了一动。

颤了一颤。

很轻、很微。

诸葛叹了一口气。

"我一向以为你很冷静。"

无情垂下了头:"其实我不是。"

"我也一直以为你很顾全大局。"

无情在看自己的手指。

他的手指很小、很细、很嫩,指甲菱形,月白很匀,像女子的手。

"对不起。"

"你没有对不起我,"诸葛缓缓地道,"你只对不起你自己。"

无情无声。

"至少,你是对不起你身为维持治安、维护法纪的捕役身份。"诸葛颇为惋惜地道:"我一直以为你很沉得住气。"

无情无语。

"别人可以做这种事,我们却不可以,"诸葛温和地道,"尤其是你。天下捕快,一直都以你马首是瞻。"

他用语很温和,但无情态度一样坚决:

"我认为蔡京该杀。"

"他是该杀。"

诸葛同意。

但没有说下去。

他这样顿住,反而无情自己说下去了。

"我忍不下去了。他在位,我们希望有日天能收他,让他罪有应得,可是,许多好人都死了,就他这个奸人未死,还活得一天比一天好,一日比一日富贵有权。好不容易,才等到他罢相。但他丢了官,却去江南与朱勔父子朋比为奸,倚势贪横,凌铄州县,以运花石献天子为名,饱尽掠劫,贻害万民,枉死无算,遂为大患,天下莫敢奈何!"

诸葛道:"的确是不敢奈何。他有皇帝撑腰,而他也要靠这个强取豪夺,掠万民之财,让他重新得到皇上的信宠,复相掌权。

其势甚明，其意已彰。"

"他在位，弄得民怨沸腾；他罢免，也一样残民至甚，"无情坚持道，"所以，我也想杀他。"

"不只是你，"诸葛微笑道，"我一样想杀他。"

"可惜我没有得手。"

诸葛长叹了一声："以你的暗器手法，若非行动不便，蔡元长断断活不了。"

无情黯然了一下，忽省起什么似的，道："蔡京虽然罢相，但身边的武林高手、江湖能人反而好像更多、更厉害了！"

诸葛先生凝注他，说："我也是担心他这点。世上有一种人，知错不改，以邪当正，他们得意时，胡作非为，结党谋私；失意时，也暗结私通，同奸共济，一旦羽翼渐丰，时机成熟，便复出为恶，蔡京便是这种人，他失权时便会耿耿于怀，小心翼翼，在下一次得权时，便会修正自己的'缺失'，让人无隙可乘，也就是说，以前他或许还有一些留有余地、良善温和的作风，但为了怕再失权，必赶尽杀绝、天良丧绝！所以，他暗自招兵买马、结罗江湖异士，不足为奇。据我所知，'太平门''下三滥''江南霹需堂''蜀中唐门''四分半坛''飞斧队''神枪会''大安门'中，有不少好手都已给招揽过去，有的正在结纳筛选中，争相靠拢，连'老字号'里的顶尖人物：'十全十美'，听说也有人已投效蔡京。"

无情目中精光闪烁："目前他手边确有能人，我功败垂成，就是他们出手阻挠，又不能败露身份，所以几乎折在他们手里，还好尚能及时全身而退。"

诸葛先生直视而道："去袭击蔡京的，不止你一人吧？"

无情只有点头，双目垂视。

"跟你去的，当然都是一流高手吧？"

"若不是他们，弟子只怕也无法活着回来了。"

"那些人是谁，你当然也不会告诉我吧？"

无情沉默了一会儿，才说："弟子答应过……"

诸葛先生笑了，笑得洞透世情，呵呵笑道："好，我明白了，你不必说了，说了我也听不见，我根本不知道有这回事——是不是？"

"是。"

无情目光发亮。

"那一役，"诸葛扪着鬓角，"死了很多人吧？"

"是的，"无情痛心疾首地道："双方都是，死了不少精英。"

"难怪有些好手，忽然从京城里销声匿迹，又忽然暴毙而死，现在我明白了。"

诸葛先生冷哼一声道："不过，无论牺牲再多的人，在尸山叠尸山、热血铺热血中，死人堆里如果有一个活人，那想必仍是蔡京吧？"

无情听了，握紧了拳头，五指发白。

"这人的命，实在很不好要。"诸葛十分感慨，"天妒英才。恶人当旺，有些人为祸天下，敲骨吃髓，作恶多端，偏又命福两大，长寿富贵，真教人无话可说。"

"不过，"无情的脸色也微微发白，"只要是人，就会死。"

他补充了一句："就杀得死。"

"是的，"诸葛也长吁了一口气，"我也觉得是时候取他性命了。他真是恶贯满盈了。"

"所以世叔准备让凄凉王去杀蔡京？"

"他是为这个使命出狱破牢的。"

"可是这事又与孙青霞肯为戚少商效命有何瓜葛？"

"问得好，"诸葛先生道，"关键就在，孙青霞并不知道凄凉王其实已蒙特赦，随时可以出牢重见天日了。"

无情迷茫，就像在死人堆里忽然看见一个活人正在涂脂抹粉妆扮容颜一样。

第玖回 活人家里的死人

人多如此。一得势,人多倾附;一失势,狗走鸡飞。

无情问:"所以,孙青霞还是要设法救他?"

"在他尚未崭露头角少年时,凄凉王长孙飞虹就非常赏识他和器重他,认为他有朝一日必能成大事成大器,并引荐他入'一贯堂'和'拿威堂'。孙青霞一直感激他识重之恩,所以,他决不放弃营救凄凉王的计划。"

"可是以他一人之力,只怕无法成功。"

"因此他要找人相助。"

"——在京城里,能够有力量助他一把,而又能与之气味相投的人,只怕很少。"

"的确不多。"

"但戚少商是一个。"

"绝对是最适合的一个。"

"难怪他要戚少商欠他的情,来博对方还他一个义……"

诸葛莞尔道:"那就是搭救凄凉王。"

无情的眼睛逐渐明亮了:"戚少商答应了没有?"

"他当然答允。"诸葛眯着眼微笑道,"他本来就很崇仰凄凉王。而他手上有不少好手把事,曾出入天牢,对地方熟悉,内里又有照应,加上跟他交好的'发梦二党'是市井之徒,盘踞城中各处,连大牢里也有他的势力、死党。"

"因而有他们帮手,救走凄凉王一事,就好办多了。"

"至少可以得到多方援助。"

"可是戚少商也不知道凄凉王其实随时都可以出狱一事?"

"戚少商是不知情。"

"但世叔已告知他了?"

"我不想他们在劫狱之时又牺牲太多的人——不管是哪方面的

人,都是生命,且是精英,不该丧命在自相残杀下。"

"世叔想必是私下通知戚少商了?"

"所以戚少商大可不费吹灰之力,就能领孙青霞这个情了。"

"但事实上,却没有。"

"……"无情不解。

"因为戚少商马上把我的情报告诉了孙青霞。"

"全部?"

"至少没有隐瞒。"

"没想到……"无情冷笑道,"没想到戚少商还真不占这个便宜。"

"他是没占这个便宜,"诸葛看住无情,抚须笑道,"所以他们真的交成了朋友、好友。以后,孙青霞帮戚少商,不为什么,只因为他是他的朋友;戚少商若要助孙青霞,也不为了什么,只因他是他的朋友。"

无情嘴角撇了一撇,好像有点儿不屑:"戚少商的确是很会交朋友。"

诸葛呵呵笑道:"你也很会做戏。"

无情诧道:"做戏?"

"对。"诸葛和和气气地道,"其实,你根本就是戚少商的好友、至交,你们之间的交情,也好得很,更秘密得很。"

"这……"无情为之瞠然。

他断没料到诸葛有此一说。

会这么说。

"你表面上很讨厌戚少商那种人似的,在人前,处处揶揄他,不惜与他站在对立面,尤其在我面前,更不惜激怒他,与之为敌，"诸葛和颜悦色地道，"你是要大家，还有我，相信你和戚少商之间并无纠葛。"

无情已说不出话来了。

"只有这样，你们才能暗中结合、联手，而不会致令旁人说你勾结盗匪帮会，而戚少商也不至给人说他私通官府、两造利便；当然，也不至令我为难。"诸葛娓娓道来，"如无意外，其实伙结谋刺蔡京那一场，戚少商和他的兄弟们也跟你一道行动吧？"

无情愣在那里，一时不知承认好，还是不承认是好。

"这也难怪，以你的身份，还有行动上的种种制限，有很多事，你不便为之的，只好请戚少商和他那一帮子的人下手、出手，这是可以理解的。"诸葛为他圆说，"既有密议，就不得张扬，以免大家不便。所以，你们必须要装成有怨怼，成宿敌，才可免却大家疑虑。你是个嫉恶如仇的人，偏又是名捕身份，不能直接除奸杀孽，且又掌握一等情报，搁着无用，煞是可惜，所以，你唯有出此下策，用戚少商来达成你要完成但不便去做的事。"

"世叔，"无情嗫嚅道，"我……"

"这种情形，我很明白。"诸葛微喟道，"只要不越矩，不逾正道，至少，不相恶为奸就好……你那次刺杀行动中，还给黑光上人偷袭击伤了内脏，以致脱肛腹疼，不时发作，是吧？"

无情赧然道："世叔是老早就知晓这……这事体了？"

诸葛先生点点头。

"我一直都有暗中留意，看你有没有借你特殊身份、地位来谋私利，为恶作奸。"诸葛沉吟道，"如果有，我也只有大义灭亲亲手将你剪除了……"

无情听得冷汗涔涔而下，湿透重衣。

诸葛在沉吟之时，很有一股天威莫测、苍穹无情之意。

几上有杯，杯中的茶，忽微微掀起了涟漪、波纹。

诸葛忽问："崖余，你看到杯里的水吧？"

无情不知诸葛何有此问，只平心、屏心看去，的确看到那水纹在微微波动。

只听诸葛说："看到水在动吗？"

无情道："看到了。"

"是你的心在动吧？"诸葛一笑，又撚须道，"水一波一波地动，像一场又一场的波劫。"

无情静聆，仿佛听出了什么言外之意。

诸葛叹道："我们的国家，手掌大权的人，贪图逸乐，穷奢极欲，劫取豪夺，纵欲渔取，社稷将倾，危在旦夕。这像一波又一波的劫难，不知几时方告完结；这是一遭又一遭的折腾，未知何日才有终结。"

无情听了，良久不语，忽然做了一件很有点突兀的事。

他拿起杯子，一仰首，就把杯中水喝完。

诸葛的眼神也亮了一亮，笑语："你悟性很高——但如果是一池塘的水，你就喝不尽、饮不完了。"

无情道："能喝多少就喝多少。"

诸葛道："只怕喝得来，也只是一缸两缸，杯水车薪。"

无情道："一个人只喝一坛子两坛子，但纠众之力齐喝，众志成城地痛饮狂吞，也总能喝它个五湖四海吧！"

诸葛道："只怕喝得来，连湖上的舟子全已覆没了。"

无情忍不住说："没办法，风雨行舟，遇上波澜万丈，也只得斗一斗，拼一拼了。"

诸葛又再沉吟了一下，忽一笑，举手抄起茶杯，也要喝下去。

无情却马上取去了诸葛先生面前的茶。

然后他拿起了壶，替他斟上了一杯新茶。

"茶冷了。"无情道，"世叔宜喝热的。"

诸葛看着他倒茶的姿势，微笑道："你在此时此际，仍一心不乱，神集志专，可见居心正而人无惧，毕竟，还是个沉得住气的好捕头，不愧为天下捕快之首。"

然后他拎着热茶，微微呷了一口，道："复出的蔡京，勾结童贯、梁师成，声焰熏灼，罪恶盈积，且借征花石之名，广征役夫，百般搜求，连同王黼、朱勔凿山辇石，程督惨刻，借此搜刮劫取，遂使辽国日盛，女真日强，国本日蹙，威权日削，蠹用国库，以肥己私，民不堪命，只供侈靡。我也想除此六贼，割此痛疽，尽消其毒。"

无情听了奋然："所以世叔有意激使凄凉王出山，连同戚少商还有孙青霞等人，立此功德，以清君侧？"

诸葛道："不只是他们。"

无情禁不住咕哝道："叫天王可决不会杀蔡京，他们是同一鼻孔出气的。"

诸葛道："这个当然。叫天王已不复当年豪勇，晚年多向权势靠拢，已无有少壮时独立特行激浊扬清之志，能保声势繁昌、得有荣誉平安，就已心满意足。"

无情道："沈虎禅决战江湖，在刀光剑影、腥风血雨中持正卫道，只怕已抽不出工夫来管朝中沉瀣俗事。方邪真行云无羁，漂泊天涯，他管的是天下人天下事，为市井百姓主持正义，也从不理宫廷里的乌烟瘴气！"

诸葛笑道:"他们两人,一个凶,一个逸,一个活得虎虎有力,一个过得白云清风,都比我这种身在庙堂心在野,偷不得半日闲的老人命好!"

无情忙道:"世叔万勿如此说。若无世叔在社稷高位,暗中把持正义,只怕国家早已倾亡,精英元气俱为丧尽矣。"

诸葛道:"这种事,你也在做。有朝一日,我不行了,就看你了。"

无情听了,心头只觉一阵难过,一时说不出话来。

"我年事已高,早该退下去了。"诸葛颇为感喟地道,"可惜,一直找不到适当的时候。"

他哈哈干笑道:"这叫舍不得,放不下,真是俗人敌不过天意,凡夫怎堪庸碌。"

无情道:"世叔是替天下万民鞠躬尽瘁,没有你从中点拨,强军护国,只怕外寇早已入侵中原,内贼更要殃尽朝野了。"

诸葛凝视无情,目中充满感情:"本来是我舍不了,却是难为你了。"

无情低头一阵哽咽,忽改了话题,仍问:"——还有谁可杀蔡京等六贼?"

诸葛忽长咏道:"哭之笑之,不如歌之吟之。"

无情一震:"方巨侠!"

诸葛抚髯。

无情精神顿为一振:"他会回来么?"

诸葛笑笑道:"你得派人去接一接他。"

无情奋然道:"若世叔能请得他回来主持大事,那就太好了。"

诸葛道:"至少,他可以管束一下方应看和有桥集团的助纣为虐。"

无情有点恍悟地道:"难怪蔡京最近更招兵买马,增强子力,招揽各路高手入局了,想必他已风闻凄凉王、方巨侠等可能会对付他吧?"

"旧的不去,新的不来。"诸葛先生语重心长地道,"像蔡京这种人,自然懂得养精蓄锐,保留元气,并且在适当的时机,把一些原来立下不少汗马功劳,为他卖命的旧人除掉,以换上对他有用的新血。"

"难怪,"无情马上作了联想,"近日,'飞蝗派'掌门人程丽迟、'飞斧队'的'白莲花'余白莲、'神枪会'的'梅毒神棍梅花枪'公孙老玖,以及本是外具刺史何家好、郡守梁少仁、县官陈太岁等,在短短个把月内,全因奉承蔡京而自直秘阁至殿学士,各掠取了应奉局、承宣、观察使等要职,还直觊龙图阁,把待攫夺了高位,无疑先丰羽翼,以为铺路,居心昭然!"

诸葛淡然道:"人多如此。一得势,人多倾附;一失势,狗走鸡飞。"

无情切齿地道:"这些人,给他们升上来还了得!一定借势逞凶,秉高为邪,残民更甚!——要不要也一并……"

诸葛笑了,低声问无情:"你可知他们这些人为何擢升得如此之快、这般之速?"

无情直道:"当然是他们巴结奉承蔡京、王黼等人的'回报'。"

诸葛笑道:"只对了一半。"

无情诧道:"哦?"

诸葛带点神秘兮兮地道:"蔡京保荐他们入朝为官,这点确

然，但他们迁升如此之高，却是因我大力推荐之故！"

无情更为讶异。

"莫测高深！"

"不高，也不深，只是人之常情。"诸葛先生笑嘻嘻地道："要打击一个人，压他到最低处，是下策。尤其对有志气的人，压力愈大抗力愈大，用不得。不如来个顺水推舟，借力打力，蔡京要结党成群，互为包庇，这些人是先锋部队，我若拦阻他们，他们必嫉恨我，与我为敌。我先且让路，再扶一把，他们原只步步高升，我一下子把他们保举作入朝供职，非观察使即承宾使，官是够大了，可是能力不足，经验也不够，人事也没搞好，一下子，缺失就出来了，丑态毕露，有过互诿，我这一让，再加搀扶一把，蔡京必认为他们与我通奸，何况，这些人不是出身武林帮派，武功高强，就是翰林学士，饱读诗书，蔡京既不喜欢江湖道上高来低去难以纵控的人物，也一向嫉畏饱学儒士，这些人迟早会遭蔡京之妒。再说，他们一旦知为显官，喜出过望，纷纷谢主隆恩，走马上任，殊不知这样一来，在蔡元长未复位前已得意忘形，先行得志踌躇，必遭其忌，假蔡京之手除去他自己一手培植的人，岂不省事？岂不更悭力得多了！"

无情听了，心道惭愧，幸未轻举妄动，坏了诸葛大计。

诸葛却笑向无情："我是不是很奸？"

无情即道："若不够奸，如何与那干奸贼周旋？"

诸葛感慨地道："我一向都认为：奸臣够奸，忠臣却不够忠。"

无情不解。

"忠臣忠得来，总有缺憾。像王荆公、司马温公，均为朝中大臣，饱学之士，灼见真知，智勇双全，但却互不能容，党同伐异，终至英才凋零,奸佞为恶。"诸葛感慨万千,"但奸的又不同。你看朝中之贼,守望相顾,互为照应,紧密合作,望风承旨,若出一轨,且巧于取宠,逢君所好,内有梁师成,外有朱勔父子,文有蔡京,武有童贯,王黼辅之,李彦为助,朝中大臣,均为党羽,弟子从附,不论其数。他们都一样贪婪好权,不学无术,但机智诡诈,多智善佞,所以节节上升,使得忠臣烈士,阵阵败退。"

他长叹一声又道:"真正忠诚清正之士,不是太耿太直,就是无容人之量,不知进退之略,不然就是无法结合异己之力,或不屑于结党造势,不肯相忍为国,结果,处处落败于奸佞借势联结的力量下,坏了国家大事,诚为可惜、可悲、可悯、可叹也!"

无情这才明白了诸葛先生说这番话的苦心和用意。

"最近,略商、游夏、凌弃等,都派了出去办案、办事,也是由此而起,"诸葛继续解无情近日来之困惑,"朝中精英,几近丧殆尽,宋室奢靡,衰亡之势恐江河日下,难挽难止,我诚不欲连在江湖上豪士侠烈,也给朱勔、王黼等奸佞,配合蔡京、梁师成,分别在朝在野,绝我大宋生机。"

无情听得肃然生敬。

诸葛却忽然把话题一转:"不过,有一人,你也可让他重创,但切勿绝他生机。"

无情奇道:"谁?"

诸葛道:"天下第七。"

无情诧异更甚:"他?这个人是个天生杀人狂,作了不少恶,犯了不少事。干下不少奸淫案子,要孙青霞去背锅;又为蔡京爪牙,害了不少忠臣侠士。按道理,他该死。论罪刑,该抓他回去正法。不过在人情上,我杀了他父亲文张,应该给予他一个报仇

的机会。——只我不知世叔为何要予他一条活路？"

"他是十恶不赦之徒，论罪当诛。就算在私仇上，蔡京曾派他卧底，他在窥偷学得元师弟武功之秘后，又暗算其师，不然，元师弟或不至遭此下场，"诸葛说来不仅悻悻，简直还忿忿，"换作我，我也要杀他。"

"他好比是活人家里的死人，只要仍在京里活动，迟早就将之人士为安才是。"诸葛补充道，"只不过，留着他命，还有用处，所以，暂时杀不得也。"

第拾回 攻其无鼻

世人喜欢吃甜怕苦，殊不知吃苦愈多，成就愈大，功夫愈厚。

"可是，世叔现在的意思是，"无情已完全回复了他的冷静，他那种独特的、带点揶揄和遗世的、近乎冷酷的冷静和沉着，"你的命令是要我留住他性命。"

也许他为诸葛正我做事多了，已完全领略到诸葛先生的处事手法和政治手腕的变化多端、反复无常，故已不以为怪，不以为忤。

"不是命令。"诸葛好像在看无情，又好像不是——如果是，那一定是在暗中观察，如果不是，他一定在仔细回味无情的语态，"你可让他伤重，拔其牙而去其爪，让这个天生杀人兽无法伤人。你也可以假手他人伤之。但最好能留住他的命，因为……"

"如果，我是说如果……万一，我指的是万一，万一'血河大侠'方巨侠不忍制裁他的爱徒方应看……或者他也制不住这狡诈之徒——那么，已经学得元师弟三大奇功：'山字经''忍辱神功'及'伤心小箭'要诀的，就只剩下天下第七一人而已。"诸葛先生咳了几声，换了口气，喝了口茶，才接下去说："他死了，恐怕就没有人能破解师弟的这三项绝学了——方小侯爷也就变得很可怕了。"

无情小心翼翼地问："方应看若能参透这三种奇功，就能无敌于天下？"

诸葛笑道："天下无敌者能有几？像战神关七、'血影神掌'归无影，武功就超出他不知几许！不过，在京城里，武林中，像他那么年轻而武功又那么高、城府这般深沉的人，的确也难有人能出其右。要是他再完全参悟了'忍辱神功''伤心小箭'和'山字经'，的确非同小可了，你们四兄弟若非联手，单打独斗，恐尽非其敌矣，问题是：他也未必尽能破悟。"

无情又小心地问:"'山字经''伤心小箭''忍辱神功'这些武功就那么可怕吗?"

诸葛小花呛咳了几声,缓缓地说:"要只是其中一种,虽然很犀利,尚可对付。'山字经'是练功的心法,跟一般习武的方式几乎完全不同,另辟蹊径:好比作画一样,人是绘山画水,工笔花鸟,人物写意,但他却另具一格,自成一派,去画人的内心世界、花之言、鸟之声、山底内的火熔岩、水深处的鱼。这方法是前人所未得,也是后人之所未习的。'忍辱神功'是一种'吃苦的功夫'。世人喜欢吃甜怕苦,殊不知吃苦愈多,成就愈大,功夫愈厚。看来这功夫有点傻,但一旦练到精纯处,远非一般功夫可及。就像绘者绘石,石最简单,但也最难画得神似;石头看来不动不言,但每一颗石头都与众不同,别具特色。'伤心小箭'则是伤尽了心,绝尽了望所发之箭,用的是'无所住'之力,也就是俗称的'无情力',发的是'天地之箭'来以'忍辱神功'之力'山字经'之心法,这种箭法变得像鬼神震怒,石破天惊。——分开来,虽厉害,但仍可应付,合在一起,那就是惊天地,泣鬼神,能应付者,只恐怕屈指可数矣!"

无情谨慎地问:"连世叔也不能应付了?"

诸葛一笑喝茶。

回味无穷。

无情知道自己多此一问,改而问道:"要是世叔早将'山字经''忍辱神功'和'伤心小箭'的破解之法,公之于世,岂不自然有人可以收拾这方拾青了?"

诸葛先生合了双眼,似对那一口茶余味无尽,好一会儿才说:"坦白说,我们自在门的武功,旨在'启悟'二字。一旦开悟,就

人人效法不同，功法不一，且绝不重复，元师弟是个武痴，武功不但超凡入圣，在创意方面，也花样百出，琳琅满目，变化多端……"

每次他说到元十三限、天衣居士等人时，语音就变得很有感情。

"'山字经''伤心小箭''忍辱神功'……这些都是他看家本领，融而为一，交汇运用，我也未亲遇过，没有把握单凭猜度就能化解……"他叹了一声，徐徐睁开双目，又道，"这就是元师弟的过人之处。他确是个武学宗师，智能天纵，绝顶人物，天才高手！"

无情发现恩师眼中隐有泪光。

他知道这个时候自己该说什么话。

他就说他该说的。

"天下第七是元师叔的徒弟，可是他背叛师门，为讨好蔡京，不惜杀师，大逆不道。方拾青乘人之危，利用无梦女，盗取了元师叔的真传绝艺。所以，我们理应利用天下第七的所知，去攻破方应看之所学，以其人之道还治彼身，也算是为元师叔泉下之灵出口气。"

诸葛颔首道："至少，元师弟泉下有知，也会惩戒这两个敲髓吸血的贪婪之徒。"

无情道："眼下戚少商已出发赴三合楼之约，事不宜迟，我就过去办我的事。天下第七不要出现即可，一旦露面，就算戚少商、孙青霞放不倒他，我也决不会放过他的。他这人作恶多端，连鼻子也给削去了一大半，我们就来个攻其无'鼻'！只不知……蔡元长舍不舍得派他出来。"

诸葛微笑。

笑意里不仅带着鼓励，还有器重与欣赏。

"你也喝茶。"

无情马上便喝茶。

"这是'难得糊涂茶'。"

"茶壶也好。"无情道，"茶香茶壶雅。"

"那是大石公送我的一番心意，他今天也来了，就在'知不足斋'候我。"诸葛以手指额，"他希望我放糊涂些，活得就比较写意。"

"可惜世叔却不能糊涂，要为国睿智。"无情道，"老成谋国，频繁献计，皆因万民，心系百姓。世叔糊涂不得也！"

"我是糊涂不起。"诸葛揶揄道，"所以难得糊涂。"

然后他话题一转：

"不过，蔡京这次只怕定必会派天下第七出动，并顺便除掉他——除了刚才所说的缘由外，还有一因，你可知就里？"

无情只问："还有缘故？"

诸葛一笑，咳了几声，道："有。最近雷纯向她干爹告了个状。"

无情听到雷纯的名字，便饶有兴味地问："告什么状？"

"告了天下第七什么，我们只能从旁猜测估度。"诸葛在有意无意间留意了无情一眼，"可是，大家都知道，这位纯纯静静、乖乖巧巧的姑娘不管在任何人面前告状，都是很见功效的。"

"这点固然。"无情一向冷峻的唇边，居然也有了点奇特的笑意，"她向关七告了一状，关七就在京华之夜里力战群雄，几乎战死方休。她在蔡元长面前告上一状，就把白愁飞自'金风细雨楼'扯下马来，兵败人亡。威力已可见一斑。只不知她这一次，又以什么名目告天下第七？"

"据我所知，天下第七犯了件事，令雷大小姐十分切齿怀恨。这事本来已有人扛上了，雷姑娘亦已作出惩戒，但最近才知晓那人是背了黑锅，元凶仍在，可能就是天下第七。"诸葛眯着眼睛看无情，"遇上那种事，听说蔡元长也十分戒怀，这样一来，他也不再宠信天下第七了。"

"这样一来，天下第七对蔡京而言，是用之无味，杀之结仇，"无情接道，"所以，以蔡京性情，必将之诿于敌手，借刀杀人，以绝后患。"

诸葛先生慈和地笑着。

笑的时候，眼眉、眼睑、眼尾、眼纹，乃至眼波和眼睫毛，都很慈祥温厚。

但若仔细看去，则不尽然。

因为眼神依然很凶。

很凌厉。

——像电光，但没有光，因为一切光彩，皆已敛藏。

敛入心底、藏于胸臆。

"雷纯这个女子，跟狄飞惊一样，都深藏不露，高深莫测。"诸葛道，"要小心。"

无情斟了一杯茶，在浅尝。

即止。

他端然趺坐，静若处女，八风不动，衣不带水，眉目如画，但在极文极静处偏又冷冷地渗透出一种杀气来。

诸葛先生端详了他良久，只见他眉毛也不剔耸一下，终于放下了杯子，叹了一声，道："你一向不太喝茶的。"

无情端正地答："是的。"

"喝了浓茶，你会十分精神，难以入睡。"

"就算不是太浓的茶，我也会精神抖擞，无法平静。"

"所以你也不宜喝太多的酒。"

"人家饮酒会醉，我喝了偏更清醒。"

诸葛叹道："这就是你的本事。"

无情道："那是世叔训练有素。"

诸葛爱惜地道："这却不然。人人体质不同，不是每个人都可以这样子的。你这是与生俱来的特性。"

无情淡淡地道："也许，我因为先天就坏了腿子，不能自由自在，才有这些古怪劣根性儿作补偿吧！"

"人的自由自在于心，而不是在一双腿上。"诸葛怜才之意更浓，"你任侠坚忍，头脑清楚，就算不能太方便走动，但却绝对是个自在门里的自由人！"

无情笑了一笑，笑意里有涩味，神色却很有点落寞："有时，太过清醒，反而使人痛苦。做人还是迷蒙点的好，世叔不是说过吗？人生端的只是一场迷梦——还是难得糊涂、糊涂难得！"

诸葛笑慰道："那你只好喝白开水了。"

无情苦笑道："问题是：我连白开水都照样清醒不误。"

诸葛半揶揄半开玩笑地说："当年，女名捕花珍代就是太胖，于是戒食戒饮三个月，只喝白开水——可惜她仍然很胖！她连饮开水都会发胀！"

无情也笑道："没办法，这是命。"

诸葛有些担忧，敛去笑容，问："你可记得皇极神数对你疾厄健康上那几句劝谕箴言？"

"记得。"无情倒背如流，"天生残疾不畏艰，孙膑帐中坐。千

里胜雄师。腹不利寒，护肝为重。"

诸葛知道他仍记得，似有些欣慰，道："可是，你最近小腹却受了重创——大概是在刺杀蔡京那一役中失手的吧？"

无情点点头。

一提起腹创，他就隐隐觉疼，同时也十分震佩于诸葛先生明察细微的观察力。

"伤你的人，只怕也不会好过吧？"

对这点，无情也点了头。

——一向，伤害他的人，都不会有好下场；这或许就是无情确是无情之故：他虽不会去主动伤害人，但旁人也休想伤他害他，他一旦反击，必然猛烈，必定凄厉。

诸葛小花仍是很有些忧虑："你计智过人，深谋远虑，少年老成，聪敏好学，又坚忍悍强，所以，许多武林成名人物，都败于你手，且加上你巧伏机关，在轿舆、轮椅上装置了不少机栝，还有一手出神入化的暗器，武功远高于你的，也难与你抗衡。"

他语音一转，忽问："旁人多羡慕你本虽无内力却能发出繁复巧妙、杀伤力奇巨的暗器来；本不良于行，却又能上天入地飞檐走壁，施展出强手远难及背项的绝世轻功来——可是你可记得这内息和轻功的缘由吗？"

"世叔教诲，岂可或忘！"无情清楚明白地回答，"世叔是教我利用'潜力'，以空无之力来换取实有之力。轻功如是，发出强大暗器的腕力亦源于此。"

"对，这是以无胜有之力。"诸葛先生道，"人能擅用自己心智，不过百之五六。人能运用自己才能，不过十之一二。人多分心，心有旁骛，加上俗世琐务，不可能全神贯注，全力以赴。人对自身许多潜力,既未能掌握,甚至亦未知透彻。故而,'佐史拾遗'中有记:一村妇见驷驹马车撞向自己在道旁戏闹小儿,竟奋不顾身,一力挽住奔马。而'薄古轻今杂谭'中陈礼亦有载:一秀士本手无缚鸡力,从商归来,见大火烧村,竟奋力冲入冲天火场,背驮病母,怀揽病妻,左右手各攥若八九岁之儿女,五人一同冲出大火。村人见之,为之骇然,事后秀士亦几不敢信,自己竟有此神力,并以为神迹!其实这类奇迹、神力,古今中外,在所多有,这种力量本来就蛰伏在人的体内、脑里、心中,只是一般人既不懂得善加运用,甚至也不知道它确然存在而已。"

他说到这里,顿了一顿,才说:"这叫潜力。在练功的人来说,这就是内力。内力可以至大、至巨,也至无限,甚至是可以无生有,也能以无胜有。"

无情完全明白诸葛小花的话。

也理解诸葛先生的理论。

——他就是因为这个"内力"的论据,而能够以废腿施展轻功,能以无法练习内劲之身而发出以莫大内力运使的犀利暗器,以至名动天下,罕遇能敌。

也许,他唯一还不明白的,是诸葛先生说这番话的原因。

诸葛正我忽然在此时提出这番话来,想必是事出有因的。

有些人,无论说话或做事,都一定会有他的理由,有时候,乍看还真以为没什么特别的因由,但多过些日子,再发生些事情,多走几步之后,才恍然大悟,原来:他早已料到有这一步、这一着、这一天的了!

这种人,深谋远虑,眼光远大,城府深沉。

不过,有的人却不要做这样子的人。

因为他们认为这样子做人很累。

话说回来,能够有这样想法的人,已经是一种幸福。

因为有些人一生下来就有一定的地位,有了那样的名位,他们就不得不这样思虑,而且还想得周详细密;他们也不得不这样做,而且更要做得手辣心狠。

他们不仅是为了自己,也是为了大多数人的利益,或只是他们那一伙人的利害关系,不得不如此。

假如易地而处,你就不会引以为怪,不忍深责其"非"。

因为"非"其实就是"是"。

没有是,哪有非。

非正其是。

大丈夫生逢于世,自当为国效力,尽其所能,大作大为。

若生不逢时,独善其身,自由自在,岂不悦乎!

第壹壹回 非不法行动

真情往往输出的是真心，深情换来的多是伤情。到了极处巅峰，还是得高情忘情。情之所起，莫知所终，不如还是不要生情的好。

无情道："世叔一直就是运用这个原理，为我残躯找到了一种似无本有的'瞬发之力'，使我能使暗器、施轻功。众人不解，以为矛盾，其实不然。"

诸葛先生叹道："就是因为是'瞬发力'所以无法持久，你千万要珍之惜之，勿耗尽用殆，悔之无及。"

无情垂下了头："这点我明白。"

诸葛怜才地道："你的精神太好，连喝茶都是精神抖擞，平时又花太多心神办案，更花太多的心力，与罪犯、敌手周旋，我认为这是过度殚精竭智，消力耗神，又把潜力用尽，实非长久之策。"

无情没有抬头："这点我知道。"

诸葛语音很有感情："最近你腹伤未愈，又花很多时间去调训三剑一刀童，实在应该调养、休歇才是。持盈保泰，才是可恃。"

无情的语气似很有点歉疚之意，"有段时日，我因庸碌不才，不胜琐务，以致没好好调教四剑童，才致使金剑林邀得惨死，一直自责于心，无法忘怀。我想多花些时间调练他们，好让他们能够早日成才，自立于江湖，不受人欺，才不枉这师徒缘结一场！"

诸葛扪须撚髯，道："可是，你年纪也不小了，感情的事，也应当为自己设想一下了，别老是忙于公务，而忘了私事。"

无情低声道："我这身子……已不想再害人误己了。"

诸葛正我肃言道："你这想法不对！你本来就是个正常不过的人，就是这想法才害了自己、误了人！"

然后他劝道："多为自己想想吧！没有好的将军夫人，哪有好将军！当一名捕亦如是。多把事情交给一刀三剑童分担些吧，也让他们学习主掌些案件事情。……天下第七一旦落网，可先废其爪牙，封其穴道，让他功力废去，武功暂失，然后交给刀童剑童看管，你可省些心力。另外，可派其他刀剑童去迎迓几个重要人物。最近，追命、冷血、铁手，纷纷出差，派出京城去了，这儿事事都教你太费神了。"

无情说道："我这些算啥！耗神费力的是世叔您，而今还为我的事伤神呢！"

诸葛笑道："伤神我不介意，只怕劝了你也不听。"

无情赧然，但神情坚定："不是不听。我一直都认为，像蔡京、王黼、朱勔这些巨奸大憝，是饶不得的。一旦任其人居要律，坑害同僚，游纵无检，怙势熏灼，为祸大矣。有这种人，我就一定要撑着，为天下精英保留一点元气。"

诸葛哂然道："所以你也不惜隐名捕之身份，摇身一变成刺客，暗中去行刺他们？"

无情一字一句、眼神清澈冷酷地说："我是认为：上梁不正下梁歪，主昏臣佞，巧取主宠，权奸猖獗，皆因主上不鉴忠奸之故。这些人能逢君所好，竞媚而起，全因方今圣上只识寻花问柳、吟诗作画，自命风流天子，自号道君皇帝，而不思民疾苦，不理天下兴亡之故。上行下效，毁法自恣，国本日蹙，同恶相济。而今朝廷，公相为恶，媪相作孽，全因主上宠用独喜之故。所以……"

无情口中所说的"公相"，是当时人们对蔡京暗中的戏称，至于另一个出了名是"外战外行，内战内行"，对外打仗屡战屡败，但对内斗争倾轧却残酷刑毒，但又掌管枢密院大权，并陆续封为太傅、经国公，已经飞黄腾达、炙手可热的童贯，则给人们嘲为"媪相"。两人相济为虐，荼毒万民，与在宫中的梁师成，在朝廷的王黼，以及坐领东南的朱勔父子等人，搜岩剔薮，巧取豪夺，

君臣竞奢,不理伤亡狼藉,死丁相枕,冤苦之声,号呼于野。

可是,这些妄为之徒,却能执掌大权,权倾一时,穷奸稔祸,流毒四海,皆因宋帝对他们宠昵至深,极加信重之故。

说到这里,无情的用心,已昭然若揭:

"与其杀了一个又一个祸国殃民的佞臣贼子,不如一不做、二不休、三不回头、四不留手,把他们的顶上大靠山也一并儿……"

他的话没说完。

因为诸葛先生已然叱止。

"别说了!"

诸葛很少动怒。

至少,无情在他身边侍奉已久,也绝少看见他动气。

他甚至很少打断别人的话。

——就算再无知、幼稚、难听的话,他也会让对方说下去,至多,他根本不听,或听不进去就是了。

他一向认为:谁都有说话的权利。没道理你能说,他便不能。但我们也应该有不听的权利。废话说多了和听多了,正事便干不来和做不好了。

可是,这次显然是例外。

他打断了无情的话。

"我什么都没听到。"

"这种事,你最好说也不要说。"诸葛正我语音严厉。他很少如此严厉地训话,尤其是对他的爱徒无情,"这种话,牵累至剧,株连奇巨,你今后再也不可跟任何人提起。"

无情听后,眼神却亮了一亮。

他寻思,沉吟,然后说:"……是不能说?"

诸葛没回应。

"只不得向人提?"无情又试探地道,"不是不能做?"

诸葛冷峻地道:"敌手卧底遍布朝野,祸从口出,你要自重才好。"

然后他忽又补了一句:"……杀人,毕竟是非法的行动,更何况,你杀的是——"就没说下去了。

无情眼神却是更亮了。

他的眼黑如点漆,白得清澈,很是慧黠好看。

"——可是,为天下万民除害,为宋室社稷不世之业,那就不是不法行为了。"

"这种话,还不到时候,不该说,也不能说。"诸葛再次告诫,"杀身之祸事小,牵连大家,伤了大宋元气精英,才是造孽罪过。"

无情的眼睛更亮了。

亮得像点亮的蜡烛,很宁,也很灵。

又精又明。

"先处理了天下第七那桩事儿吧!"诸葛先生且将话题一转,嘱咐道,"记住,你若能保住了天下第七不杀,就要设法让他把'忍辱神功''山字经'和'伤心小箭'的要诀抖出来。方今圣上,已愈来愈重用方应看了。有他在,只怕为祸更深。这件事,你可以任何名义为之,但决不要提起我对你的指示。"

无情心中有感,但仍坚定地回答。

回答只一个字:

"是。"

他没问的是:

"为什么？"

他对诸葛先生的话已习惯了"服从"，而不是"质疑"。

虽然他很聪明。

甚至还十分精明。

——就是因为他聪敏、精明，所以才不追问缘由，也不查根究底。

"你找适合的人去接方巨侠。他一向喜欢与小童相处，当年，方应看也因而得取他的欢心。要是接到他，记得，最好，先请他跟我会上一面。"

无情答："是。"

"这点很重要。"

"知道了。当尽力而为。"

诸葛正我迄今才有点满意似的，忽然问了一句："你知道孙青霞自从失意于'山东神枪会大口食色孙家'之后，闯江湖、入京师，均用了很多不同的名字和化身这一事吧？"

"是的，"无情道，"这点他跟当日的白愁飞十分近似。只不过白愁飞当时还未打出名堂来，只好用一个名字毁一个名字，直至他能功成名就为止。孙青霞则不一样。他不想太出名，只图风流快活，故用一个名字便弃一名字。"

"他其中一个名字是'孙公虹'。"

"是。"无情接道，"他便是用这假名去接近李师师和戚少商的。"

"不错。你记忆力仍十分好。这点太也难得。饭王张炭本来记忆极佳，但近年来可能受到'反反神功'和无梦女的冲击，记忆时好时坏，程度不一。你也许不能练成绝世武功，但若能有此精明脑袋,以及这般深刻的记忆力,至少,那已是一种绝世武艺了,就算跟杨无邪、狄飞惊等英杰、枭雄相比,也不遑多让。"诸葛用赋比的方法着实夸了无情几句,然后接下去道,"他这个名字,便是为了要纪念'公孙扬眉'和'长孙飞虹'这两名挚友之故。"

无情忽然明白过来了。

于是说:"但公孙扬眉已经英年早逝了。"

诸葛道:"铁手曾为了此事,远赴关东,侦破了这件冤案。"

无情道:"现在就是只剩下长孙飞虹仍然活着。"

诸葛:"不过目前仍关在牢里。"

无情:"既然他用的是假名也在纪念这两个人,那他对此两人的感情义气,不但是非常真心的,同时也是非常深刻的了。"

诸葛没回答,但眼里已流露出嘉许的激赏之色,忽然道:"其实你的人并不无情。你只是怕动真情,所以要佯作无情,好让人无隙可袭,而你又可自保不必为情所苦。"

"真情往往输出的是真心,"无情无奈地道,"深情换来的多是伤情。没办法,据说怪侠欧阳独所说:到了极处巅峰,还是得高情忘情。情之所起,莫知所终,不如还是不要生情的好。"

"人非草木,孰能无情?说是容易,做到却难。尤其是你。"诸葛平视他道,"我知道你。——还记得你给江湖人称为'无情'的名字之来由吧?"

无情的目光在看茶杯。

仿佛那茶杯在跟他招呼。

"记得。"

"这是我替你取的。有一次,我因为一件事,骂了你'无情'二字,传出去了,你就变成了'无情'。"(故事将见"少年无情"

一书）诸葛无限缅怀地道,"那事后来发现是一个误会,但你为了要记取那个教训,不但任由人唤你作'无情'为惕,还鼓励人叫你'无情'为念。"

诸葛注视着他,又说:"光凭这件事,就知道你非但不能无情,甚至还太过不能忘情。"

无情笑笑。

他现在在看茶壶。

仿佛那是一只会说话的茶壶,正在唱歌。

"世叔记忆力真好,"他腼腆地说,"还记得这些事。"

"我也记得魔姑姬摇花的事,已经过了一大段时间了。"诸葛感喟地道,"你再忒煞情多,也不该再记着她了。"

无情在今日这是第二次听到诸葛提到他感情的事。

他两道刀眉微微蹙了一下,很快又舒展开来,道:"我已忘了。"

"忘了?"诸葛笑了起来,"忘了就好。"

无情现在在看杯里的茶。

水面上的茶叶。

仿佛,那都是些会招手的茶叶,正在跟他翻筋斗。"孙青霞一再帮戚少商对抗蔡京魔下高手,以及'六分半堂''有桥集团'的人。戚少商也一直暗中协助孙青霞对付'叫天王'的排挤,以及平反孙青霞一些劫色冤案,还有为他平息'神枪会'的追击。"诸葛话题一转,又回到戚少商和孙青霞二人身上来,"你知道,这两人,谁也不愿欠谁的情,谁都不要负谁的义。是以,到头来,戚少商必助孙青霞往大理寺劫狱救走凄凉王。我们可以放出长孙飞虹,卖给戚少商一个交情。"

无情双眉一剔:"那么这个交情,可以换取很重要的……"

诸葛先生哈哈大笑,打断了他的下文:"有时,朋友相交,也不是一定要计较两串钱买三斤猪肉,半斤盐换八两糖的!"

无情一笑,这次,他看桌子。

仿佛那不是桌子而是一个活泼的孩子。

诸葛笑意一敛:"你可以去了。"

无情长揖,推动轮椅,离去。

屏风后,即走出一人,形容古朴。他的容貌、服饰、说话的神情,老实说,像一块石头多于似一个活着的人。

他一步出"知不足斋",就用非常"石头"的语音问了一句。

"怎么样?"

诸葛回答:"果是他。"

大石公又问:"不止他一人行弑的吧?"

"当然。"

"其他的人他不肯说出来吧?"

"他不会说。"

"你打算怎样?"

"我仔细观察过他。他的眼神凝定,举止毫不慌乱。我想,他没有做亏心事。要不然,我只好采取行动了。"

"不必。"

"不必?"

"不应该采取任何行动。"

"哦?"

"因为他只是做了我们想做而还没有做的事。"

"咳……有些事,时机还未成熟,贸然行事,打草惊蛇,为祸

至大。"

"你扶植幼君,密谋多时,为国除奸,时已将届。"大石公悠然反问:"可不是吗?"

诸葛一笑。

笑容里有说不出的倦意和傲意。

且一口喝尽了杯中的茶。

还嚼食了几口茶叶。

第壹贰回 非违法活动

——是以，只要是跟有权力的人搭上边儿，或是名门之后，皇亲国戚，要是不知自重自制自律，很容易便可以凭这种衣带关系，要风得风，要雨得雨，狐假虎威，作威作福。

如此，无情便去执行诸葛先生的嘱咐。

这般，他借"老字号"劫囚之便，重创天下第七，让大家都以为他已丧命，却将之暗地里送到"名利圈"去。

如此这般，他身边的两名剑童：铁剑叶告及铜剑陈日月，负责押送、看守那穷凶极恶的天生杀人狂"天下第七"文雪岸。

他们一进入"名利圈"，店里很多人在叙面、聚脚，高谈阔论、闲聊胡扯，有两名伙计正要出来招呼，一见是叶告、陈日月，怔了一怔，招呼立即变成了行礼："三哥儿""四阿哥"。

要知道，铜、铁二剑虽只是无情身边服侍的书童、剑童，但作为天下第一名捕身边的人，身份自是非同小可，江湖地位也高人一等，只要往外面一站，亮上了相，大家自然都十分尊敬，同时也另眼相看。

——是以，只要是跟有权力的人搭上边儿，或是名门之后，皇亲国戚，要是不知自重自制自律，很容易便可以凭这种衣带关系，要风得风，要雨得雨，狐假虎威，作威作福。

陈日月和叶告幼受无情严格调训，自然不至于如此。不过，小孩子好胜好威风，喜欢充大人争风头总是难免。

这两个出来招待的伙计，两人都姓余，份属兄弟，一个因为头大眼大，人戏称他为"鱼头"，一个走路老是一摇三摆，但身法倒是轻灵，大家就谑称他为"鱼尾"，倒是"名利圈"里出色且是得力的一对哥儿。

叶告、陈日月常出来代表无情走动。"名利圈"以前尽是京师，县城捕快、衙差、六扇门中人的小天地，对他们都算熟稔；由于无情是这一门中最出类拔萃的人物，赢得同僚、同行由衷地尊重，故对他身边的剑童也好感起来。三剑一刀童曾借这儿办些

"正事",一直都得这儿的人合作和帮助。

所以,无情才选了这地方,让二剑童有机会"收藏"天下第七,并摆脱追踪的人。

鱼头、鱼尾跟陈铜剑、叶铁剑相熟。大家没事的时候,也常聚在一起玩耍胡闹,不过,今天,他们一看情势,便知有公事,正经事儿要办,倒不敢嬉戏。

叶告问得直接:"掌柜的呢?"

鱼尾一听,就会意道:"我请他来。"说完已如飞地溜到里边去了。

鱼头以大眼使色,往要死不活的天下第七身上溜了溜,悄声问:"要不要上房好办事?"

陈日月只答了一句:"好,够醒够聪明!"

鱼头也马上引路上楼,三人前后走上了十级八级木梯,忽而,陈日月和叶告都觉身后"嗖"的一响。

两人正一左一右,扶着天下第七上楼。天下第七穴道已给封住,行动不得,当然只靠二剑童搀扶,加上他实在伤重,看来如果不是两人挟着托着,就算穴道不给封住,只怕也早已滚下来了。

可是二人一旦扶了个瘦长大个儿,动作自然就受到阻滞,没那么灵便了。

他们行动不太灵,但警觉性依然十分灵光。

二人只觉耳后有异响,立即双双回头。

回首之际,手已搭住了剑锷。

他们都知道:天下第七是要犯,也是公子一再盼咐要好好"留住"的人,断断失不得的!

他们倏然回身,却看不见人,只觉"啸"的一声,一道灰影

还是什么的,掠过他们的身边。

两人都是这样觉得,一个发现左边有灰影,一个发觉右边有东西掠过,二人急忙备战,左右一拦——

却拦了个空:

没有人。

却在此际,前面"嗖"的一声,一物截在楼梯口,正拦在他们前面。

两人此际身还未回到原位,但已知来人身法好快,先自背后赶上,后掠经他们身侧,要阻截时,却已飞身越过,拦在前面楼梯要塞。

二剑童如临大敌,马上拔剑——

却听那人笑道:"慢慢慢慢……二位贤侄,我是高小鸟。"

陈、叶二人一看,喜出望外,登时放下了心,"高飞叔叔!正要找你,你可来了!"

"高叔叔,这般神出鬼没,可把人给吓死了!"

"没事没事。"高飞长得牛高马大,满脸胡楂子,但卷发,穿红裙子,还涂胭脂口红,形状甚为怪异突梯。"我闻公子有召,马上就赶过来了!"

他的语音也嗲声嗲气,只有目光十分凌厉,睒了天下第七一眼,道:"是这个人吧?"说完,他冷哼了一声。

陈日月道:"高叔叔,这人只剩半条命,你就医他一医吧。"

高飞似乎很不悦:"医这个人?这算得上是个人吗?城里城外,不知有多少好女子的清白都给他糟蹋掉了!不知有多少好汉的性命都给他毁掉了!救他做啥?!"

"我也不知道为啥!"陈日月也忿忿不平地说,"换作我,我也不想救他。"

高飞转去看叶告,叶铁剑马上澄清:"不关我事,我巴不得一剑杀了他。"

高飞马上明白过来了。

"那是无情大捕头的意思吧?"高飞苦恼地道,"反正,他一向天机莫测,我总是不明白他的玄机,但他做的,总是对的。"

忽听一个豪笑道:"既是对的,还不赶快去做,塞在梯口,教人上下不得!小飞鸟,别逞能,你还欠我两个半月的房钱呢!"

高飞叹了一口气,道:"也罢,不明白也得救——谁叫我欠了大捕头的情呢!"

然后他返身扬声道:"孟掌柜的,你少得意,我不是欠你的!你还不算是大老板。我欠的只能算是大老板温六迟的银子!"

其实,"名利圈"的店铺,"七好拳王"的确只能算是个"掌柜的",真正出钱开了这家店子,并以六扇门、衙门办事的差役捕头为营业对象的构想,全都是那个"老字号"中最爱开客店、驿站的六迟先生温米汤一手策划的——直至站稳了脚跟,并开始变质为各路市井人马、娼妓伶优都来此地落脚后,温六迟一如惯例,"功成身退",又去经营开创他另一个店子去。

听说,他最近看上了京城里另一个店面,认为是做生意开旅馆的绝佳场所,可惜那儿品流复杂,各方势力盘踞,且争持不下,原地主人不肯让出,他才一直不得其门而入,但始终觊觎窥伺,不肯放弃。

说话的人站在梯口最上的一级,正是"七好神拳"孟将旅。

诡异的是:这以神拳称著的"七好拳王",一双拳,非但不似海碗样般的大,反而很小,很秀气,简直有点文弱——拳眼上也

没起茧子,连手腕也比一般人细秀,让人看了担心他一个不留神,打人却打折了自己的手。

"小鸟"高飞却长得高大威猛,简直是魁梧彪横,且脸肉横生,一点也不"小鸟",就不知他因何冠以"小鸟"的外号,不过,高飞却是孟将旅的好朋友,也是好搭档、好战友。两人还有一个共同的特点:目前都在温六迟座下做事,以前,都曾受过"四大名捕"中铁手的恩义。

"别争这个了!"孟将旅没好气地道:"把人先抬入十九房,先镇住他的伤势再说吧!"

然后他低声疾说了一句:"有人跟进来了。"

他说的时候,眼睛往大门那儿一瞄。

他人很文秀,语气也文质彬彬,就是眼神凛然有威。

高飞马上会意,跟叶告、陈日月夹手夹脚地先把天下第七弄进二楼最末一间客房去。

人一抬进了十九号房,叶告扭头就出房门,并向陈日月吩咐道:"你替高叔护法,我去搪着!"高飞奇道:"你要干啥?"

叶告没好气地道:"应付追来的人呀。"

孟将旅忽然问:"你们捉这个人来这里,是违法的吧?"

叶告憨直地道:"可是,他是个坏人……"

"这便是了。"孟将旅好整以暇道:"他是大恶人,你们则是六扇门的人,抓坏人是对的,那我们这活动便不是违法的了,对吧?"

陈日月一听,马上就抢着回答:"对极了。我们做的是好事,绝非违法活动。"

孟将旅明显很高兴听到这个回答:"那可不就是了吗!——既

然咱们做的是为民除害的好事，你们又进入了'名利圈'，有坏人追上门来了，当然由我们来应付。"

他微笑着反问叶告："这店子是谁主持的？"

叶告只有答："你。"

"这就对了。"孟将旅悠然道，"这个店子是我的，这个圈子也是我的——有人上门来找碴儿，当然也是归我的。"

叶告想想还是不放心："公子叫我们尽量不要拖累旁人——他们既是冲着我们来的，应由我下去解决。"

这时，他们都已听到楼下一阵骚动。

"不。"孟将旅也坚决地道，"进得名利圈来，就是我的事。"

高飞在一旁也哼声道："也是我的事。"

孟将旅反问了一句："你们可知我跟你家公子是什么交情？"

陈日月素来知机，赔笑拖走叶告，赔笑道："是是是，老四一向没脑，哪有走进人家家里争做家长的事，真没脑，别怪，别怪，他只是爱逞能！"

"我逞能？！"叶告一听，登时新仇旧恨齐涌上来，指着自己的歪鼻子，恼火地道："你是不负责任，胆小怕事。"

孟将旅和高飞相顾一笑，一个想：虽是名满天下第一神捕身边的人，毕竟是年纪轻，好胜心强！一个忖：虽是无情授业的剑童，可是到底稚嫩，无情那一种喜怒不形于色、深沉镇静、莫测高深的冷然主知，究竟攀不上。

看起来，两人已争得脸红耳赤，动了真气，孟将旅忙圆了个场："叶小哥儿英勇过人，铁肩担待；陈小兄弟深明大体，通情达理；都是年少英侠，了不起！"

陈日月忽问："孟老板不是说要对付来人吗？怎么却还在

这里?"

孟将旅哈哈笑了起来。

"你们都不知道吗?"高飞带着夸张的语气反问,"一般而言、就算有人在这圈子里头,惹是生非,甚至太岁头上动土,孟掌柜的都很少亲自出手管的。"

叶告瞪大了眼睛,问:"为什么?"

高飞笑着将天下第七"摆放"在榻上,一面道:"因为下面还有两个人。"

叶告看看他每一个动作:"谁?"

"一个是何教主。"高飞开始为天下第七把脉,俯视细察其伤势,"一个是鱼姑娘。"

陈日月忽问:"何教主就是当年名震京师的'火星都头',外号'九掌七拳七一腿'的何车?"

高飞已开始为天下第七止血:"便是他。"

陈日月也看着高飞敷药的手势,再问:"你说的鱼姑娘,是不是鱼头、鱼尾的大姐:鱼天凉?"

高飞看了天下第七的伤势之后,满脸沉重之色,边解了天下第七的穴道,边漫不经心地答:"是。"

陈日月听了,却豁然道:"那我们就白担心了。"

连叶告听了,居然也道:"既是他们,就没事了。"

孟将旅在旁就说:"你们两位兄弟明白就好。有鱼姑娘和何教主在,天塌下来也有他们扛着。"

陈日月也舒了一口气道:"是的,我们没什么不放心的了……"

蓦地,叶告出手,闪电似的又点了失血过多、昏迷不醒的天下第七三处穴道。

他突然动手,招呼也不打一声,使正为天下第七敷伤刮走碎肉的高飞吃了一惊,连孟将旅也为之吓了一跳。

"怎么……他已奄奄一息,你们这是怎么搞的?!"

陈日月悠然道:"没事。这天下第七怙恶不悛,机诈凶残。刚才高叔叔为了要医他只好先使他血脉恢复畅通,出手解了他穴道。但为安全计,老四再封他三处比较不妨碍治理的穴道,免得他一旦清醒过来,突然发难,使高叔叔、孟老板受无妄之灾。事先并未招呼,是怕这恶徒提防。请恕罪。"

他这番话说得得体有度,仿佛他已早知叶告会出手,而且,他跟叶告也没争吵过似的。

高飞和孟将旅又互觑一眼,一个心忖:倒别小看他们了!一个暗道:果然名不虚传,名将手下无弱士!

陈日月捋起袖子,打开针灸盒子,趋近两下子便替天下第七止了血,道:"来,让我也助高叔叔一把吧!"

高飞饶有兴味看着这个尚未成年的小伙子:"嘿,你也会医理……"

叶告在旁则说:"这家伙向不学好,但举凡针灸、推拿、跌打、药草、医理、过气、刮痧、晶石驱病法、催眠术……他都懂一点,或许能给高叔叔帮点小忙吧。"

听来,他跟陈日月仿佛全没争执过一般。

第壹叁回 大姐大

她年近三十，但的确是"美好如秋凉"。她从不艳妆盛饰，只爱在发上插花，凭其意兴，喜红则红，爱紫则紫，但她云鬓白花，自然合适，丽容娇花，美得令人有生死离别、一见无憾之慨。

楼下有十七八桌子的人，有的喝酒，有的喝茶，有的吃饭，有的吃菜，有的其实什么也不吃不喝，只要在这里找张凳子坐下来，不久之后，若是单身男子，就会有各省各地妖媚女子，凑前兜搭。若不然，就会有各种消息传来传去，不过，真正重大和独家的消息，都是要给银子买的。

——天下没有白吃的酒饭，也没有白听了的第一手消息。

传播的人，必然另有目的；要不然，就为了钱。

有吃、有喝、有色有消息，加上楼上有"雅致客房"，有"短租计时"：每半个时辰才三钱八，方便如此，大家自都趋之若鹜——这又是六迟先生发明的销金玩意儿。

名不虚传，房间的确"雅致"：至少，要紧的床褥枕被确是天天洗换的。

菜也好吃，辣的、不辣的、热的、凉的、冰冷的，乃至吃了补身的、补肾的和壮阳、滋阴的，在所多有。

何况还有酒。

应有尽有——不应有的也有，甚至，有的趁机在那儿兜搭卖春药、迷药和蒙汗药的。

今天，这儿，就有一个。

这人正在卖迷魂药。

这人姓鱼，名天凉，是个女子，这儿一带的人，若不是习惯了叫她"鱼大姐"，就叫她"好秋姑娘"，原因无他，因为一句词儿："如今识得愁滋味……却道天凉好个秋"，她最喜欢吟咏自叹，大家都借此谐称她为"好秋"。

她年近三十，但的确是"美好如秋凉"，臻首、杏唇、杨柳

腰、犀齿、酥乳、远山眉，真是无一不美，无一不媚，还有流转不已的秋波，春葱样般的柔指，一张姣好的芙蓉脸，虽因恩客贵达之士，常予翡翠簪钗，环鬟金珠，但她却不喜佩戴，从不艳妆盛饰，只爱在发上插花，凭其意兴，喜红则红，爱紫则紫，但她云簪白花，自然合适，丽容娇花，美得令人有生死离别、一见无憾之慨。

而且美得雅，美得不俗，不若一般尘俗女子，若外来者，还真绝不敢相信，她是这儿江湖女子的大姐头儿，虽从不卖身，却也是烟花女子的依傍靠山。

听说，她之所以能成为这一带风月女子的大姐大，是因为：

（一）她有侠义心肠。因为好助人，好打不平、好管闲事，只要死不了，就一定成为众人心目中的领袖、依靠。

（二）她凶。谁对她凶，她就对谁更凶。这种情形，通常有相反的一面：谁对她好，她就对他更好。这样，很容易就会有一种现象：以她为中心，联群结党，自拥势力。

（三）她有非凡功夫。当然，没有好身手，这种人早死了一百五十二次了。但她的"功夫"，不只是手上、脚下的，听说连床上、贴身的，也很厉害；只不过，尝者不说，知者不多，估量者却津津乐道罢了。——名利圈中的女子，有谁不是好猜估、说是非的？

（四）她也有靠山——当然，正如没好身手一样，像她那样的女子，怎活得下去？她常耗在"名利圈"里，自是好名好利，这一点，温六迟成全她，但她也得到同僚"火星都头"何车、"七好拳王"孟将旅、"小鸟"高飞、"袋袋平安"龙吐珠、"破山刀客"银盛雪等一干好友的支持，但最特别、最盛传、人们也最喜欢打听的是：

听说，在背后支持鱼天凉的人，不是别人，正是"四大名捕"中的老三：

追命。

——鱼好秋是他的红颜知己。

——追命则是鱼姑娘的良朋密友。

是不是真有其事？也许谁也不清楚，但却传得煞有其事：人们愿意相信那是真的，因为那沧桑名捕和风尘美女的传言，实在令人有浪漫情怀，而一向攻击"四大名捕"的敌手，也正好找到借口，斥他腐靡风纪，无行败德。

提起这段"关系"，有人相询，鱼姑娘只不说是，也没说不是。至于追命，提起鱼好秋，他只微微笑，劝人喝酒。

谁也不知道到底真假。听说她真正的靠山，还不是六迟居士，也不只是追命，而是一个庞大的大家族。

或许，追命只乐于被人利用，鱼天凉也乐得有追命这号人物做靠山。

可是，大家都可以断定一件事：

不管追命是不是鱼姑娘的姘夫，但他一定不知道鱼姑娘在到处兜销他的蒙汗药一事。

——要是追命知道了，还任由她这样做，那还了得！

"哟！不得了！"鱼姑娘一见大门口出现的人，就花枝招展、妩媚娇嗲地凑过去，昵声道："今儿可来了稀客！"

"稀客"的意思，通常是少见的客人，但往往也是"不速之客"的别称。

如果是,"稀客"可不止一个。

而是四人。

这四个人,本来都应说长得相貌堂堂,威武逼人,而且穿着打扮,一看便知来头非凡、气派十足,只不过,这样看去,模样儿都很有点滑稽。

为什么?

因为这四个人,一个在眼睛上戴上了一只眼罩,成了"独眼龙";一个嘴巴戴上了口罩,成了"蒙面人";一个则更甚,头上戴了顶马连坡大草帽,帽边垂下了黑纱,成了"无脸人",还有的一个,总算什么也没戴,没蒙面,没口罩,也没帽子,但好好的一张脸,每走一步路,却五官挤在一起,扭曲变形,甚为吃力、肉紧似的,成了"怪脸人"。

鱼天凉一见四人,就迎了上去。

但鱼头、鱼尾,却比她先一步招呼客人:"客官,请坐!""先来杯茶暖暖胃还是先打几斤酒?"

戴口罩的冷哼了一声。

那怪脸人忽然咧开了嘴,像是在笑——可是他这一笑,脸部更是畸怪,教人心寒。

说话的是那脸罩黑纱的人:"小兄弟,你们几岁了?"

鱼头答:"我属猴。我爱蹦蹦跳跳。"

鱼尾也答:"我是小羊,咩咩咩咩。"

两人都个性活泼,一面回答,一面做出羊和猴的小动作,一般客人,都感亲切,为之莞尔,小账也会多付一些。

不料,那四个人,一点也不欣赏这两个小孩的精灵,只听那面罩黑纱的人嘖嘖嘖了几声,说:"如果这么年轻就死了,那就太可惜了。"

然后他反问那两个吓住了的小孩："明白了没有？"

鱼头看来不明白。

鱼尾显然还不明白。

那怪脸人开腔了。

他的脸肌扭曲，一旦开声，也一样诡怪，像是声线也给扭曲了似的：

"我们……来这儿……不吃……不喝……不坐……只来租……房……"

他说得极为吃力。

听的人更吃力。

"你们……带我们……上楼……去……"怪脸人怪声怪气地继续他的威吓，"……如果不带……或尖叫……或示儆……我们……马上……扭下你们的……头……一颗喂狗……一颗……我们自己煮来……吃了！"

然后他也问了一句：

"听……明……白……了……没……有……"

那戴面纱的人适时加了一句冷冷的话："大家放心，我们杀人，管你这儿有公差捕快、衙役执吏，都管不了我们的事，判不了我们的罪。"

两个小孩，都给吓住了。

大家听了，心中都发毛：

看来这四人仇大苦深地来到这儿，明目张胆地是要惹事。

走得最近的鱼姑娘，既觉眼熟，又感陌生，只发觉那个戴眼罩的人，用一只独眼，凌厉痛恨地望着她、盯死她，像要把她的

两只眼珠也挖出来,生吞下肚里去的。

——有那么大的怨隙么!

"你们要租房的吧?"且不管来的是何方神圣,她是这儿的大姐大,眼看两个小伙子和大伙儿都给唬惨了,她说什么都得找回个场面来,"对不起,楼上的房子,全已客满了。"

第壹肆回 小女子

她笑起来很狡狯,像一条鱼。

——当然是很好看、很动人也很优美的那种鱼。

一种你看了很想亲、很想吃、但又最想呵护为她换水洗缸挖蚯蚓的那种鱼。

那"无脸人"听了就说:"客满了?那刚刚上去的不是人?"

一下子,都明白过来了。

鱼姑娘已明白他们是冲着什么而来的了。

所以她答:"是人。"

无脸人跨前一步,咄咄逼人:"他们是人,我们也是人;他们能租房,我们就不能?!"

鱼姑娘笑了。

她笑起来很狡狯,像一条鱼。

——当然是很好看、很动人也很优美的那种鱼。

一种你看了很想亲、很想吃、但又最想呵护为她换水洗缸挖蚯蚓的那种鱼。

"可是他们是病人,"鱼姑娘补充道,"病人是很可怜的人。我们这儿虽已客满,但对病人、伤者素有优先。"

然后她用一双媚而美的眼去睨了睨他们,且以更美和媚的语音跟他们说:"你们当然不是病人。你们人强马壮,雄健得可以教所有小女子都求饶求死。"

一般的男人都绝受不了她的媚和美。

——受得了她的语音,也受不了她的眼波,受得了她的红唇,也受不住她的美艳;总而言之,就是消受不了她的诱惑。

可是今天很奇怪。

这四个男人当然都是男人。

因为他们看到鱼姑娘的一颦一笑、一扭一拧,以及一步扬眉一含笑,七只眼睛,都发出了极强烈也急需切乃至极饥渴的光芒来。

不过四人都很不是男人。

因为他们居然都没有进一步"反应"。

只那个"怪脸人"怪声怪气地说:"你没看见吗?我们都曾中过剧毒……我们……也是……病人……"

鱼姑娘莞尔道:"不过,他们除了是病人,也有公人——我们这儿,最愿意招待因公得病的人。别的人,可没这样子的优惠。"

任何人听到了这样的话,都应该知难而退。

可是这四人并不。

那"蒙脸人"终于说话了,他的语调可能是因为戴着口罩,所以简直要比那"怪脸人"的口音还要难听难辨:

"我们也是……公人……大家都是吃公门饭的……为啥他们能住……我们却不能!"

鱼姑娘知道来者不善,善者不来,看来,这几人是死缠不休的了。

不管她心里怎么想,但脸上堆起的总是迷人的笑容:"你们也是吃公门饭的……那就失敬了……我们这儿有的是公差大哥、衙门大爷,却怎么我好像没见过四位……"

只听一声冷哼。

发出哼声的是那仇深似海的"独眼人"。

鱼姑娘只觉心头有点发毛,一时也说不下去了。

那"蒙面人"哼哼嘿嘿地道:"那你是铁定不租给咱们了吧?"

"除非,"鱼姑娘脸上依然挂了个迷死人的笑容,"你们四位能证明确是公人……不然我就恕难……"

她的兴致忽然来了,凑近去仿似告诉什么要害、秘密般的,小声而清晰地说:

"其实租不租房有啥打紧?不如,我有好介绍。四位大爷,在

江湖上行走，总带些活宝贝好做事。我这儿有好东西卖咧。"

那四人互觑一眼，仿佛都生了兴趣，一个问："是什么玩意儿？假货、水货可都不要。"

鱼姑娘连忙打铁趁热，娓娓道来："大爷可要不要美女一见钟情，自动投怀送抱？我这儿有'美女脱衣粉'，保准只要给美女迎面儿一撒，温香玉软，享受似神仙。我这儿还卖'奇痒粉'，一旦着了，全身奇痒难搔，到时不管男的女的，还不手到擒来……"

"无脸人"饶有兴味地问："这倒新鲜……还有啥更厉害的？说来听。"

鱼姑娘也说上瘾了，"多得很哩。蒙汗药、迷魂香、麻醉烟、迷魂剂、子母离魂散、春情药……我这儿一应俱全，想有便有，有了一包，为所欲为，欲仙欲死。还有壮阳药、金枪不倒丹、孟姜女大哭剂、变哑方、失明帖，更有迎面倒防身药，见人伤人，遇物伤物；哪哪哪，还有一种闻味即睡的高唐粉、一种见色即晕的委身散、一种遇美即勃的招蜂引蝶酒，用过包你还来找我。我可存货不多，沽清不再办。当是朋友才相告，小女子我这儿，还卖千年秘方、万年要诀，通灵符、腾空法、定身咒、慑神大法、迷魂帕、穿墙法、掩眼法、隐形丸、缝恶人口眼法、举宅飞腾术、点石成金术、邀仙女行欢作乐魔符、颠龙倒凤神咒、推背推车奇功……独家供应，如有雷同，必属仿冒……见四位大爷投缘，小女子这才冒险相告。"

"无面人"听了也啧啧称奇，叹道："听来，你所冒的险可大呀！"

"蒙面人"却有怀疑："只不过，凭你一个小女子，从何得到这么多不传之秘、独门手法呢？"

"怪面人"也结结巴巴地道："万一……你卖的是……假……假……假药，咱们不是……很……吃亏吗？！"

鱼姑娘开始脸色也变了变，笑容也有点牵强。

但牵强的笑，居然也流露出一种牵强的美，而且，很快，她就笑得不但恢复了自然，甚至还更加美丽了。

"我卖的当然是真药。"

但那三个原先要租房后说自己是病人之后又表明自己是公人而今却对那些古灵精怪的药物极表兴味的怪人还是存疑：

"你哪里找来的药？"

"我们凭什么信你？"

"一个小女人，能有多大能耐？"

鱼姑娘依旧笑盈盈，但她身边一人，已按捺不住，大步行了过来，只见此人额上有好几条皱纹，一只犬齿略露咧在上唇之外。但人长得算是四四正正，相貌堂堂，插口道：

"她卖的药，便是由我提供的。"

四人一齐打量他，问："你是谁？"

那人皱了皱眉，没耐烦地道："我姓何。"

蒙面人朦朦胧胧地道："何？何什么？"

怪面人也道："我不识得你。"

无面人说得更冲："我管你姓什么！"

那人的额纹已皱成了一个"火"字，鱼姑娘忙不迭地赔笑道："别……别别别动气……"

她凑近四人悄声说话："四位爷们，小女子这儿卖的是什么药？这种不见光的东西，以哪家最是有名？当然是'下五门'和'下三滥'呀……而他又姓何——四位爷们可是江湖上跑惯了的大

爷啊！"

她这一说，那四个形容古怪、有意闹事的家伙可全都省悟过来：

"'下三滥'何家！——他是'下三滥'何家的高手？"

——要使这种下九流药物、符咒，还有什么门派能比"下三滥"何家更权威？

——也许有，那就是"下五门"和"下九路"。

——只不过，"下五门"的人姓聂，"下九路"的人名堂还不及前两家响，而今，来人却是姓"何"。

第壹伍回 无齿之徒

清誉是买不到的。

——万世功名,一向很公平。

因为它是"非卖品"。

不过,"名"这回事,有时是一刀两面,忠奸不辨的。

故此,有人流芳百世,有人遗臭万年。

那四个在面上总是"东遮西掩"的怪人，一旦得悉对方在江湖上也是一号人物，态度马上不同，甚至礼貌上大是不一样。

人就是这样，先敬罗衣后敬人，也就是以貌取人。——不过"以貌取人"也有好处：看他的打扮，就知道他的品位；观察他的言行，就可预测他的作为；审视他的气派，就了解他的地位和成就。其实，相学也可以是一种观形察色、以貌取人的方法。

其实以外貌取人，未免势利，但也有一定的准绳。

就算不以其形辨其高下，至少，也会视乎对方的名头、地位而作出因应的态度，如果是当朝太傅王黼给你下的帖子与纤夫王老虎跟你约吃酒去，注重的程度总会有差别。

是以，有名便多能借名头取利。

是故大名大利，总是祸福相依。名和利，是同一码子、同一圈子的事。

有名能借以牟利，同样，有了利，一样可以买名头——记住，是以利换名，但有名，不一定有清誉。

清誉是买不到的。

——万世功名，一向很公平。

因为它是"非卖品"。

不过，"名"这回事，有时是一刀两面，忠奸不辨的。

故此，有人流芳百世，有人遗臭万年。

好事固然可以享誉，坏事也可以传千里。

在武林中也如此：只要你专于一种武功、心法或秘诀，便可以成名，就像人间世一样：擅长做菜刀、剪刀的便以此成名；善于做包子的、酿酒的，也因此著名；好裁缝、好厨师、好媒婆、好刽子手，往往都为了他们那一门"手艺"而出了名。

这可不管好坏。

"老字号"温家便因毒药成名。"太平门"梁家则以轻功出名。"蜀中唐门",以暗器名震天下。"四大名捕"则以办案破案出类拔萃,名传四海。

同样的,有时候,专门做小奸小坏,下流事的小门小派,只要做得成了专业专才,干得别人都比不上、及不着,也会成了竖子之名。

——"下三滥""下五门"都是例子。

江湖上风谲云诡,不入流的角色极多,他们与人比拼,怕打不过人,犯事又不敢明挑,于是就处心积虑,千方百计,去借助一些药物、毒物、暗器、邪术之类的东西,来达到他们的目的。

而制造向给正道人士目为"不入流"的玩意儿最出名的,也在近年来最高手辈出的,得要算是"下三滥"和"下五门"的高手——另一个是"下九路",奋起直追。

——就算是雕虫小技、邪门僻艺,也一样有人埋首钻研,竞雄争胜。

其中,这一行里,以"下三滥"最享有"盛誉"。

那四个遮遮掩掩的汉子,一听来的是"下三滥"的何家的人,仿佛对这种"权威"素有敬意,一个便说:"啊,原来是'下三滥'的高人到了,失敬失敬。"

一个抱拳道:"却不知大号为何?"

那火暴汉子道:"我叫何车。"

"何车?"无面人"久仰了"似的说,"可是那个'九掌七拳什么什么腿'何车何大侠?"

鱼姑娘在一旁忙"接榫"地说:"是'九掌七拳七一腿'——

大家都称何大哥是'火星都头'。"

其实,这些人也略听说过何车的名头,"九掌七拳"还算好记,什么"七一腿"就真的不知所谓了,所以谁也没好生记着——一是因为本就不好记,二是因双方九不搭八,没道理扯在一起,所以也就懒得去记他——要是他们知道:有朝一日得将面对这个人,而且就在这个数字和外号上争个生死成败,当然谁都会熟背自己姓名一样地牢牢记住它。

那蒙面人点了点头,一面在腰间解下一物,一面吃力地道:"坦白说……在江湖上行走……谁没碰过硬手?万一……万一遇上手底下辣腾腾的……谁都希望给他下一记'迷魂粉',或到他窗前去吹……吹一撮'离魂香'……就把他给摆平了,让他死了也不知谁干的……连兵刃也不必亮,吃饭家伙也派不上用场,你看,呵呵……这多省事啊。"

鱼姑娘只是赔笑。

赔笑看着他拿出了个小包包。

话头到了无面人接了下去,他一面说一面自襟内掏出把东西来,"遇上强手,打不过不打便是了,究竟杀人流血,可免则免……不过,若遇上的是标致的黄花大闺女……这可真要命的……痒啊,就痒死了……可是她大姑娘又正经八百,别说男人的好东西没见识过,只怕连男人是不是好东西都不知道……叫人心痒难搔……要上嘛,又粉面嫩心底的九成不依八成不肯,硬来又闹到官府去,又怕好事人来作梗……不如中意上谁,就对面儿挤包粉末下到茶里去;或者半夜偷香窃玉走一遭,给她攒隙儿喷上一把催情烟,巴辣的上道的,就趁豪情酒里给她撒把春药,管叫她千依百顺,搂着膀儿叫我要,抓着把好棍儿喊不依。这些散儿粉儿烟儿丸儿的，可真管用呀。"

鱼姑娘尽在笑。

她一面笑一面斜睨着他手上的长形事物。

怪面人接着说话，"我们都听过：鱼姑娘专卖春药、迷香、催情烟……可不是吗？"

他一面说，一面自背后摘下了挂着的一物。

"大家都知道：'下三滥'制造这些药物，最厉害，最著名，也最有效。"

鱼姑娘笑。

笑着看他把弄着手上似尺非尺，像箫非箫，但仍用缎绒卷裹着的物件。

"所以。鱼天凉加上何车都头，卖的一定是好东西。"

鱼天凉哧哧地笑道："这个自然。包你们用过后一定会回来找小女子。这叫吃了寻回味。"

怪面人脸肌扭曲，搐动不已："当然，得了好处，尝过甜头，忘不了你。"

鱼姑娘昵声道："这不就是了吗！货真价实，信我总有好处。"

怪面人脸上一搐，青筋乍现而灭，下一刻，又挣了个通红满面："你的东西就是太贵了一些。"

鱼姑娘仍然在笑，不过笑容却似有点发苦："贵是贵上一些，可是，大爷们谁付不起？只要妙用无穷，那就物超所值了。"

怪面人随口问："那个'一吹定情烟'卖个多少？"

鱼姑娘答："六两一管。"

怪面人道："你倒会漫天开价。"

鱼姑娘道："你也可以落地还钱。"

怪面人："钱多少不是问题——就看货好不好？"

"我就说嘛。"鱼姑娘又转了个怨媚已极的笑靥，"大爷们才不怕价多少……"然后吹气若兰悄声道："如果要上好的货儿……那种可以灌在水烟袋里，向人面上一吹，立刻就投怀送抱叫哥哥的'一喷发情剂'，那只不过每管多加六两。"

怪面人咋嘞嘞地笑道："六两银子？"

鱼姑娘老实不客气："金子。"

怪面人啐了一口，又问："总共是六两银子，六两金子？"

鱼姑娘答得更快："总共是十二两金子。"

怪面人哇哈叫了半声，"十二两金子，你倒会攒营。"

鱼姑娘哼唧一笑："有的人头，十二桶金子还买不下来；有的姑娘，二十桶金子难教她颔首。"

怪面人沉吟了一阵子，才说："听起来也不算太贵。"

鱼姑娘展颜一笑："我一早已说过了，我的东西物有所值。"

这次是蒙面人道："'一喷发情剂'？什么新玩意儿？也得先看看货。"

鱼姑娘掏出了一管笛子一般的事物，上面镂刻着玉兰花和芍药，周边有些彩虹，云般的绯红剪纸作点缀，递到他们面前晃了晃。

蒙面人看了看，想用手拈。

鱼姑娘把手一缩，巧笑，伸手。

"怎么了？"

"一手金子，一手货。"

蒙面人似有点犹豫："看来，它不像值得那么多……"

鱼姑娘白了他一眼，没好气地说："冲着大爷天大面才相告，这是'下三滥'最新发明,还是冲着何大哥才能把新制品刚刚抢到手边,你要不买,那就走宝了。"

蒙面人也附和道:"那就太可惜了。"

这次,却到无面人说:"只不过,这东西看来很有点眼熟。"

鱼姑娘又有点笑不出来了。

无面人却还说下去:"这东西好像我们还曾经用过。"

怪面人一唱一和地道,"用了似乎也没她说的那种功效。"

鱼姑娘面色已有点发白,咬着唇。

蒙面人却添加了一句:"没那种功效,但有别的功效。"

无面人唱和着问:"什么功效?"

蒙面人突然一伸手,扯掉自己的口罩,张大的嘴,用手指着自己的嘴巴,语音含混怒火中烧地吼出了一句:

"——却能把我变成了无耻之徒!"

第壹陆回 买鱼送刀

他一拳打掉了自己头上戴的马连坡大草帽，连同面纱也一并儿掀掉，哗的一声露出来一张斑烂、破烂、半腐烂得像有蛆虫立即要自那些疖疖疮疮里出来的脸，咆哮道：

"——我是谁？！你认得么？！"

鱼姑娘怔怔地看着他那焦黑的一个大洞,里边已没剩几颗牙齿,已怎么挤都挤不出一点笑容来。

那人指着他自己那一张上唇不见了一大块、下唇缺了老大的一片,连舌头也只剩下了一半——有一半好像给他自己吃掉吞到肚子里去了似的,难怪说话如此含混不清。

原来蒙面人其实是个烂了嘴巴的人。

——他那一张嘴,似给人塞入了一管枪尖并且大力搅毁。

那烂口人问:"你……还认得我吗?"

鱼天凉怔怔发呆。

何火星在一旁怵目地注视了一阵,忍不住问:"他是谁?"

鱼姑娘结结巴巴地道:"你……你是'正黄旗旗主'……黄二爷?"

那人张大了口,看去既似惨笑,又似无声哀号:"我就是龙八太爷麾下四大旗主中主黄旗的黄昏。"

"你……"鱼姑娘羞愕莫已,"你……"一时竟"你"不出来,也"你"不下去了。

"你还记得黄昏?"另一名无脸大汉吼道,"那我呢?"

他一拳打掉了自己头上戴的马连坡大草帽,连同面纱也一并儿掀掉,哗的一声露出来一张斑烂、破烂、半腐烂得像有蛆虫立即要自那些疖疖疮疮里出来的脸,咆哮道:

"——我是谁?!你认得么?!"

鱼姑娘惊魂未定,又见这一张脸,忍不住叫了半声,退了一步,挨到了火星都头何车的胸膛上。

"你……"这次她终于还是"你"得出一句话来了。

"……莫非你是'红旗堂主'……钟……钟大哥?!"

那烂脸人奋笑也愤笑地嗤嗤了几声："嘿，嘿！你还记得？难得难得。"

何车怪眼一翻，问："他又是谁？"

鱼姑娘轻嘘了一口气："他——他是……"

然后才强自镇定，道："他们两个，一个是'太阳钻'钟午，一个是'落日杵'黄昏。"

何车哦然道："咦？岂不都是龙八太爷的爱将，武林中人称'三征四旗'中主管四旗的旗主？"

鱼姑娘倒吸一口凉气："便是他们，便是他们。"

另外两人，一个独眼的，依旧用完好的一只眼，狠狠地盯住鱼天凉，另一名怪面汉，吃力艰辛地喊问：

"你既然认出了他们——该也认得我们两个吧？！"

鱼姑娘看看那脸肌抽搐、脸容扭曲、五官挤在一起的怪汉，只不敢去望那独目怪人，幽幽地叹了一口气，道："——既然他们二位，一个是黄昏，一个是钟午，那么，你大爷便应是'白热枪'吴夜，他大爷如无意外，就是'明月铍'利明了。"

何车喃喃地道："好，好，都来了，来了也好。"

怪人本来有四个。

怪面人"白热枪"吴夜说话最辛苦、最吃力。

蒙面人"落日杵"黄昏说话最不清不楚、语言含混。

无面人"太阳钻"钟午的脸容最是让人怵目惊心，但说话最是清晰。

唯独是独眼人"明月铍"利明说话最少。

他简直不说话。

而今，他说话了。

他第一句话似是跟自己说的，又好像是模仿着何车的语气，道："很好，很好，都认出来了便好。"

然后他的第二句话是跟鱼姑娘说的："我们是老主顾了，是不？"

鱼姑娘只觉心头发毛，勉强笑道："对不起，刚才四位都蒙了面，罩住了头，小女子一时眼拙，没认出四位大驾。"

利明只冷冷地道："就是因为一时认不出来，你才会向我们推销你那些绝活儿，对不？"

也不知怎的，四人中要以利明的模样最为干净、端正，唯一缺憾也不过是眇了一目，可是鱼姑娘一旦让他盯上了，总觉浑身不自在；他一旦开声说话，她也会毛骨悚然了起来。

她委婉强笑道："既然是熟客，先打声招呼，我们万事有个商量嘛。"

利明道："我们？我们都变成这个样子，都没面子见你了。——只好索性蒙上了面，省得给人笑话。"

鱼姑娘拼命想装出个笑容："谁会笑你们——谁敢笑你们？！"

利明道："应笑，该笑，我们的确很可笑！"

鱼姑娘竭力想笑得自然些："你们是武林中赫赫有名的豪杰，成日拿刀动枪的，难免有些个什么样的损伤，虽伤了额面，却添了雄武，增了战绩，还加多了些男子汉过人魅力哪——有什么好笑的！"

利明道："我说我们可笑，那是因为，我们的模样闹成这个样子，落到这般田地，却不是因为江湖械斗，争强好胜，比武交战得来的。"

鱼姑娘现在说什么也笑不出来了："那是怎么发生的？"

利明独目中闪闪发光；

狠光。

"你问我？"

"是呀。"

"你想知道？"

"对啊。"

利明目中发出寒芒。

厉芒。

"好，我告诉你吧，鱼姑娘，"利明说，"我们之所以会变成了人不像人、鬼不似鬼的怪物，完全是拜你之赐：因你之故！"

他一字一句地道："那一次，我们就是听了你的推介，买了你的东西，才落得如此下场！"

这时，许多食客、茶客，都惊动了，凑了上来，都在好奇地打听，窃窃私语：

"这是怎么回事呀？"

"到底发生了什么事？"

"鱼姑娘葫芦里究竟卖的是什么药，把人闹得这副惨状！"

来探问的还包括两三名衙役、捕快打扮的人，还有两三名大概是刀笔吏、都监之类的人物，其中一个打扮高雅、举止文雅的中年人关切地问："好秋姑娘，你对这些爷们做了什么事，让他们这般恼火！"

鱼姑娘眼儿滴溜溜，一转一转面向四人笑道："听四位所说，大爷的尊容会如此这般，都是因我所害了？"

利明只答一个字："是。"

鱼姑娘说："但我从来都没有出手加害过四位——四位老爷落

得如此田地,想必是因为买了我推销的东西之故了?"

这次利明也只答了两个字:"当然。"

鱼姑娘柔声和颜悦色温容地问:"那你们买了小女子我啥东西?怎会把你们弄成这个样子?"

"明月钹"利明开口启齿,忽又脸含怒气,强抑下来,欲言又止。

"太阳钻"钟午不听犹可,一听就稀里哗啦地骂了出来:"你还敢说!我操你妈子的!你还好意思说!那次,我们家的主人要我们买一些'正牌如鱼得水长夜不休丸'回去,你奶奶的,你却趁机介绍我们兄弟一些私货:一个试用'金牌偷香窃玉烟',一个推荐'新装鸡鸣狗盗五麻散',一个则介绍了种他娘的什么玩意儿'老招牌为所欲为从心所欲玉琼浆',还有一个,就是我们的利老四,你硬是免费奉送了一小包,老字号口含嘴喷一泻千里一针见血一招了黄蜂尾后钉……结果,操你妹子的,就把我们搞成这个样子了!"

鱼姑娘居然还笑嘻嘻地道:"别操我妈子、妹子的,小女子我就在这里,大爷们要是极不满意,要操,就操小女子好了!"

那怪面人"白热枪"吴夜怒火火地道:"好,好婊子,操你!就操你!待会儿保准把你操得个死去活来,死去了还活不过来!"他一怒,说话居然就快利许多。

鱼姑娘似见惯了这种场面,听惯了这种说话,只说:"你口说厉害,我嘴里佩服。只不过,我卖的东西给你们的时候还是好好的,又怎会把你们四位尊客变成……这个样儿呢!"

那个蒙面人(现在当然也不蒙面了)黄昏七愠八憎怨天尤人含含混混又恼又恨地道:"嘿,你还好张扬!什么'金牌偷香窃

玉烟'嘛，我拿在嘴边往窗里一吹，啪的一声，却在我口里爆炸了……满嘴是血，牙掉光了，几乎连舌根也不留……还好没给人现场抓住活活打死。"

"太阳钻"钟午也气呼呼地道："买下你推介得煞有其事的东西，咱四兄弟各去试了试……我才把'新装鸡鸣狗盗五麻散'往对方一撒，呼的一声，明明没风，屁也没一个，却往回我这儿一罩，我的脸便变成了这样子……我还不算啥，你给老三的什么'老字号含血喷人一触即发一针血什么钉'，又长又烦，我也背不全了！他往敌人一喷，结果，倒射在自己眼上，差点没穿脑而出，还好避了另一只……不过，一只眼睛算是废了——你好狠啊你！"

他一说完，又到"白热枪"吴夜抢了说："你这妖妇！还好我们先行试用，没先交到八爷那儿去，要不然，伤了他，咱们还有人头在？死婊子，臭婊子！你都害惨我们了！什么'老招牌为所欲为从心所欲玉琼浆'，我混进酒里去，凑过去看，那小婊子不倒，却哗的一声张口一喷，全喷到我脸上来了——哪，我就变成这一张脸了！我们四师兄弟后来往一块儿凑，才知道都吃了你这骚婊子的亏，今儿上来算总账，再买件正货。"

三人如此杂七杂八地说了过来，听的人终于也明白了大半，有的略表同情，大部分的人暗自幸灾乐祸，有的还有点忍俊不禁。

鱼姑娘却抿着嘴儿，好整以暇地问了一句："爷们今儿还要买小女子的好货儿么？"

"买！"那独眼人"明月铍"利明这才发话："我买鱼！"

鱼姑娘嫣然一笑："那买鱼的得要送杀鱼刀了——"

她居然仍笑吟吟地道："你要买的是小女子的命吧！"

第壹柒回 买刀送鱼

　　那就是公道，我们这里，要打架、讨债或杀人，都一定得要公道。——你甚至可以在这里用肮脏手段爬上来，但只要给我们发现那用的是不正当的途径，我们就会狠狠地把你打下去，且保证爬得愈高，就跌得愈重，这就是我们的规矩。

"你当然得要偿命！"利明狠狠地道："这地方私自贩卖害人假药，也得要封铺充公！"

"充公？充公给谁？"那斯斯文文的商贾斯斯文文地道："充公给你们？"

然后他还是斯斯文文地说："你们说要充公便充公，封铺便封铺，假公济私，不如索性去明火打劫，公然抢掠更直截了当！"

"落日杵"黄昏恚然大怒："你……你是谁……关你屁事……敢这样对我们说话？！"

火星都头何车在一旁已显得有点倦慵慵的，不耐烦地道："他？他也不是什么东西，只不过是这里的掌柜的，人称'七好拳王'孟将旅——你当他是孟姜女也一样，反正，你们若要封他的铺充他的公，他就要哭得震天作响，哭倒长城便也！"

"落日杵"黄昏自然是听过"七好拳王"孟将旅的大名，嚣张的态度登时减了一半，但仍是相当跋扈：

"你是……掌柜的？"

"正是。"

"既是……若不想我等封铺抓人……就滚一边去！"

"滚开可以——我只有一事不明白。"

孟将旅肯定是个见过大场面的人——因为只有见过大场面的江湖人，才会在如此剑拔弩张的情形下，依然这般气定神闲、斯文讲理。

"太阳钻"钟午听闻过"七好拳王"孟将旅的声名，所以强忍下一口怒气，劝诫道："我们办事……不需要你明白——你明白了没有？"他觉得他说这句话已非常合理、十分讲理的了。

孟将旅也非常温和地道："我明白了。只不过，有一件事，你们在办事之前,是非得要弄明白不可的。"

钟午、黄昏、吴夜、利明,这四大高手旨在复仇,本来才懒得理会,可是,他们随即发现:在店里的无论食客、住客,还是伙计、打杂,乃至官人、差役、镖师、艺伎、优倡,看神色都似乎无一人是站在他们方面的,若是明目张胆地对着干,纵使他们后台够硬,也只怕有麻烦,所以,"白热枪"吴夜这才不情不愿地问:"你说。"

"小店是我开的。来这小店的常客,都有一个不成文的规矩。"

"什么规规……矩矩的?"

"那就是公道。我们这里,要打架、讨债或杀人,都一定得要公道。——你甚至可以在这里用肮脏手段爬上来,但只要给我们发现那用的是不正当的途径,我们就会狠狠地把你打下去,且保证爬得愈高,就跌得愈重,这就是我们的规矩。"

钟午听罢冷笑道:"好规矩,可是,是她先卖假药害了咱们师兄弟,咱就是要她还一个公道!"

孟将旅反问:"那我不明白的事就呼之欲出了——为什么你们好端端地要买她的药?"

四人一时哑口无言。

倒是"明月铍"利明,早就防范有这一问,还是他第一个先回应:"是她……引诱我们买……"

话未说完,何车已不耐烦,截道:"她引诱你们就买?你们买来干啥?还不是意图迷奸良家妇女,暗算英雄好汉?!武林中有什么顶天立地的大丈夫肯用这等伎俩?江湖上有哪个光明正大的人物屑于使这般手段!你们分明就是立意不正、存心不良,才会千方百计要买这些货儿!"

四人给说得脸上青一阵、红一片，本来已够难看的样子更添加了难堪。

孟将旅和颜悦色地说："想必就是这样吧？——四位贪图鱼姑娘嘴里说的货色如何厉害，想在跟人交手时讨便宜，结果却吃上大亏了——这怨得谁来？"

"白热枪""落日杵""太阳钻""明月钺"一时无法搭腔，却是鱼头先说了话："看来，这四位大爷，说什么有官道上的名头，手段却比黑道上偷鸡摸狗的都不如哩！他们买下那些东西，目的是要不战而胜，慑魄勾魂，还懒得动一刀一枪哩——这是什么官爷哪！嘿嘿我呸！"

鱼尾接道："我却说四位大爷怎么了不起——更不得了的是他们的上司：什么龙八太爷，不是威名遍天下的吗？居然还要他手下买这种货儿，干啥来着？嗯？我呸嘿嘿！"

四人只怒得脸发炸，脸发黑，手发抖，口发颤，一下子也回答不出话来。

何车没好气地道："我看，心存不义、居心不良，而今买了假货，自讨苦吃，那也叫活该——还敢来讨打么！"

孟将旅哈哈笑道："其实四位只怕也有所不知了——鱼姑娘的确是在我店子里卖假药。这我是知道的，且一向一只眼开，一只眼闭，由她发挥……"

"白热枪"吴夜勃然大怒："你……你……你——居然……明知……她……她……也……"

孟将旅坦认不讳："我是当然知道，还很鼓励她这样干哪！因为，要来搜寻这样货色的人，都非善类，必存歹念，这种人，不由我们来教训教训，借此儆戒儆戒，难道还真让他们买到那些不要脸的正货儿时，叫好人、好汉、好姑娘遭殃吗！"

"落日杵"黄昏气得直跺脚，戟指叱责："你……你……亏你当——"

孟将旅坦然道："坦白说，我非但是这儿的掌柜，也是'用心良苦社'的一员，亦是'象鼻塔'的子弟……我们不干这种事，谁来干？当然当仁不让！"

鱼姑娘嘻嘻笑道："这还说呢！有些人看我是女流之辈，不肯取信，于是，小女子就抬何都头出来。何教主是'下三滥'一门中的一教之主，他这名头一抬出来，本来信小女子我三分的人都成了八分了，大家掏腰包见货便买，下文嘛只一句话：谁用了便谁遭殃、倒霉。我哪？正好替天行道，谁用这邪道儿玩意儿，谁便先着了邪——我不要他们性命，只让他们烂嘴烂面、毁容毁貌的，已是够念在上天有好生之德的了——你们还得要叩恩呢！"

"四旗"旗主面面相觑，为之瞠目。

好一会儿，一个才试着问："原来……你们这儿是黑店？"

"不。"孟将旅马上澄清，"咱这儿通光火亮、光明正大的，哪会是黑店！"

另一个嗫嚅道："敢情是……你们专搞这个来……害人！"

"对。"何车闲话少说地说，"我们专害要害人的人！"

"好，好，好……"

有一个正要说几句狠话，却脸肌扭曲，一时说不下去，反倒只说了三个"好"字。

只利明阴阴森森、狠狠恨恨地道："你们就不怕人回来寻仇？"

"寻仇？来吧，啰唆个啥！"何车二话不说，捋起袖子道："你以为拿把刀来就可以在这里送你条鱼任由你宰杀不成！入得了

川吃得了辣，过得河不怕石滑！要打，放马过来，请！"

没料利明却沉住了气，道："你惹着我们，没好处，我们背景强大，人多势众，何况在京师谁不看我们脸色做人？我们给闹得四张怪脸妖貌的，这事还可暂搁下，只不过，你们得要先交出个人来，万事好商量！"

孟将旅也沉住了气，问："交人？交谁？我可不交朋友。"

利明冷笑道："你是不交我们做朋友，还是不肯交出你的朋友来？"

孟将旅笑而不答。

"太阳钻"钟午可大为恼火，叱咤道："兀那！给脸不要脸。讨打！刚才上房的客人，分明遭人绑架，你这家黑店，不干好事——还不快把人交出来，拖搪做啥？咱四爷们一出手，保准你鸡犬不留！"

孟将旅听了，就向鱼姑娘笑道："是不是？我早猜他们是为了那个无鼻幽魂而来的了！"

何车却打了个大大的呵欠："不打么？我可要回去睡觉了！"

第壹捌回 人善被鱼欺

太阳钻是一种奇特的兵器。

——它远攻时如盘蟒吐身，倏然伸长，但在近守时又可以缩短，而且，钻口还会乍放白光，炫扰敌目，甚至发放针刺般的厉芒，足以伤敌于不意。

"白热枪"吴夜气得声音都颤了:"你们……交人……交是不交?!"

鱼姑娘眼儿媚媚声儿娇娇地问:"交了有什么好处?"

吴夜一听,知有商量,便说:"交,这趟便暂……暂时……饶了你……如果……如果不交……嘿……嘿……"

鱼姑娘眼儿溜溜、瞳如点漆,飞彩似的转了一下,向鱼头鱼尾逗着闲话说闲情地道:"若果交人,你就是饶了我们这一趟——"

鱼头知机,接道:"可是,只饶一趟,下回还是要来算账。"

鱼尾也马上搭腔:"也就是说,到底还是得算账,只争迟早。"

鱼头接歌谣似的道:"迟算早算,还是不如早算划算——至少今天我们人齐。"

鱼尾也唱莲花落般地接应:"要不然,万一有天街头街尾,咱们一个大意闪神落了单,给人直的一剑横的一刀,那可不划算!"

鱼头说:"伸头也是一刀,缩头也是一刀,可今天要交人得先失了道义。"

鱼尾道:"这样蚀本的生意你做不做?你干不干?你且说说看。"

鱼头:"干。只兀那买药买着假药,用春药用上了过期春药的笨瓜蛋才干。"

鱼尾:"不干。跟那种要喷迷烟下迷药的不入流偷鸡摸狗的鸟屎蛋,还能搞得出什么贵干!"

两人一唱一和,又几乎没气炸了四大旗主。

钟午怒道:"你把我们捉弄得如此田地,岂可因小惠就放过你们——放过你们今日,已算是姑念上天好生之德,给六迟先生一个天大的面子，也算是让孟老板好做人做事了！"

鱼姑娘、鱼头、鱼尾都笑了起来。

鱼好秋道："看来，你不是想在今天饶了咱们，而是不想一下子一竹竿打一船人——让全船的人都反了你了。温大老板不好惹，冲着孟掌柜的名气，你们说什么也得避忌三分七分吧！你们想硬来，只怕硬不来，所以索性要让大家欠你们这一个情，然后负手捡个大便宜，到头来，还不是一样要小女子的命！"

鱼尾这回先接话："其实，他们只四个人，虽有所恃，但也不至于胆大得跟咱整个'名利圈'的同道作战，所以只好以退为进了。"

鱼头好像不喜欢鱼尾抢先发话，所以纠正道："那是以进为退，不，以攻代守。他们恶人先告状，身为官府中人，私下以公款买害人的药物、暗器加害他人一事含糊地混了过来，反来指诬人卖假药给他！来这儿借口问罪，其实是要掳人劫犯——这不是……"

话未说完，钟午已大怒，截道："我们是堂堂正正，奉上之命，前来把逃犯押回衙去，哪像你们鬼鬼祟祟、遮遮掩掩！"

"确然如是，那就太好了！"孟将旅哈哈笑着，一副"老怀畅甚"似的调解，"如果是这样，你们就禀衙里去，照正手续，请官府派持海捕公文、挂班差役前来拘提人犯吧！"

四个怪人，一时为之语塞。

"怎样？"何车又不耐烦了，催促道，"没事，办不了，我要回去大睡他三百回合了！"

"拿不出来么？"鱼姑娘媚着眼波，笑意流金地笑侃，"敢情捕拿要犯一事，只是四位信口雌黄，假公徇私吧？"

这一下，利明可勃然大怒，叱骂道："去你妈的！人善被人欺——这回还是居然给鱼戏呢！咱们好商好量，先礼后兵，你这妖妇婆娘，还有两只乳臭未干的破烂鱼小虾蟆，就以为夜郎自大了！我操你妹妹的哥哥的花楷辣子的！你们不交出人来，我们上去抓！"

"好嘛！"这回何车眼里倒发出了异常的亮光，"终于可以开打了！"

可没料到"落日杵"黄昏却一手掀住了"明月钹"利明，居然劝道："老四，别激动，咱们不看僧面看佛面，'老字号'的人，咱没仇无怨；'名利圈'的子弟，有不少也是'象鼻塔'的班底，咱们好汉不吃眼前亏，先占住个理字再说。"

利明听了，竟然也可以强抑怒愤，只忿忿不平地道："嘿！他们也不要逼人太甚，告诉你，只要龙八大爷一声令下，就可以铲平这小小的一间——"

鱼姑娘听着听着，忽然间，倏然色变，急扯孟将旅袖子，疾道："我看不妙，他们在拖，这是声东——"

话未说完，只听楼上客房，已发出极其剧烈的打斗之声。

鱼天凉脸色煞白，展身便起，四名旗主各发出一声怪啸，截住了她。

鱼姑娘一拧身，已与鱼头、鱼尾背靠背，站一起，三方顾应，跟四名敌手正面对面对峙。

鱼好秋一侧身子，已抄住腰间的一个镖囊，一只手已掏在里边，另一只手腕串着镯子、蜜蜡、水晶珠子，互相撞击，噔咯作响。鱼头、鱼尾，各抄出一件类似十字枪、十字挝的短兵器，尖棱锋锐，一作松石靛色，一作青金蓝彩，看去美得夺目，但在他们手上使来，又巧得攫神。

只听钟午沉声怒道："今天还没你们的事，不妄动咱就不枉杀！"

鱼姑娘情急，向一旁犹袖手观察战局的孟将旅叫道："孟老板，楼上遇事了，烦您走一趟，这儿有我和弟弟、小弟！"

孟将旅居然好整以暇，笑了起来，道："好姑娘，别急！"

何车也好整以暇，依旧有点恹恹倦倦地道："他们声东击西，我们何尝不是将计就计——"

话未说完，"砰"的一声，一影子已如大鹏鸟一般，撞破窗棂，飞落到楼下来，撞砸了两张凳子、一张桌子，就趴在地上咿咿呀呀地呻吟了起来。

说时迟，那时快，这头一人扑下，又一片大影"嘭"地撞砸了十九号房的大门，飞了出来，"呱"的一声扑地，余势未消，又格楞格楞地一路自楼梯翻翻滚滚落了下来，待跌到实地，已晕七八素，满目摇金，要撑起身子来，只落得挣扎不起又摔倒的下场。

一见那两人滚落下来，钟午、黄昏、利明、吴夜，就再也按捺不住。

他们本来各自在对话、争执时，已抄出了长形的包袱。

包袱就是他们的武器。

他们发现对方已识破他们故意把敌方高手的注意力转移在楼下之计，而且，双方已经在楼上房里动了手，而且情势还似大为失利，于是，再也沉不住气，纷纷亮出了兵器。

钟午使的是"太阳钻"。

太阳钻是一种奇特的兵器。

——它远攻时如盘蟒吐身,倏然伸长,但在近守时又可以缩短,而且钻口还会乍放白光,炫扰敌目,甚至发放针刺般的厉芒,足以伤敌于不意。

他拔出了钻。

他的兵器奇怪。

他的出手特快。

——可是,无论怪或快,他这次都绝及不上他的目标。

他抢着向鱼姑娘发动攻击。

他恨她。

他巴不得一钻杀了她。

——所以,她便是他的目标。

而就在他出手的同时,鱼姑娘也向她的对手动了手,出了手。

如果光是论兵器之怪,她还比不上钟午的"太阳钻"构造特别、杀伤力强;要是比出手的快疾,她也及不上钟午一开打就吃住她的空门抢入她的死门专攻她的罩门,并且一钻扎向她的命门,同时钻尖绽出强光,扰乱了她的视线,一时只觉金星爆花,未及防范钻已扎到!

可是,鱼姑娘的"兵器"却在此时发挥了作用。

她动手并不快。

却仍比他快。

她出手本来不怪。

但一定比他怪。

因为她什么都没干,只在她那一管号称为"一喷发情剂"的事物上,用食指一捏,"嗤"的一声,就发出了一蓬烟。

第壹玖回 人不如鱼

我劝你还是别打那两个小孩的主意了。一、他们两人虽然年纪小,可是也扎手得很。二、这年头的女人和小孩,都不是大家想象中那么好对付。

烟。

只是烟而已。

那是紫色的烟。

那就够了。

钟午一见鱼好秋手上的管子喷出了紫烟,大叫一声,撤招撤手撤腿撤头撤面就跑——还是没命似的跑。

他明明就要一击得手,也不管了:他们怕死了畏杀了惧极了那一蓬烟,说什么也不再让它沾上一丁点!

他跑得快。

所以避过了烟,到了两丈开外的门前,犹有余悸,屏住呼吸,扭头回望,惊疑不定。

店内客人,也纷纷掩鼻走避。

鱼姑娘却笑了。

笑得花开枝头春意闹,喜上心田英气扬地说:"你跑得好快——"

说着,竟埋首向一蓬兀自未散的紫烟深深吸了一口气,很享受、颇受用地说:"你都傻的!这是丹桂紫萝芝香雾罢了!这儿有那么多客人好友,小女子我怎敢公然用毒烟、迷雾!好生生一个大男子汉,怕成这样子,未免太瞧得起小女子了。"

鱼姑娘也许说得太快了。

也高兴得太早了。

因为她才语音一落,"呼"的一声,钟午已连人带钻飞掠了回来,冲入雾里,钻身倏长,钻头绽光,一钻刺向鱼天凉。

"是你说的,烟没毒的!"钟午眼看鱼天凉已目为之眩,无法招架，恨声道："你这是自找死路！"

强光暴绽，鱼姑娘在厉光里花容失色，退无所倚，招架无及。眼看就要死于钻下。

不料，只闻一声痛极也怒极的大吼，"当"的一声，长钻落地。

钟午瞪大了怪眼，看着自己的拇指，眦睚欲裂地怪嘶道："你……你这妖婆！——又说这烟没毒？！"

鱼姑娘嘻嘻笑着，徐徐睁开了眼帘："没错，烟没毒。"

钟午吼着，拇指开始抽搐不已，好像在里边溜入了一条会动的刀子鱼："那……这又是什么？！"

鱼姑娘耐心地道："这是针，不是毒。"

钟午现在五指都像在弹琵琶似的搐动着，"什……什么针？"

鱼姑娘和气地道："女人心，海底针——这支就叫'女人针'。"

钟午一听，整只手臂都完全不受控制地痉挛不已："它……你是怎么将它发出来的？！"

鱼姑娘巧笑倩兮地道："我一早就已将它发出来了。它就定在那紫烟里。紫烟没毒，可是有针。我刚才不是跟你们介绍过了吗，怎么这么快就忘得一干二净呢？这管子叫'一喷发情剂'，紫烟只香，闻之生情，却无毒。不过，浓雾里却有三根针，只要一遇上人气，就会专钻指缝趾隙，只要扎一个小洞就钻了进去，您这可是要掏也掏不出来，掘也掘不回头了。"

钟午骇怒道："三支针？！……还有两枚呢？"

鱼姑娘笑嘻嘻地道；"哪，不就在你那两位同伴的身上么？"

钟午这才发现，鱼姑娘身左身右，各有一人，神色惨淡，呆如木鸡地愣立两旁，一个是"白热枪"吴夜，一个是"落日杵"

黄昏。

钟午讶然道："你们……"

吴夜吃力地道："我……我们……也……中……了……"

黄昏艰辛地说："我也挨了……一针……在耳背……"

钟午咬牙切齿地道："好毒的针！"

鱼姑娘好像当作是赞美一般，欣然受之无愧："名字就叫'女人针'嘛！——女人心，尚且如海底针，何况是女人使的针呢！"

吴夜千辛万苦地道："这针……可有……有有有毒？……"

鱼姑娘倒是立即回答："无毒，此针绝对不淬毒。我还有一种'妇人针'，是由'下三滥'何红火提供的，那才是真正见血封喉，逆脉穿心的毒针。"

黄昏嗫嚅道："那我们……当怎么办是……是……是好？"

鱼好秋好言好语好心地道："没事。放心。你们已给那些暗算人的药物弄成这个样子了，小女子我哪还忍心折磨你们？你们只要不乱动，不擅运真气，这针一如木刺，过几天就会枯萎，会自动在皮层外倒迫出来，并无大碍，只有些痒痛，死不了人的。"

钟午仍提心吊胆地问："真的没事？"

鱼天凉笑眯眯地道："当然不会有事。小女子我哪敢犯得起这杀官大罪！只不过，你们这几天，不得擅自妄动肝火，也不可打打杀杀，还有，不要洗澡沐浴——嘻，像你们这种大男人，三几天不冲凉洗澡当然也不算什么……要是都犯上了，万一针尖逆走，钻入心肺，可不关小女子的事了。"

三人这才放了半个心。

原来，在那两个来犯的高手，一前一后滚下楼梯之际，钟午立即向鱼天凉出手，黄昏、吴夜，两人本来正与孟将旅和何车对峙，但都虚晃一招，突闪身偷步，要夹击鱼好秋。

他们这样做，甚有默契，除了因为曾在鱼姑娘手下吃过大亏誓要报仇之外，他们都认定了这三名对手之中看来鱼好秋毕竟是女流之辈，比较弱，而且，他们一旦制住了鱼天凉，便可以此来威胁其他的人不敢妄动，他们从而可以完成此来的任务。

可是事与愿违。

可惜低估了敌人。

鱼好秋忽然喷出了一团雾，就叫黄昏、吴夜两个偷袭的人，各吃了一针，最笨的是钟午，还倒掠了回来，也吃了一针。三人如同哑巴吃黄连，有苦自知。

何车冷哼不忿地道："真是不够意思，几个大男人，什么对手不好找，偏欺负女人，却又偏给一个小女子放倒了——男人打不过女人，当什么男人，撒泡尿淹死了好了！"

孟将旅更正道："老哥你这话就不对了。男人本来就是斗不过女人的，天生如此，怨不得人！"

何车皱起了眉头，额上又出现了一个火字，足足现出了四条青筋："你这哭倒长城的女僵尸又有啥歪论！"

孟将旅道："可不是吗？天生下来，男人吃不了女人，女人却吃得下男人。你知道我指的是什么，还有，天生女人就吃定男人的，可不能男人吃女人的，你也知道我说的是什么意思。而且，只有女人可以生女人，生男人，男人却不能。就算给男人干了，就不愿给男人生，男人也拿她没办法——男人又不能自己生——所以男人斗不过女人，既应该，也活该！"

何车板起了脸孔："有趣，有趣，对女人那么有兴趣，何不当女人去！你这歪论，现在只说到男不如女，再推论下去，只怕还

人不如鱼哪！"

"这也对！"孟将旅仿佛又有了新鲜话题儿，"咱们确是几个大男人都不如一个鱼姑娘！"

他们虽然这样泛论着，但也并未闲着。

对手给"女人针""定"住了三个。

却还剩下了一个。

一个独眼的：

"明月铍"利明。

利明没有动。

至少还没有妄动。

可是他的眼睛只转了一转，孟将旅已发出了警告："我劝你还是别打那两个小孩的主意了。一、他们两人虽然年纪小，可是也扎手得很。二、这年头的女人和小孩，都不是大家想象中那么好对付。三、你只要一乱动，我们就一定会盯死你，而且，你的那三名同伴也必然遭殃——那你还要不要试一试？"

利明问："我可不可以不试？"

孟将旅很爽快地答："可以。"

利明又道："我能不能不动？"

这次是何车回答："能。"

话未说完，只听楼上十九房砰砰梆梆连声大响，忽又听一声怪叫，哗啦啦连声，一人破板而出，手挥足撑，庞大如象的身躯扎手扎脚地直摔了下来！

这个人跌得个灰头土脸的，可是却令孟将旅和黄昏几人都变了脸色。

孟将旅与何车定睛一看：知道连这人也来了，情势就严重也凝重多了！

吴夜、黄昏等发现连此人也给撵了下来，这才对今次行动绝了泰半的望！

第贰拾回 鱼的哲学

　　他仿佛野心也不太大，有人问他何不借此封官晋爵时，他自嘲地笑说："我只是水里的鱼，一旦上岸，岂不涸毙？还是留在水里吃蜉蝣的好。"

　　这便是他"鱼的哲学"。

其实，利明钟午黄昏吴夜四人在这一次行动里只不过是幌子。真正的主力在楼上。

当布伏在附近的探子一传来这么一个讯息，有个受伤的家伙被两个小孩搀扶着走进了"名利圈"，一时间几批人马都惊动了，也出动了。

——"正点子"来了！

虽然，他们也明显发现：投栈的正点儿跟传说中的人物很有点不一样，连高度都不很吻合，虽说"目标"是个赫赫有名的人，负伤进入京城自然要先易容，但总不成连身边的两名亲信弟兄都变成了小童子！

只不过，既然消息乃发放自在京里刑部坐第一把交椅的人物那儿，谁都知道他消息来路奇多，也奇准，故而谁也不敢轻忽对待。

"白热枪""明月钹""落日杵""太阳钻"先做幌子。

他们要把注意力吸住在楼下。

主力却已偷偷掠上檐顶，再潜入屋内，撬开窗口，进袭房间。

他们也有内应，早已知悉"目标"就在第十九号房。

主力也是四个人：

"开阖神君"司空残废，还有他的两名近身子弟："小眉刀"于寡、"小眼刺"于宿兄弟，另外一个，则是"相爷府"的大总管"山狗"孙收皮。

孙收皮在江湖上，地位不算太高。

可是，他却是蔡京身边很受信重的人物。

他在朝廷中也无官职，不过，只要给蔡京重用，那就够了。

他本来自山东"神枪会大口食色孙家"中的一员大将，投靠

蔡京，蔡元长也立刻起用他，一下子，他就变成了炙手可热的人物，而且，武林中许多人都得要巴结他，连朝中的大官也得时时送礼结纳，至于蔡京在东北一带的江湖势力，也多交由他打点，使得他的地位、名望更为重要。

他仿佛野心也不太大，有人问他何不借此封官晋爵时，他自嘲地笑说："我只是水里的鱼，一旦上岸，岂不涸毙？还是留在水里吃蜉蝣的好。"

这便是他"鱼的哲学"。

而今，他也来了。

按照常理，不真的是天大的事，也不必出动到像他那样特殊的人物。

他们几乎是在同一刹间攻了进去。

一个从窗，一个破墙而入。

他们都是行动中的"老手"，也是"好手"，其中，于寡曾经成功地刺杀了十三次，有一次，还一口气刺杀了十三个人；至于于宿，他总共只刺杀过十三个人，但每一个人都是高手，还有一次，是对方派了十三名高手来刺杀他，结果都死于他的刺下。

于宿使的是"峨嵋分水刺"——当然是淬有剧毒的那种。

于寡用的是刀。

他的刀很奇怪，左手用的是柴刀，右手用的是菜刀，据说，他原来童年时常跟父亲上山砍柴，年轻时当过厨师，成名后继续用这两种刀，乃以示不忘本之故。

他们总是等到最好的时机才会下手，出动。

而今就是最好的时机。

因为他们先行潜进十九号房的屋顶，将耳朵贴在瓦面上，窃听：

"他……伤得怎样？"

"不轻。"

"能不能……救？"

"可以试试。"

"他身上伤了几处……但最厉害的还是眼眶里那一记。得先把烂肉、断筋剜干净，敷药止血再说。"

"可是，他会很痛……"

"你制住他的穴道，让他晕迷过去才治理。"

"我有'大还丹''小还丹''天王补心丸''九转还魂丹''甲心丹'和'回魂散'……可派得上用场？"

问的是童音。

回答的是粗嘎汉子的语音。

这就是了。

于寡、于宿都在等。

等到适当时机。

适当时机就是动手的时机。

——那就是等到房里一大二少三人正动手医人的时候，他们就可以动手杀人！

时机到了。

于寡先溜进十八号房，见一妇女和服睡在床上，先砍上一刀，旁有一少年，二话不说，已一脚将之闷声踹飞出窗外。

然后随即破墙而入——

闯入十九号房。

同一时间,于宿也自窗口破入。

两人向来素有默契,心意相通,同时行动,以竟全功!

攻!

破!

二人攻入。

他们以为那四人定必围绕床上:

三个救人,一个让人救。

但却错了。

床上的确是有个人,但用毯子盖着。

其他的人,却不在床边。

而在自己"身边":

所谓"身边",是于寡自十八房破墙攻入,"敌人"便在墙边;于宿从窗外破入,"敌人"就在窗下等他。

不是"大敌"。

而是"小敌"。

出手的人年纪甚轻。

可是手法老练。

一下子,于寡便给封住了穴道,动弹不得,于宿也给揪住了要害,挣动不脱,两人一先一后,都给制住了。

制住他们的,竟是两个小童。

于寡、于宿又惊又怒,马上反扑、反制。

这两人也绝非易惹之辈:于寡曾遭"飞斧队"余家的人禁锢在"愚移居"中,点了他十一处穴道,还派了七名余家好手去监管他，但仍是困不住他，让他逃了出来，还杀了其中五名守卫。于宿则曾中伏于"四分半坛"陈家高手，给五花大绑、点穴枷锁，还用铁链对穿了琵琶骨，置于湖底地牢之中，但也只困住了他十一天，第十二日，还是给他逃了出来。

自从"开阖神君"司空残废的两名师弟，都死于元十三限与天衣居士二派恶斗一役中（详见"惊艳一枪"故事），司空残废如同顿失双臂，是以有意也大力扶植这两名由司马废、司徒残一手调教出来的得意门生，成为"大开大阖三神君"的崭新组合。

连蔡京也力促此事。

——能受蔡元长有心培植，加上"开阖神君"特别重视，当然是非凡之辈，也必有过人之能。

他们一时失手，虽惊虽怒，但仍临危不乱。

于寡受制于叶告。

他的人破墙而入。

叶告好像一早预知似的，就在墙边，他的右臂先入，叶告就在这刹那间拿住了他的手臂。

同一时间，于寡右臂上的侠白、曲泽、郄门、通里、天府等五处穴道，一齐受制。

于寡何许人也！他右手的菜刀已把握不住，手指一麻，落了下来，但他左手的柴刀，已飞斩叶告脑门！

他反应极快。

——但无论再怎么快，也还是及不上他平时。

因为他毕竟有半个身子在发麻。

就这么麻了一麻，也就慢了一慢，眼看柴刀就要砍在叶告头上，但叶告一抄手，又封住了他左手的天泉、极泉、青灵、孔最、

列欠五大要穴!

于寡完全落于下风。

可是他并没有放弃。

他惊,但不乱。

他怒,却不气馁。

在这险境里,他仍然、竟然、霍然做了一件事:

反击!

第贰壹回 鱼之余

司空残废虎吼了一声,大步迈入。

他气得发抖。

房间也在发抖。

——房间里所有的事物:杯、茶、壶、桌、椅、台、凳、床、被、帐还有楼板,乃至床上的人,都给他运聚大力时的劲道所震荡、激动、震颤不已。

他双臂要穴，已全给叶告制住了。

他的一双手，形同废了。

但他还有一双腿。

这时候，叶告为了要拿住他，两人已埋身贴体肉搏战。

于寡猛起膝，急顶向叶告。

本来脚比手长，适宜中距攻击，可是两人已近身相搏，于寡出脚，不是攻敌，可是他确有过人之能。

他一膝急顶叶告下阴，叶告双手一扣，眼看便抄住按着他的膝盖，可是，在这刹那间，他的腿眼一拧，变成用右脚大腿二头肌长头那一截，反砸叶告的左肋！

这一下变化奇急，又狠又猛！

好个叶告，仍不闪不躲，左手已按住于寡的膝部"梁丘""委中""合阳"三穴，右手扣住对方"悬钟""解溪""阳交"三处，于寡闷哼一声，那一脚的攻势全遭瓦解。

他的穴道给拿，攻势顿消，但他的斗志，依然旺盛。

他还有一条腿。

在这时候，他居然还能"飞"起一腿。

这时二人距离已然极近，于寡出腿起脚，更是不便。

可是他依然抢着时机，力拼到底，竟以脚踝跳踢，反撞叶告后脑。

这次，叶告已不点制他的穴道了。

他不用"错穴法"。

他只一手抓住对方的内果、距骨，五指一发力，力透于寡的舟状骨、中间楔状骨和内侧楔状骨间，加以一逼，于寡痛得如同骨裂筋断，一时间，怪啸连连，战斗力已全萎了。

叶告就一伸手、展腰，将之摔出房间。

于寡已够厉害了，这一路跌出十九号房，仍一路猛运玄功，迫开了受封制的穴道，但已迟了，且功力运得愈猛愈急，跌得就愈响愈重，待跌到了实地，已七荤八素，一时哼哼唧唧，爬不起来。

于寡这儿跌得惨，于宿那一跤也摔得不轻。

他一撞破了窗，人一掠进来，就正好落在陈日月的头上。

陈日月也没做什么。

他只是倏地站了起来。

适时地"站"起来。

——这就糟透了！

陈日月长得并不高大，可是这一站立起来，头还是顶在于宿鼠蹊里，而且，他一双腿，正架在陈日月双肩之上。

痛，也痛死了。

而且不能立足。

好个于宿，危乱中仍能咬牙反挫。

他的"峨嵋分水刺"马上左右分刺，急取陈日月的左右太阳穴！

这一下，他不管对方是不是小孩子，都矢志要对方的命！

更狠的是下一招：

他双腿猛然一夹，要把陈日月的头夹个稀巴烂！

可是，更阴更毒的是陈日月。

他毒在既没还招，也没闪躲。

他只是一蹲。

这一蹲，自然是十分适时。

他闲闲地一蹲，可使得于宿简直叫苦连天，惨不堪言。

因为陈日月这一蹲,头自然也一缩,头一缩,于宿的峨嵋刺刺了个空,而他双腿也夹了个空。

这还不打紧。

要命的是:那一对峨嵋分水刺就变成刺中了他自己的双腿!

于宿算是缩手得快,但双刺仍在腿上各划了一道浅浅的血口。

——由于刺尖喂毒,于宿登时心慌意乱,顿失重心。

偏生在这时,陈日月在他背后,轻巧地做了一件事:

他轻轻地一推。

推。

只是推,顺水推舟般地推。

——往正手忙脚乱的于宿后颈和背后一推一送。

于宿正失重心又惊心,这一推,把他直送出了十九号房,还余势未消,便乒零乓啷一直摔落到了楼下。

他痛得眼泪鼻涕齐涌而出,第一件事,却不是挣扎起来,而是先服了几片解药再说。

幸好有解药。

——分水刺上的毒,可是"老字号"制造的,奇毒无比,而不是"下三滥"的假货,可不是闹着玩的。

于是,于氏兄弟攻入十九号房,几乎在同时间,给铜铁二剑轻易瓦解了。

——还瓦解得游刃有余,就像一条鱼在溪涧急湍里泅泳得依然犹有余裕。

不过敌人当然不止一个。

正主儿还未出动。

——不，至少，已经入场了。

司空残废虎吼了一声，大步迈入。

他气得发抖。

房间也在发抖。

——房间里所有的事物：杯、茶、壶、桌、椅、台、凳、床、被、帐还有楼板，乃至床上的人，都给他运聚大力时的劲道所震荡、激动、震颤不已。

司空残废当然不是怕。

而是愤怒。

他知道自己在孙收皮的监视下，是断断输不得的。

因为"山狗"就是相爷的耳目。

不过，在怒愤之余，司空残废也有少许暗自的庆幸：

幸亏不是自己第一个闯了进去，否则，万一就折在这两个黄口小儿的手下，当真是情何以堪！

是以，他怒吼以助气势。

可是他并不莽撞。

也不失却理智。

他要的是床上的人，而不是这两个人小鬼大的小子，所以，他一步就抢了过去。

第贰贰回 傻鱼

那人满脸大胡楂子，眉粗，眼大，却穿着红裙子，幸好，他还是内里穿了裤子，不过，却着了一双红色绣花鞋。鞋面上还编织着绣金烫锭的鸳鸯戏水蝴蝶双飞图样儿；发上还居然别了一朵大红花。

房间很大，也很宽阔——这恐怕是日后著名的客栈也演变成房间细窄，狭仄得可怜如一块豆腐干的住客所梦寐以求的。

这偌大的房间，司空残废只一步就到了床前。

他正要有所动作，却先有人已有所动作了。

那人也没什么动作。

他好像只跨了半步——不，只半个小步，已拦在他的身前。

那人满脸大胡楂子，眉粗，眼大，却穿着红裙子，幸好，他还是内里穿了裤子，不过，却着了一双红色绣花鞋。鞋面上还编织着绣金烫锭的鸳鸯戏水蝴蝶双飞图样儿；发上还居然别了一朵大红花。

司空残废怒道："小鸟高飞你还没远走高飞？"

高飞咧嘴一笑，牙齿又黄又尖："司空残废？早已又残又废！"

司空怒叱："你这算什么鸟？！说啥子鸟话？！"

海碗大的拳头，一拳就打了过去。

别看他偌大个子，出拳却快而轻灵，拳风竟发出"哔"的一声。

——一般厉害拳风多是虎虎、呼呼、霍霍连声，只有尖兵锐器，才会发出破空的尖啸。

只听高飞笑着回应："我嘛？小时小了，大时大了，老时老了……"

"了"和"鸟"二字同音，高飞一闪身，避了一拳。

司空残废大跨步，横马又打出一拳，喝道："我要你死时死鸟！"

高飞闪身又是一避，回应道："你却是死时残鸟，活像废鸟！"

——"鸟"当然也有指"那话儿"的意思。

司空听了，更是暴怒，一口气又连横进击了七八拳，拳风一记比一记快，一拳比一拳的风声更尖更锐。

他进一步，打一拳，跨一步，再打一拳。

他的立意是这样：

"小鸟"高飞是个大夫，在王小石主事"金风细雨楼"时期，树大夫已殒，楼子里和"象鼻塔"里若有任何兄弟遇事受伤，如果不是请树大夫的胞兄弟树大风医佑，就是请这高飞来治理。所以，这人显然是站在相爷对立面的。——谁敢跟相爷作对，谁就得死！

打死这个人，最大的好处、就是等于许多"金风细雨楼""象鼻塔""发梦二党"等各叛党里的叛徒一旦出事，都少了个救活他们的人了——杀一人如杀千人，这是大功，也是快事。

所以司空残废决定施"开阖神拳"打杀这个人。

不过，结果似乎很不对劲。

也不对路。

他迈一步，打一拳，按照道理，早已到那边了，可是，一直打了十九拳后，司空残废这才发现：几乎已给"迫"出了门口的，是他自己！

小鸟高飞还在飞。

在飘。

他的身形在蹿高伏低。

他的红裙飘飘袅袅，倏忽莫测。

——他就像水中的一个气泡，而自己却像条傻鱼，在追逐一只全无意义的泡沫，还追出了水面。

鱼一离水岂能活？！

他一旦发觉不对劲，立即就动家伙：

"家伙"就是兵器。

他的武器是：

鞭。

不是一条鞭子。

而是两条。

而且还是两条不一样的"鞭子"：

一条长的，足一丈二尺三，是盘扭绞缠生编死织的大蟒鞭，一拿在手，方圆三丈八，全是鞭影风声，破空划风，抢锋撄锐！

另一条则是短的：

十八节凹凸多棱六角虎纹护手金鞭。

一长一短。

他左手舞长鞭，如同灵蛇出洞，右手使金鞭，步步扣杀，连小鸟高飞也禁不住喝一声彩："好！"

好字一出口，长鞭捲到哪儿，他便飘到哪儿；鞭梢扫到哪里，他偌大的身形便像一张纸，一条羽毛似的，跟着飞到那儿去。

——他的身法竟比鞭风还灵、更轻，甚至还更不可捉摸。

司空残废知道这大开长鞭只怕仍是奈何不了这个小鸟一般的怪医。

他只有缩短距离。

他的鞭影，不是愈舞愈长，而是愈使愈短。

短得正好让他可以使金鞭打杀这顽敌之时，他就会出招，使出他的"杀手鞭"：

——"大开神鞭"其实只是他的幌子，"大阖金鞭"方才是他的看家本领。

看家本领当然是用来看家的——不到最后关头,是决不轻使的。

鞭影在缩短。

鞭风更锐:

十尺、九尺、八尺……七尺……六尺余……六尺……五尺多……五尺!

眼看他就要使出金鞭:

一鞭打杀高飞!

第贰叁回

失魂鱼

失败不等于就是输了。

一件事失败了,只是还没成功而已,它不是输了,至少,它没输掉的是你的:意志、才智和决心。

还有这些,总有一天,加上恒心、毅力和幸运,你就会赢。

司空残废是一个给人目为十分粗豪的人。

人多以为高大粗豪的人不会有细腻的感情,这当然是错觉。

他是有思想的。

偶尔也多愁善感。

他甚至认为他的鞭风就像一个又一个、一场又一场的梦影。

梦是幻觉。

一鞭逐一鞭地打下去,像杀了一个又一个的梦影。

生活岂不是也如鞭子,岁月就是那鞭风,把人迫使向一个地方前进吗?……虽然,挨鞭子的滋味并不好受,但一旦停止了鞭挞,生命终止了前进,那活着还有何意义?

司空残废也是人。

人是有感触的。

——有时候,他也会在杀人之余,徒生许多感慨。

但感触并不能取代他的行动,他的行动是杀人,杀人是他的职责所在——要知道,感慨至多只能是杀人之后的余兴,只是点缀、甜品,不能当主题、主食。

所以,感受不妨,但人还是要杀的。

——尤其像面对"小鸟高飞"这样的敌人,若不能马上打杀,留着必然祸患无穷。

在江湖上,有时候,对敌人仁慈就是对自己的扼杀,在武林中,有时是非得要你杀我、我杀你不可的,要不然,就只剩下任人宰割、予人鱼肉的份儿了。

司空残废当然不想落得如此下场。

他要即时打杀小鸟高飞:

像他平时所做的,打杀下一个又一个的敌人,也打散了他少时一场又一场本来少怀壮志、本存善念的梦。

梦是不实际的。

杀人却不。

杀人是残酷的事。

现实也是。

——人要活着，本来就是件残酷的事，因为他要做出许许多多毁碎梦幻、泯灭人性的行为，才能好好地活下去。

让人不能活下去自己才能活下去，这岂不是生存最大的吊诡之一？

眼看敌人近了。

——慢慢接近他招式里所布下的圈套了！

小鸟高飞迂回曲折，但仍是愈飞愈低，愈飞愈近。

鸟若飞到高空，那是难以射落的。

鸟飞在远处，也无法擒获。

除非鸟飞到近处、低处、觅粮啄食。

司空残废就是等待这个机会。

高飞显然也要制住他：这就是高飞的"粮"和"食"。

同时也是司空残废所设下的"陷阱"。

他外形庞硕莽烈，但其实并不似其外形的有勇无谋。

他们三师兄弟命名为：司空残废、司徒残和司马废，听来令人发噱，其实，也是他们"大智若愚"的一种表达方式。

他们先后跟从过元十三限、蔡京和龙八。元十三限是武学上的绝世之才，在武艺修为上之创新驳杂，只怕犹胜诸葛小花，只不过，他的心胸狭仄，不太能容人。作为他弟子的，若有才干，最好能忠心恭顺，唯命是从，不然的话，还是表现得比较鲁拙莽

撞、愚骏懵懂一些，较不招忌。

蔡京看似能容人、容物，实是利用他人为他效劳、若无利用价值，便将之废了；同理，若有威胁到他，也一定将之毁了。

龙八受宠于蔡京、童贯、王黼等人，不过论武功未能成一家一派，跟多指头陀等人尚有一大段距离，论官职则远逊于李彦、朱勔等人，只是蔡京身边一只"忠狗"。是以，若在他身边任事，还是不要太招摇、招风的好。

"大开大阖三神君"三师兄弟的确是复姓为：司空、司马、司徒，至于名字，则反而是自己取的。

——取这样卑微的名字，常使蔡京、龙八、元十三限等人当作是笑话、笑料、笑谈，反而有助于他们受宠——因受轻忽而得重用。

这是"欲升先挫，欲扬先抑"，三神君外形高大威猛，在这些大官、大爵、大宗师前，有个可怜兮兮的名字，莽烈的外形，反而不受人嫉，便于升官发财。

其实，他们师兄弟三人，私下早已暗约，矢志矢言：有日若能飞黄腾达，能号令天下，不必再仰人鼻息之时．他们定要恢复自己原来的名字：

司徒残原名为司徒今礼。

司马废本名是司马金名。

司空残废本名也不是真名，他原名亦桦。

但武林中已几无人知其原本名字，只知司马废、司徒残、司空残废是大名鼎鼎、威名赫赫的"大开大阖三神君"。

不幸的是：

司徒、司马均已殆。

现在只剩下了司空残废。

他正用他名字一般的伎俩，欲擒故纵，以进为退，诱敌迫近。

不知内情的人，还以为他已近力尽。

他的蟒鞭已愈使愈乏力，鞭风愈来愈短。

敌人愈逼愈近，而且，已快要下手对付他了。

他就是要敌人逼近。

一旦逼得够近，他就下手一鞭：

"快马一鞭，金鞭如电！"

人为财死，鸟为食亡。

人逼近危险，有时不是因为要冒险犯难，而是以为进入安全地带。

安全有时候以危险的面貌出现。

极度危险里也有绝对安全。

大奸貌似大忠，大忠有时以大奸的作风出现。大恶和大德，有时是孪生兄弟，一刀两面。

——有时候，所谓为国为民其实不过是为自己；有的人，改革只是为了保命，革命不过是因为私情。

刀丛里有诗。

绝崖后有花。

烈火中有流动的金。

不变的是岁月，老的是脸，变的是心。

长鞭的尽头有金鞭。

时候到了！

时机至！

司空残废有理没理，一鞭就砸了下去！

眼看要着——

不料，高飞倏如一只小鸟般遽飞而起！

"轰"的一声，鞭砸了个空，屋顶却穿了一个大洞：

瓦片、木石不断落下、打下。

司空残废一时视野迷蒙，一面挥鞭狂护身，挡格簌簌落下的瓦土。

这时候，他对面就出现了一个小伙子。

小伙子用他一双小手向他出了手。

隔空出手。

那当然不是"劈空掌"，也不是"隔山打牛"——陈日月还没那样的火候。

他隔空向司空残废发出了暗器。

他一气发得也不算太多，只十七八枚——当然也不算、绝不算是太少了；种类也不算太少：约莫五六种。

可是，这时际，加上落瓦、落土、落石、落木，也真够"开阖神君"司空残废穷于应付的了。这时候的司空残废，左支右绌，手忙脚乱，像一条失了魂的鱼。

何况，破瓦残垣里还夹杂了暗器。

司空残废大吼一声，他左手金鞭，立即舞个滴水不漏，右手长鞭，却仍能直卷丈外的陈日月。

这一下，反击得十分突兀，连陈日月也禁不住叫了一声：

"来得好！"

他退。

疾退。

长鞭如蟒，吐信直追。

他退,鞭追。

急退,飞追。

一退一追。

退到头来陈日月已挨近床边,他已退无可退。

可是鞭梢已然追到。

鞭风破空。

尖啸,厉嘶,竟似比剑尖还利。

鞭影已罩在陈日月那一张俊俏的玉脸上。

陈日月脸上阴晴不定。

他已无路可退。

——该怎么办?

看来,陈日月是遇险了。

不过,世间愈重大的成就,都是来自愈重大的危机。甚至可以这样说:要成就任何大事,都得要冒相当危险。

——有时危险得足以致命。

人生在世,唯一拥有的,其实只是自己的生命。

没有命就活不了。

只不过,人是应该为活而生,而不是为生而生的。

为活而生,就得要活得欢快,活得有感受,甚至应该要活出非凡的意义。

要活得有声有色有意义,便得要冒上失败之险。

失败是必然之事——甚至可以肯定:没有失败,根本就不会有所谓的成功。

所以不要怕失败。

害怕失败,就是恐惧成功。

——成功无疑是件叫人愉快、欢悦的事,谁都不会怕它,是不?

偏偏就有人要逃避它,原因无他,只是因为不想面对成功之前必须也必定、必然也必经的失败。

这就令人惋惜莫已了。

失败只是教训,也是经验,没有这些,人类今日生活得跟猿猴、牛马无异。

失败不等于就是输了。

一件事失败了,只是还没成功而已,它不是输了,至少,它没输掉的是你的:意志、才智和决心。

还有这些,总有一天,加上恒心、毅力和幸运,你就会赢。

有一日,你便成为大赢家。

输也不是失败。

绝不是。

譬如赌博:你赌输了,可能只是不够运气,也可能是不够沉着,或不够本、不够冷静,或收手不够快而已。

很多人赌博,输了就怨天骂地,说自己倒霉,运气坏到了顶点,内疚、懊悔、恼恨、怨艾、自责,无精打采,垂头丧气,找人出气,甚至一死了之。

错了。

输了也没什么了不起,就算你不知好歹,不懂进退,倾家荡产,也没啥大不了。

只要还没死,一切都可以从头来过。

死是解决不了问题的。

——既赢不了,戒掉就是了。

输不一定是坏运。你赌输了，只要在从事别的事情上仍然肯付出一流的心力与精力，一样可以成功，也一样可以有成就。

输赢只是因果。现在你得到的，可能是前世你失去的，也可能是来世你将失去的。得愈多，可能失愈多。失愈多，在另一方面而言，也可能得更多。也可能赢的其实是你过去失去的，输的只是你未来本来应有的钱。

是的，输不足为耻，赢不足为豪；每次输均一定心忿不值，其实不必不平，这是正常的，人皆如是，有谁会说自己会当输的？每场赢也不必高兴，你今天赢的，可能已埋伏下你明天的惨败，使你以为一时的幸运足以为恃。

就算是豪赌，也是好事，如果你善于将之当作一种经验，那就相当宝贵：有什么比一掷万金在弹指间便决定富贫更过瘾、痛快，也无瘾、痛苦的事？只有这种大赢大输才让一个真正高手在人生的刹那间悟道、了却梦幻空花之执。

不到地狱走一遭，岂知人间疾苦？

堪于比拟的，大概只有武林间、江湖豪士的决战、比斗、生死一搏了。

那也是大死大生才能大彻大悟。

就连风花雪月、声色犬马亦如是。要真正彻底成道，不一定也不必要在深山大泽，而是应在人间地狱。

所以输了，不等于失败。

输的只是钱，记住，别把人格和心，都一齐输掉了。

那多不值。

——一个不怕输，也享受失败的人，本身就是一位常胜将军，一个成功的人。

失败只是尚未成功。

那么说,陈日月呢?司空残废呢?

他们现在已各给迫入了险境。

谁将惨败,谁能反败为胜?

——谁只是输了,还是死了?失败了,抑或是终于能战败了失败,取得成功和胜利?

第贰肆回 落雨，落鱼

——至少不能说是"正统"的暗器。

因为这些"暗器"中，除了铁莲子、七棱镖、五花芒、透骨钉之外，还有一些可谓稀奇古怪的"东西"。

其中有拖鞋、袜子。

甚至还有毛虫和鱼！

陈日月退近床边。

退无可退。

——再退，只怕就要踩在天下第七的身上了。

天下第七的伤才刚止了血，使之暂不致恶化，也保住了性命，可是，任是铁打的人，受了这种伤，必是十分衰弱、脆弱，不但不经打，也禁不起践踏。

可是陈日月却做了一件事。

他连被带衾抄起包裹着床单仍透湿着血渍的天下第七，往鞭梢一迎！

他就用天下第七来挡这如狼似虎、追风卷云的一鞭！

——你们闯进来，目的只不过是要救这个人！

——好！就看你敢不敢将他一鞭打死！

打死了人，就救不活了，你们任务就形同失败了！

所以陈日月有恃无恐。

——谅他们也不敢下毒手！

他双手一抱，揽起了天下第七，往鞭锋一迎：有种，就打死他吧！

如果收鞭，他就随鞭势欺入中门，甚至把天下第七空投了过去，看司空残废如何应对、怎样接招？

陈铜剑可谓胸有成竹。

可是成竹在胸，不等于已成事。

司空残废的确好像没意想到他有这一招。是的，鞭势确是在半空顿了一顿，挫了一挫，也缓了一缓。

缓是缓了，但没有停。

只那么慢了一慢，鞭尖依然卷噬陈日月——甚至不惜将天下第七也格毙于鞭下；而且，脸上还在这刹那之间，展现了一种得偿所愿、正中下怀的狞笑。

这一霎，陈日月也暗道不好。

不妙。

看来，是算错了！

——难道，这些人闯进来，竟不是为了救人吗？！

在这刹那间顿悟已迟，眼看天下第七的脖子就要给鞭子打个稀烂，可是，天下第七的头突然换成了一把剑。

鞭子就缠在这把剑上。

剑是铁剑。

司空残废怒叱，全力收鞭。

剑在叶告手上。

叶告是个少年人，可是膂力奇大，司空残废扯之未动。

剑是铁剑。

人像铁人。

司空残废正发力猛扯，陈日月已老实不客气，双手一张一合，又是十七八件暗器，像落雨一般向他招呼了过来。

司空残废确有过人之能，他以金鞭格、砸、扣、锁，硬生生把暗器一一打落，另一手依然不放开仗以成名的蟒皮鞭，仍要把叶告扯拨过来。

——要是真的暗器，那还算好。

更糟的是：有的"不是"暗器。

——至少不能说是"正统"的暗器。

因为这些"暗器"中，除了铁莲子、七棱镖、五花芒、透骨钉之外，还有一些可谓稀奇古怪的"东西"。

其中有拖鞋、袜子。

甚至还有毛虫和鱼!

——试想,陈日月一扬手,天上地下,都落下了一阵骤雨似的,有的竟是一条条的活鱼!还有的毛虫,竟粘贴在金鞭上,挥之下去,那可真够瞧的!

司空残废一时哇哇大叫,心烦气躁之间,不免吃了一两软的暗青子,一乱神间,又着了两记真的硬的尖的利的暗器。

这一来,难免吃痛,露了破绽。

偏在这时,小鸟高飞却遽降了下来。

红裙遮脸。

腿影罩头。

司空残废及时避过了迎面一脚,但手腕仍是遭高飞一脚踢个正着,金鞭脱手飞去。

这还不打紧。

却也就在这时候,他仍在发力牵扯的长鞭,也不知怎的,叶告好像把持不住,一扯便如飞地给他扯了过来。

而且还是飞快扯了过来。

司空残废已知不对劲,但他金鞭已失,无法防卫,长鞭又为叶告所控,借力反欺,趋势而入。司空残废正要聚精会神对付这小子的铁剑,却乍见对手身形一矮,一出脚已踹中了他。

别看这只是少年叶告的脚,却足以把司空伸君踢飞起夹,穿墙破板,一路摔摔跌跌,滚扑到了楼下。

叶告这一脚,把司空残废也踹飞出去,跟陈日月这一手"落鱼手"神乎其技的暗器一样,足以名动江湖。

司空残废当然有所不知:叶告年纪虽小,腿功却极老到——

当然了，他的授业恩师，毕竟是"四大名捕"中脚法第一的追命：崔略商！

司空残废这一路滚了下去，使得楼下搞乱的钟午、黄昏等人这才真正的绝了望。

连"主头儿"也如此失利，只怕此次行动已无望矣！

三人刚联手打退了司空残废和他的得意门生于寡、于宿，正一同望向剩下的一名敌人：

孙收皮。

他们真的有些"意犹未尽"，因为作战方酣，且连连报捷，可以说是，正打得兴起，还未过尽了瘾，只觉技痒，又觉手痒，颇想胜完再胜。

但看"山狗"孙收皮的样子，却似无意接战。

他只是观战。

也观望。

特别是向那床上的人：一度给陈日月"抄起"当"挡箭牌"的天下第七，观看得十分仔细、入微。

这时候，因为遽然移动的关系，本来铺在天下第七脸上和裹在身上的被衾，有部分已散落了下来，掀翻了开来。

孙收皮可一直都没有出手相帮：

对司空残废和于寡、于宿的遭狙和反击，他完全没有插手，好像他跟这些人不是同一路子的，只是像在酒楼茶馆里偶然碰上的客人，在同一张桌子上"搭台"而已。

不过，他只是没有出手帮"开阖神君"师徒三人一把，但并不是完全没有动手。

有。

他是有动手的。

是。

他是有出手的。

他动手很快。

快到无伦。

他收手也很快。

快到绝伦。

快得不像是曾出过手。

他出手很怪。

他不是向小鸟高飞、陈日月、叶告任何一人出手，而是向天下第七！

那一刻，正是陈日月图以天下第七来搪住司空残废的攻袭，而叶告正吃住了司空的长鞭，高飞正踢飞开阖神君的金鞭之际。

他就像突如其来似的，突然就掠到了陈日月身前、突然出手，突然做了一件十分突然的事：

他一手就抓了过去——

向天下第七。

第贰伍回 凄凉的鱼

　　眼前的这个人，绝对是一个疑团：他像一条毒蛇，又似一把烈枪，更好像是一柄有毒蛇缠绕的厉枪，可刚可柔，能软能硬，时而静若朽木，又时而择人而噬。

　　总而言之：

　　可怕！

倏忽。

——如果要形容孙收皮这一次出手，大概最贴切的就只有这两个字。

如果这一手抓向陈日月，他是不是能躲得过？

答案是：

陈日月根本没察觉对方攻出了这一抓。

直至叶告事后跟陈日月检讨的时候，才道出孙收皮曾攻出这一招，陈日月也才知道"山狗"已出了手、出过手，而他居然没发现，也未瞧见。

要是孙收皮的这一招是攻向叶告，他又能否招架得住？

回答是：

叶告原来一直不知道孙收皮是何时及从何方向掠近来、探过来的。

也就是说，他只来得及瞥见孙收皮倏然出手：出手就是一抓——可是他事先并未察觉孙收皮已然掠了过来，正如陈日月只知道孙收皮欺了近来，却不知晓他已出了手，抓了那么一抓一样。

——是以，如果孙收皮总管这一招若是攻向叶告或陈日月的话，您想他俩能避得了吗？

不过，孙收皮在展动身形飞掠及出手一抓之际，小鸟高飞则正腾空飞起。

他居高临下。

——也许，他"飞"得那么高，并不是为了要躲避司空残废的攻势，甚至也不是为了要撞破瓦面的碎砾扰乱其防守，而是为了要监视和牵制孙收皮的攻势？

他从高处看下来，对孙收皮飞掠、出手，他都历历在目。

不过，他虽然明知孙收皮已掠起了身子，出了手，但他仍是来不及阻止。

——看见，并不等于能阻止。

幸好孙收皮攻的不是叶告，也不是陈日月。

而是天下第七。

可是，在这一刹，急降而下正要对付司空残废的高飞，心中却有一种古怪且奇异的感觉。

他的感觉来自皮肤。

他的肌肤竟乍起了鸡皮疙瘩。

小鸟高飞凭过人医术，加上腿法、轻功，成为江湖三绝，有人甚至称他为"小追命"，盖因为他轻功、腿功，都能与追命媲美、比拼，而在岐黄之术方面，可能犹有过之。（虽然他自己就从不敢承认这个赞誉）

他以练身法之胆大（有人以为轻功高的人善于逃跑，必定胆小，其实绝不然。要练上好的轻功，得飞檐走壁，蹿高伏地，非过人胆识根本练不成，也不敢练），医道之小心（对症下药，把脉判病，非得要精明细心观察不可），称颂江湖，成为这一干既非官道也不是绿林的道上哥儿们的生佛、首领，今日，却不知怎的，乍见孙收皮只这么一动、一掠、一出手，尽管都不是冲着他的，他已有点不由自主地胆战心寒、头皮发麻了。

为什么？

他也说不上来。

只不过，他从高处俯瞰，可以看见孙收皮的发顶。

不，头皮。

孙收皮已秃了顶。

他的头发贴着两鬓衍生，头顶及近额处，已空出了一大片青白色的头皮。

他头上清晰地凸显了两个发旋。

——这两个发旋所形成的涡纹，让居高临下的高飞乍看起来，配以稀疏的发根，好像这人头上，还有另一副五官、另一张嘴脸。

如此而已！

除此无他！

可是，胆大心细的高飞就只瞥了那么一眼，不知怎的，就觉得心有点惊，魄有些动，还说不出个所以然来！

直至他猱身欺近司空残废，趁他分心要对付叶告和陈日月之际，踢出了他的"裙里脚"之际，心中仍盘旋着这个不解之惑：

——他到底是谁呢？

——怎会使自己如此震怖？

当他们三人联手，把"开阖神君"司空残废打飞出房外后，战志旺盛，意犹未尽的三人中，久历江湖、屡经战阵的高飞，心中依然有些耿耿之疑。

可是孙收皮明显不想打架。

他身形只动过一次，伸出过一爪——甚至也不是攻袭，只掀开了缠裹在天下第七脸上的毯子，就立即收了手。

看起来，他的笑容像是个爱好和平的人。

他一个人独立在一旁，像一条孤独而不太合群的鱼，神情间还带点谦卑的凄凉。

——那跟高飞在居高临下俯瞰时所看到剽悍、狂暴、整个躯体的骨骼似可在刹那间扭曲、发胀的形象，有很大的不一样。

这时，司空残废已"飞"出去了。

天下第七已跌回床上，被衾全都散落一地。

陈日月、叶告、高飞分三个方位，盯住了孙收皮。

孙收皮却和善地笑了起来，边摇着手，边很谦卑地走向前，边打躬作揖地道："我们弄错了。不好意思，原来不关我们的事。我不是来打架的，我只是来旁观的。你们慢打，我先走了。"

他就这样走过去。

毫无敌意地走过去。

全无防备似的走了过去。

走过去叶告那边，拉拉他的手。

走过陈日月那儿，摸摸他的头。

又走到高飞那儿，拍拍他的肩膀。

然后他才拍了拍手，漫声说了一句特别古怪的话：

"流——鼻——血——"

这些动作看来都很寻常：去拉拉人手、拍拍人肩、摸摸小孩子的额头，自然都无甚特别。

可是，在这时候，对叶告、高飞、陈日月做出这种举动来。

就很不寻常，极不平常。

因为他们正在对敌中，而且是敌对着。

以他们三人的警觉和身手，没道理在这时候任由孙收皮去碰触他们的。

他们大可闪躲，或者还击。

甚至就像对付于寡、于宿和司空残废一样，联手将孙收皮踢出房外。

可是他们都没有那样做。

原因只有一个：

他们来不及反应（包括闪避、反击或阻止），孙收皮已摸、拉、拍着了他们，然后就身退。

他们三人中，没有一个受伤。

孙收皮显然没有伤害他们的意思，所以出手全不蕴内力。

他只是"善意地"跟他们拉拉手、摸摸头、拍拍肩膀，然后就转身去。

他要的是置身事外。

他倏然拉手、摸头、拍肩，又倏然而退，等于再度印证了小鸟高飞心中原来就存有的疑惧：

眼前的这个人，绝对是一个疑团：他像一条毒蛇，又似一把烈枪，更好像是一柄有毒蛇缠绕的厉枪，可刚可柔，能软能硬，时而静若朽木，又时而择人而噬。

总而言之：

可怕！

——那绝不只是一条凄凉的鱼！

第贰陆回 摸鱼

在忽闻楼上一声长吟:"流鼻血"之后,居然在楼下食肆中发现有这么多立即撤退的疑人,可见这一次对方的行动,来的远比想象中庞大、周密,而且重视,强势出击。

——却偏偏又在并无真正发动的情形下撤去!

孙收皮看去依然像是一条凄凉的老鱼,可是,刚刚他碰触了这三个刚获全胜的高手,就像轻轻伸手在缸里摸了摸三条温驯的鱼。

而且,就在他漫声喊出了那一声看似全无意义的"流鼻血"三个字之后,"名利圈"楼下食肆中,突然发生了好一些异常的事件:

有一桌的客人,本来在饮杯茶,吃个包,刚填得肚子胀饱饱的,又抱着片西瓜,一边在聊天谈笑,且在发生了钟午利明吴夜黄昏出手找碴儿的事情后,就一直注视、留意着,但也并没有即时离去的样子。

却就在楼上传来那一声,"流……鼻……血……"之后,这张桌的三个客人,立即站了起来,匆匆付账,临走时还掩着鼻子,说:

"我流鼻血……太燥热了……失礼失礼,不好意思……"

不止这一桌的人。

还有别桌的客人:其中一个,打扮成商贾模样,跟几名常来"名利圈"吃吃喝喝的客人,正低声谈论自二楼摔下来的大汉之际,忽听"流、鼻、血"三字,也长身而起,抛下一句:"对不起。咬破了唇疮,流得一嘴的血,得先走一步……"

就这样走了。

另一桌子的人,本来在呼卢喝雉,行酒猜令,见鱼姑娘和四个不速之客起了冲突,便收敛了一些,喁喁细语,本来看似要上前帮鱼天凉和孟老板等人一把,一见四人亮出了名号,便不敢造次,只袖手旁观,而今一闻"流——鼻——血——"此一长吟,其中一人,忽然立起,匆匆说了一句:"我流牙血。牙痛。告辞。"

就走了。

其余三人，也为之错愕莫已。

不止这几人，其他几张桌子的客人，也有两三人，其中有男有女，忽然匆匆离座，各自交代了一句："我流鼻血。""我旧创流血。"不等，就离去了。

一下子，店子里离开了约莫两成的人。

孟将旅脸容一肃，道："看来，他们没有真的动手，要不然，我们还是低估了他们，难保要吃不了兜着走。"

其实他协助叶告和陈日月，把天下第七搀扶入房后，就发现了有不速之客正自楼上、楼下不同管道各有图谋，各怀鬼胎，但都要进入第十九号房。

他深知陈日月和叶告虽然只是小孩，但绝非一般人想象中那么容易应付，何况，还有江湖经验丰富的小鸟高飞在主事大局。

是以，他迅速离开了十九号房，转入了对面另一房间，逗留片刻，就赶下楼去，正好凑上鱼好秋和鱼头、鱼尾，正跟"四旗旗主"对骂得剑拔弩张。

不过，鱼姑娘几乎不用他和何火星相助，已然用三枚"女人针"、半支"一喷发情剂"，定住了钟午、黄昏和吴夜，也吓住了利明，甚至连鱼氏兄弟也只是幌子，用不着真的动手。

可是，在忽闻楼上一声长吟："流鼻血"之后，居然在楼下食肆中发现有这么多立即撤退的疑人，可见这一次对方的行动，来得远比想象中庞大、周密，而且重势、强势出击。

——却偏偏又在并无真正发动的情形下撤去！这点也许更加令人迷惑，但在孟将旅而言，却猜着了几分，压力却又更添几成。何况，座中仍然有些来历不明的人，未知敌友。

在一旁的何车却咕哝道:"他们来的人是比预想中多,但我们的也不少——而且,他们看来并不团结。"

到这地步,利明只好以一扶三——说真的,那也可真不容易——扶走了各中了一针的吴夜、钟午、黄昏三人。

临走时,利明说了一句狠话:"妖妇,我们会再来找你的!"

鱼天凉却柔声软语地回了一句硬话:"到时候,你大爷可更要一目关七了!别忘了,小女子是女人心,海底针呀!"

这四名旗主狼狈而去,却似跟那些闻"流鼻血"而走的各路人马并不相干。

一时间,"名利圈"里,去的人多,来的人少,但起落次第间毕竟引起了些混乱,往来比肩,越座挪踵,有的喝彩举杯,为鱼姑娘等人退敌而庆贺,至于司空残废和于寡、于宿也磨磨蹭蹭地跄跟而起,满腔痛楚之意,满目恨色,却听陈日月扶着楼上栏杆下瞰,故作大惊小怪地叫道:

"神君!我看到神君哪!"

原来司空残废外号就叫"开阖神君",在武林中本颇有地位,多尊称他为"神君",而今却当众摔跌得如此狼狈,偏生是向好促狭的陈日月又大呼小叫,令司空残废心里更不是滋味。

三人互相扶持而出,忽听火星都头何车倏地一声叱喝:

"停步!"

三人陡然止步,脸上都出现尴尬之色。

——他们都已负伤,看来,楼下尽是"名利圈"中好手,只怕比楼上的更不好斗。

但他们随即发现:何都头叱止的不是他们三人。

而是另一个穿着非常得体、非常光鲜、非常堂皇、仪容举止都非常令人好感的汉子，正趁这人仓促上下出入的节骨眼儿，已悄悄地潜上了二楼——就只差三级，他已上了楼，但看来大意烦躁的何车都头，却叱住了他。

那人也不慌忙，右手把着剑柄，悠然转身，含笑问："你叫我？"

何车不耐烦地叱道："是谁让你上楼的？"

那人笑道："我的房间就在上面。"

何都头"哦"了一声，鱼头眼珠子机灵灵地一转，便问："请问客官，第几号房？"

那人顿了一顿，笑道："十七。"

鱼尾漫声应道："原来是十七号房——就住十九号房对面的那一家？"

那人赔笑道："才住不久，店家小哥都认不得在下了。"

鱼尾也对着他赔笑道："是呀——可惜，十九号对面的号码不是十七，而是十八……真可惜啊！"

那人一时笑不出来了。

不过，才怔了怔，又笑道："小兄弟厉害。我是上楼探朋友来的。"

这回鱼头沉住了气，又问："朋友？住第几号房呀？"

这次那人回答也很老实："十九。"

第贰柒回 流鼻血的鱼

  一个人年纪大了,气自然就不盛了;身体坏了,也就理所当然地失去了神采,在生命的舞台上,自然而然也轮不到你来当主角了,你也会顺其自然地躲到暗里的一边去,自生自灭自憔悴。

何车笑了。

他的眉毛也像火烧一般耸了起来。

他说话的声音有点像火笑——火在未干透的柴薪上，刚好把薪木内的水分全迫透出来后，正尽情燃烧之时，火舌和火焰便会交织出这种痛快得近乎痛苦的声音：

"十九号房住的是你的朋友？"

那人想了想，才回答："可以这样说。"

何车道："你的朋友姓什么？"

那人静了静，才答："都是老朋友了——大家都习惯叫他的外号，很少记起他的姓氏。"

这回到孟将旅接着问："不是姓高的吧？"

那人笑说："当然不是。"

"不是姓叶的吧？"

"不是。"

"不是姓陈吗？"

"也不是。"那人这次只好说了，"他……好像姓文。"

"你说的这个姓文的，他虽然是你的朋友，"何车一点也不客气地说，"但他却是我的犯人。"

"我不是要救他，我只是要见一见他，说几句话，"那高尚的人道，"你大可放心。他欠了我一些东西，我只是要他交代几句罢了，绝不会碍你的事。"

孟将旅反问："他欠你什么东西？很重要的么？"

华贵的人回答："也不是什么贵重的……只是家族里的一些账。"

何车皱了皱火眉："家族？"眼睛却亮了，像点起了两把火，

"如果每个人都说是他的朋友,而他的朋友偏又特别多,一天来上一两百个,每个人都只跟他说上几句话,算一算账,那也很够瞧的了——可不是吗?"

高贵的人依然不放弃。

看来,他也不是个易放弃的人。

他像个公子哥儿——但公子哥儿里也有坚毅不屈、坚持己志的。

他好像是属于这一类。

所以他还是勉强笑道:"毕竟,我跟他的关系,还是有点不一样,也许可以通融通融。"

孟将旅道:"你不是说,你跟他只不过是朋友关系吗?那太普通了。四海之内,都是朋友。"

高雅的人强笑道:"除了这个,我们还有别的一点关系。"

"什么关系?"

贵气的人有点笑不出来了,却仍然没放弃:"兄弟。"

何车道:"哪门子的兄弟?"

那人虽然百般不情愿,也只好说:"是同父异母的兄弟关系。"

何车跟孟将旅相顾一眼,一齐开腔:"那你就是'富贵杀人王'文随汉了?"

"江湖误传,决不可信。在下连自保也堪虞,哪有杀人之力!"那人叹了一口气,接道:"天下第七原名文雪岸,他确是我同胞兄弟,敬请通融则个。"

孟将旅听了,眼睛却往酒楼大堂里瞧,一面说:"这样听来,就合情合理多了。"

文随汉觉得对方有些动摇了:"兄弟相见阔别,本来就合情合理嘛。"

孟将旅大致已打量、估计了场中仍然未走的来客,心中有了个底儿:

"名利圈"里,大致上还有十一桌三十二名客人未走。

这些人客,有男有女,有老有少,有部分是伙计,还有在这儿讨饭吃的隶属于鱼姑娘的"姊妹们",以及厨子、伙头等,大约有四十二人。

这大都是熟客、熟人。

原有些不太相熟的人客,随着楼上那一声"流鼻血"的暗号之后,那些"不速之客"都像缸里刚开了引渠通向池塘的鱼儿一般,全都借此退走、离去了。

剩下不相熟的人客,大概只有三桌。

三桌十一人。

孟将旅是这儿的老板。

他一向很细心,也很精明,虽然他外表看来有点"老好人"的那种迷糊。

——也许就是因为他够精明、够细心,所以他才能成为这个十分势利和现实的圈子里的老板。

他很快就追溯出来:这文随汉是来自哪一张桌子的。

那张桌子,还有四个人。

四个人大剌剌地坐在那边。

——不,四个人中,有三个人是大剌剌得简直是大摇大摆八面威风地坐在那儿,只有一个很枯瘦、很羸弱、很衰败的小老头儿,无精打采、委顿颓丧地陪着坐。

其实这也难免:一个人年纪大了,气自然就不盛了;身体坏

了,也就理所当然地失去了神采,在生命的舞台上,自然而然也轮不到你来当主角了,你也会顺其自然地躲到暗里的一边去,自生自灭自憔悴。

——要是一个生气勃勃的社会与组织,却全由老年人来运作、主掌,这才是违反自然,异常的现象呢!

孟将旅很快就估量了那张桌子的四个人一下。

只一下。

一下就够了。

然后他道:"你同来的人呢?要不要也一齐进去?"

文随汉反问:"能吗?"

孟将旅笑眯眯地道:"你说呢?"

他是问何车。

火星都头何车道:"我有三件事,要告诉你,你最好给我听着。"

文随汉的身子仍停留在楼梯中,既未再上一步,也没退下一步:"我洗耳恭听。"

"九掌七拳七一腿"何车的语音沙哑得清楚有力地道:"第一,天下第七是要犯,我奉命守在这儿,谁都不许去探他,谁也不能去救他。第二,你也是杀人重犯,我们刑部要抓你已好久了,别怪我没事先照会。第三,你一道来的那帮人,到现在还窝在那张桌子坐着,我知道他们其中有三个是'封刀挂剑霹雳堂'中的大败类:雷凸、雷凹和雷壹,这三人在投靠'六分半堂'前,曾把火药硝引之法卖给金、辽,令宋军在战场上伤亡惨重,我早想清除这些卖国求荣的汉贼!"

文随汉哦了一声,居然神色不变地反问:"那你们刑部的大爷们为何不早些将这些勾通外敌的绳之以法呢?"

何车嘿嘿嘿嘿咬牙切齿地狠笑了几声:"那是因为我在等。"

"等?"

文随汉显然不解。

"我在等他们的大师父,"火星都头恨恨地道:"国有国法,家有家规,我想他们的大师父'杀人王'雷雨也是非同小可,有头有脸的人,他在'江南霹雳堂'里跟'放火王'雷逾都是拿得了主意、当得了大局、干得了大事,做得了好戏的角色,我本不想越俎代庖,也不该多管闲事。"

文随汉当然也听出了他的弦外之音。

"现在呢?"

"现在不一样了。"

"为什么?"

"因为他们现在已来了这里,来到我的圈子里,"何车说到这里,他的人也完全不同了:他就像是一个明镜高悬,明见万里,清正廉明的高官,在审视点核他的万民、兵将一般,"既然来到我的圈子里,教训这种不肖子弟,自然就是我的责任。"

"你要替天行道?"

"不,"何车踏踏实实地说,"我只是要为民除害。"

"生意不在仁义在。"文随汉笑得已有些不自然,也不自在,"你们既不准我上去会犯探亲,至少,也给我个台阶下,让我们安然离开便是了。"

何车倒没料到文随汉这干人不但不坚持,还能逆来顺受。

"就当我们没来过,可好?"文随汉的语调已近乎求饶了,"咱哥儿陪我走这一趟,又没动手,更无冒犯,连杯碗筷碟都不曾

摔破一个，也让我们全身而退，当赏个金面，不管'六分半堂'还是'江南霹雳堂'，都一定足感盛情，也感同身受，好不？"

他如此恳切地说。

火星都头何车不禁犹豫了起来。

第贰捌回

捉鱼

人在江湖，彼此留个相见余地，并无十冤九仇，又何必迫人太甚！

——该怎么处理是好呢?

应严厉处置,决不姑息养奸,还是网开一面,放他们一马?

一时间,连一向霸悍、对付恶人决不手软的何火星,此际,也难免有点拿不定主意。

他拿不定主意,文随汉可已拿定主意似的退了下来。

自楼梯口一步一步地退了下来。

一面退,一面赔笑,看他的笑容,好像在说:

就饶了我们这一遭,如何?

他退下来,那座上三个大刺刺的人也站了起来。

他们各自收拾带来的包袱、褡裢之类的什物,看来,也是准备离去了。

这三个人,一个黑衣、一个白衣、一个红衣,当真服饰鲜明。

——这里高手如云,防守森严,已没啥瞧头的了,此时不走,更待何时!

所以何火星也有点心软了起来。

他也准备不为已甚了,人在江湖,彼此留个相见余地,并无十冤九仇,又何必迫人太甚!

他以前是刑部的一名都头,追随"四大名捕"的系统,在六扇门里已有独当一面的地位,可是他发现就算人在刑部,也不见得就可以为百姓做好事,为良善抱不平,而且掣肘处处,有时反成了助纣为虐的鹰犬。为此,他忿忿不平,加上欠缺耐性,干脆辞去职衔,加入了"名利圈"。"名利圈"原先跟"发梦二党"一样,原都是既不隶属于"金风细雨楼"也不投靠"六分半堂",既不附众"有桥集团"亦不支持蔡京派系的江湖组织之一。由于温六迟人面好、人缘广、人头熟,加上任用得法,"名利圈"得六扇门中人和烟花女子及江湖汉子的支持，独树一帜，直至王小石的势力自"金风细雨楼"因白愁飞的挤兑而分裂出来成为"象鼻塔"后，因为王小石的亲和力，好结交平民百姓，打成一片的性情所致，人格感召，是以"名利圈"才成为"金风细雨楼"的外围势力，直至王小石被逼出京，流亡江湖，楼里塔内改由戚少商代为主事，这种结合联盟的大势，仍未改变。

何火星加入了"名利圈"，反不受虚衔所限，可以疾恶如仇，大展拳脚。

不过，人心肉做。

何都头曾有一日在不同地方、不同案件中连抓下一百七十三人的记录，也有一天受到不同高手挑战连打二十七场的记录，但他仍然是一个有侠情的人。

他不想欺负人。

他从不欺负任何人。

——但如果谁敢来欺负他：他就会倒反过去，"欺负"对方。

可是现刻文随汉和那三名雷氏汉子，都明显不是这个样子。

他们只作出要求，一旦要求被拒，他们只是想走。

——这就不好赶尽杀绝了。

何车正在踌躇不定，忽听孟将旅沉声叱道："小心！"

他猛抬头。

只见文随汉明明已走下几步来了，倏地一顿足，已如一只大鸟一般，一跃而上。

上得好快。

好急。

好突然。

何车心道不好，骂了一声："好小子居然使诈！"正要出手相截，身形甫动，却已给截住。

截住他的是那三名大剌剌的汉子之一。

此人身着红衣，分外怵目抢眼。

这人突然掀开他的包袱，自包袱里抖出一条长鞭。

真的是系满了密密麻麻爆竹的长鞭。

这汉子运使爆竹长鞭，向他当头当面，直砸猛打，卷起急风如蟒，而且，鞭子上的每根炮仗，好像随时都会点燃、爆炸。

何车从来没见过这等兵器。

他遽受攻袭，展拳伸脚，边避边闪边还击，先避其锋，不撄其锐，一时得先看定来路，锁定来势，才敢全力反挫，免因摸不清其奇形兵器的来路，而受所制。

一交手，何车就给逼住了。

一上阵，对方就攻得奇急。

对手的攻袭，也不是全无破绽，并非绝对不能反攻，而是手上的兵器太奇门，也太邪门。一碰就像要立即爆炸，何车真的有些顾忌，不敢贸然行险反挫。

他略有掣肘，对方就攻击得更肆无忌惮，简直亦近疯狂：左舞飞龙、右走长蛇似的，左右开攻，上下夹击何车。

三回合打下来，何车居然给逼得几乎已出了门口。

这边厢，鱼头、鱼尾及一众伙计，见店内真的开战了起来，已分头闩上了木板，闩死了门闩，只留下一个小口，让人出入。——这样才可以"关起门来打狗"，方便瓮中捉鳖。

不过，入门的恶客似并无去意——反而是"主人"之一的何都头快给"迫"出门口了。

直至何车一发狠打出了他的拳。

一口气打出了七拳。

他的拳法本来就有个名目：

"七赤飞星拳"！

——一开打，就攻势凌厉，猱身贴击。

"七赤拳"一出，一开式，至少连环打上七拳，才会歇一歇，少停也不过是刹那之间，又打出第二轮一招七式的急快拳法，"七赤飞星拳"转而成"七夕飞觞拳"。倏而跟敌手拉远了距离，以拳劲隔空攻袭对方的要害。

这七拳打完，对手却还没倒下去，但却把何车即将要给逼跌出门外去的优势，变为又退至梯口且已退无可退的劣势。

他一口气连接何车两轮"七"字拳法，仍没倒下，原因只有一个：

他是雷壹。

雷损雷卷的雷，壹贰叁肆的壹。

——他一直自诩是："独一无二"的雷壹。

因为他一枝独秀。

因为他要一飞冲天，也要一鸣惊人。

他甚至曾在，"江南霹雳堂"内最大的分堂"封刀堂"中一手遮天。

而且他常因一时冲动一出手一拳就能把敌人打死。

——直至后来"霹雳堂"出现了个雷贰。

"炮打双灯"雷贰。

这高手出现之后，雷壹的傲气、戾气与杀气，才算给降了泰半。

不过，无论如何，雷壹仍然可以说是"江南雷家堡"里的一级战将。

可惜，他现在遇上的是火星都头何车。

何车第一轮拳法一展，已站住了阵脚；第二轮拳法方施，就已反败为胜，把雷壹逼上了梯角。

只是，参战的不速之客，不止一个雷壹。

这次，是鱼姑娘在旁喊出了一声："留意！"

另外两名雷家子弟：雷凹与雷凸，已左右包抄，夹击何车。

雷凹外号"抬山炮"，雷凸绰号人称"山抬炮"，杀人退敌，对他们而言，就像是去摸虾捉鱼一般，稀松平常。

而今，雷壹吃瘪，雷凸、雷凹又怎会闲着？雷凸手上执着钉和凿，雷凹扛着口铜管子，分别轰击碰砸向何车。

他们就当何都头是一块顽石。

他们要炸开他。

他们要粉碎他。

——问题是：何车是不是一条温顺的鱼？是不是一块石头？

第贰玖回 好鱼

这就是江湖规则。

——哪怕这"江湖"里只养了一缸鱼:就算那是一缸和善的好鱼,也一样得斗、得争,要不然,不争这一口,就算别的鱼不吃它,它自己也连虫都没得吃了!

何车不是鱼——至少，他就算是鱼也是一条历经大风大浪的大恶鱼，而不是任人捉摸的"好鱼"。

何车也不是顽石。

——如果他是石头，那么，他就是火石。

电光石火的火石。

如果说他的"七赤飞星拳"和"七夕飞觞拳"又急又快又猛烈，那么，他的"九星掌"和"九觞掌"则更具爆炸力。

他仿佛要在雷凸还没及轰他之前他已用一种出奇制胜的掌法屡出奇招地炸掉敌手的头和躯干。

但更可妙的是他的腿法。

他的脚法一时缓，一时急。

急的时候一连踹出七腿。

缓时一脚。

连环七腿，固然难闪难躲，但只起一脚之时，却更是要命！

他飞腿攻向雷凹，时缓时速，在雷凹扛着的铜管子还没机会"对"准他之前，他已一脚七脚、七腿一腿、一脚七腿、七腿一脚地把对方踹得东倒西歪、招架不住。

其实，最可怕的，不是他的腿法。

也不是他的掌法。

当然亦不是他的拳功。

而是他可以一心数用，既出拳，又使掌，更可以踢出"七杀一心腿"。

拳拳搏杀。

掌掌夺魄。

更且脚脚追魂摄命。

他以一敌三，施出了浑身解数，愈战愈勇。

他在搏斗时，就像一颗火星：拳是他的电光，掌是他的火石，腿法则成了他的电、石、火、光，每一招配合起来，都是电、光、火、石！

他连武功都使得那么不耐烦，招式也全无耐性，是以更暴躁，更具杀伤力。

他不怕雷轰电闪，愈斗愈悍。

因为他本身就是"火星"。

何火星！

其实所谓"七拳九掌七一腿"，施展开来，有另外一个名目，那就是：

电、光、火、石——电光石火！

何车正打得火起。

可是更光火的是孟将旅。

孟老板本来就不是个容易发火的人。

——由于他跟何车是好朋友，所以江湖人常戏言猜估：何都头想必是火星入命的人：他脾气火暴，没有耐性，动辄拍案而起，拂袖而去，不管他撞上什么，都会激出火花来。孟老板则好脾气，很少动气，万事有商量，想必是太阴星座命，就算有光芒，也不会耀眼炫目，就连他仗以成名的武功，也叫"七好拳法"，丝毫没有火气，他这种人，好像就算在他头上点燃炮仗也不会发出火光来。

可是他现在也光火了。

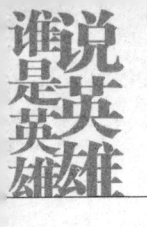

他本来很快就看出文随汉跟那桌子的四人,应该就是"六分半堂"新请来的帮手同时也是雷家的好手,只怕对何车阻截文随汉一事决不甘休。

但他更留意的是另一台面上的人。

那张桌子也是四个人。

这四个人,并没有任何行动,可是,经验老到的孟将旅,却觉得他们最可疑,也最可怕。

他们虽然没有行动,却有异动。

他们的"异动"是"没有动"。

——全无"动静"。

只静,不动。

可怕的就在这里。

他们从一开始进入"名利圈"(连孟将旅甚至也没有留意到他们是从何时进来的),一入座之后(孟老板也一时没察觉这几人是怎样坐下来的),就坐在那儿,似乎没有吃,也没有喝,甚至也好像没有说什么话。

一人一进来就伏在桌子上,像在打盹儿。

他一直保持不变的姿态,店里发生了那么大、那么多的事,他连头也没抬起过。

另外两个人,一个高大威猛,一个文质彬彬。

高壮威武的汉子如果昂首、挺胸、吐气、扬声,一定气势如虹,豪气干云:

——大概雄武的男子汉、大丈夫就是此人的写照吧。

温文儒雅的青年要是笑起来,一定很好看;若在说话,一定谈吐优雅;像这种举止有度的秀士,就算放一个屁,也必能放得令人神不知、鬼不觉、无色无味无人晓得。

——人说温柔俊秀的男子、书生,大致指的就是他这类人吧。

可是两人都有一个共同点:

无精打采。

可惜两人一刚一柔,却都:

无神无气。

有神气的只是一个人。

他不但有神、有采,简直还威风得可以在眼光里爆出星火来,神气得可以打从心里炸出火树银花来!

但这人却很年轻——尽管他长得很高大,也颇为茁壮,但只要细察他的形貌,不管从他的肌肤、五官,还是动作、神态,都可以断定他:

他还年轻。

——不但年轻,简直还十分年轻,或者说:他还只是个小孩子。

也许,世间也只有纯真的孩童,才会对世事一切,产生如此振奋、好奇、兴趣。

孟将旅的注意力却不知怎的,集中在这一桌人的身上。

因为这令他想起一个人,还有几件事。

同时也让他联想起一件事,以及几个人。

事,是非同小可的事。

人,是非凡的人。

——可是,眼前的人,会是那几个人吗?

实在不像。

——那么,要发生的事,会是那些震慑江湖、惊动武林的大

事吗？

应该不是。

但愿不是。

孟将旅之所以愿意在"名利圈"当个小老板，那是因为他已厌倦了江湖的斗争、武林的厮杀。

他只想静一静，他要在这小圈子里过完这下半辈子。

他既不想再杀人，也不愿任人追杀。

他不是倦，他只是疲惫。

只没想到的是，就算只是主持一家客栈、酒家，也一样有名利权欲、一样有明争暗斗。你要主持得好，要大权在握，一样得要争、得要斗。

——就算在少林寺、三清观里当主持都一样，人在世间，不管在家出家、入世出世，都难免要成王败寇、患得患失走完这一段人生路。

有些人，孟将旅不得不帮。

有些事，孟老板也不能不管。

因为他是江湖人：

——当年，要不是有人来帮他、有些事倚仗了高手化解，他早就无法立足于武林中，也早已不能存活于世间了！

人帮自己，自己就得帮人——"帮"字换了"杀""斗"字也一样。

也许，这就是江湖规则。

——哪怕这"江湖"里只养了一缸鱼：就算那是一缸和善的好鱼，也一样得斗、得争，要不然，不争这一口，就算别的鱼不吃它，它自己也连虫都没得吃了！

第叁拾回 电、火、光、石

——在这险恶江湖中,要是连半个"靠山"也无、一个"贵人"也没有,哪怕是难以闯出名堂来的。

就算终于能出人头地,只怕牺牲必巨,身心皆疲,万一搞不好,还得壮志未酬命已丢。

孟将旅特别留意那一桌四人的动静,但他并无忽略"雷氏三杰"那一台的高手。

他更注视文随汉的一举一动。

文随汉明明是走下楼梯来了,蓦然飞升,抢入走廊,何火星登时上火,马上要追,他就立即发出警示:

——小心这厮的同党!

说时迟,那时快,由于他发出叱喝,何车及时发现三方包抄,返身应敌,且以一敌三,以电、光、火、石的掌、拳、腿法吃住了三个如狼似虎、每一招都大爆大炸的雷凹、雷凸和雷壹!

他自己可也不闲着!

文随汉极快。

他更快。

——快是什么?

快是速度。

快是你来不及细看。

快是措手不及。

快是慢的对照。

快是一种难度。

快有极限。

——快到你感觉不到它"快",它便没有快慢之分了:就像日升星沉、岁月流转,乃至一个核子、原子的流动,都是极快极速的,只要你感觉不到,它便没有了速度的存在。

如果说文随汉的动作极快,孟将旅的行动则是几乎到了速度的极限:

大家都感觉不到他快——甚至还没察觉他有什么举措。

但刹那间他已到了走廊截住了文随汉。

文随汉陡然止步。

他可不想跟一个刚才明明还在楼下好整以暇有说有笑而今却已截住了他的家伙撞个满怀。

他按住了剑柄。

他的剑很华贵，镶满了宝石、玛瑙、翡翠、蜜蜡和水玉、金刚钻。

他的笑容也很高贵。

说话更有气派，好像一切都有商有量，就算有什么深仇大恨都大可商量似的。

"对不起，"孟将旅也一样，只张开了一双手，好像要跟对方热烈拥抱以表欢迎似的，却刚好拦住了走廊，"这儿谢绝访客。"

文随汉笑道："孟老板好快的身法。"

"没办法。"孟将旅很谦卑地道，"逃命逃惯了，不快早就报销了——谁叫自己没本领。"

文随汉乜斜着孟将旅，似乎要把这个人看得入心入肺，又像要找个破绽将眼前的人剖心挖肺似的。

"若说孟老板也没本事，那还有谁敢称得上有本领了！"

"我只是个小店子里的小掌柜，做的是不起眼的小生意，文先生大富大贵犯不着冒这风险，别见笑，请下楼。"

"其实我只是要看我那不长进的兄弟一眼而已，无风无险，请成全。"文随汉语重心长，"孟老板做的是生意，我这儿就有一桩。"

"文先生做的是大买卖，我是安分守己的生意人，承蒙先生看得起，我却担待不起。"

"只要孟老板一点头，啥也不必做，立刻便成交了。"文随汉

语态依然委婉。

"只怕我点头也没用，"孟将旅苦笑道，"六老板临行前吩咐过的话，我决不敢有违。"

六老板便是温六迟。

"其实你们六老板跟我也是素识，且有深交，"文随汉依然不死心，"他一定会高兴你跟我合作：你甚至连头也不必点，只要让一让便了事了。"

孟将旅依然张开了双臂："文先生还是别为难我好了。"

"一百两银子。"

孟将旅怔了怔。

他好像没想到只"让"那么一"让"，就会有一百两银子。

"怎么样？"

文随汉温和地在催促。

孟将旅好像在深思熟虑，一时未能作下决定。

"五百两。只让一让，当看不见就行了。"

文随汉马上加价，而且还飙升极速。

孟将旅叹了一口气，欲言又止，最后还是摇了摇头。

文随汉仍不死心："一千两。"

孟将旅眼睛发亮，但还是摇了头。

"三千两。"

大家都愣住了。

孟将旅眼都绿了，但还是摇头。

"五千两。"

孟将旅这回不是苦笑，而是惨笑。

"一万两！"文随汉鼻尖上开始积聚了不少汗珠，声音也开始有点烦躁、粗嘎了:"你只要让一让,什么都别管,一万两银子,就是你的了。"

文随汉狠狠地盯着孟将旅,恨恨地道:"你只要不再摇摆你的死人头,就算是五千两金子、五千两银子,我也可以考虑给你!"

金子当然比银子更贵重。

——这一次,文随汉可谓"起价"更速,快得跟他刚才施展的身法,绝对可以媲美。

孟将旅终于动容:

"你是说……一万两——五千两银子、五千两是金子?"

"是!"文随汉斩钉截铁忿忿地道:"只要你和你的同党都放手让我干,啥也别管!"

孟将旅长吸一口气,才能说话:"我若是有五千两金子、五千两银子,那我不必再当掌柜,看店的,也能快活过下半辈子了。"

文随汉冷冷地笑了:"当然。只要是能早点退休,早些儿享乐,那才是快活过人生。何况,这些银子又举手可见地赚,何乐而不为之哉!"

孟将旅忽然反问:"既然钱这么好赚,为何你又不把它留着来过下半世,而要把它硬推给我呢?——要是全无风险,世间哪有这样天掉下来的银子?!"

文随汉的脸突然涨红了。

他的脖子也粗了。

他自然知道:那五千两金子、五千两银子,有多难得,有多重要。

他出身于官宦之家,幼受宠护,母亲又是名门闺秀,他和他娘亲联手将父亲的其他妻妾成功地挤出了门,其中也包括文雪岸

母子。

文张一向都很宠爱他，请了不少高手名人，指点他武艺。

文张有时也抽空教他武功。由于他在家里是得势的一房，所以在金钱方面也不虞匮乏。他也一向不改其纨绔子弟的气态，出入扈从甚多，好结交江湖豪杰，也委实打了几场硬仗，扬名立万。

可是文张一死，一群兄弟姊妹争产内讧，他分到的，很快便花光了。钱一旦没了，靠山也去矣，江湖中人便不大给他面子了，时常予之奚落、刁难，使他真正面对了江湖上的"落井下石、一沉百蹶"的残酷现实。

他家族里其他兄弟，消沉的消沉，堕落的堕落，只有他，还咬着牙关奋斗——这时候的他，比谁都更了解到一个事实：

在武林中，或许人多识得"天下第七"，而不知有他文随汉——虽然文雪岸是曾给文随汉逐出文家的。

他这才知道，在弱肉强食、汰弱留强的武林中，没有真正的实力是不行的。

所以他力争上游。

可是他缺乏了一个支点：

没有一个"贵人"愿意支持他。

——在这险恶江湖中，要是连半个"靠山"也无、一个"贵人"也没有，怕是难以闯出名堂来的。

就算终于能出人头地，只怕牺牲必巨，身心皆疲，万一搞不好，还得壮志未酬命已丢。

这时际，他就遇上了两个"贵人"。

一男一女。

男的是狄飞惊。

女的是雷纯。

狄飞惊请托"六分半堂"里的神秘高手，隐士名宿，教他武功，以及杀人的方法。

雷纯则给他钱。

他要强。

也要强。

他更需要钱。

——需要很多很多的钱。

于是，他就成为"六分半堂"雇用的一名杀手；由于"六分半堂"的刻意培植，他也很快就成了名。

当然，也很成功杀了好些相当难杀的人。

第叁壹回 石!火! 光!电!

奇怪的是,价钱愈高,找他来杀人的也愈多。

——或许,请杀手也要看是不是"名牌"。一幅画、一张名琴、一块玉石,如果价格不高,买的人好像也乏然无味,以为它没有多大的价值,一旦定价昂贵,反而会珍而惜之,视之若宝。

文随汉虽然历过艰苦才算成了名，但他那种公子哥儿、纨绔子弟的气态，并无更易，甚至因为他有了钱，变本加厉。

他为了赚更多的钱，不但受"六分半堂"之令，接受杀人的使命，有时也会接受"外卖"：谁给的价格高，他也会为对方杀人。

他杀人是为钱。

若要他不为金钱而杀的人，大概只有两个。

其中一个是无情。

名捕无情。

他试过。

他尝试狙杀无情。

当然不成功。

无情却没杀他，还两次放过了他。

"我杀过你父亲，"无情在饶他不死时曾这样说过，"你要报仇，那是应该的。但千万不要落在我手里超过三次，因为你已杀了太多不该杀的人，就冲着这点，我也会杀你。"

文随汉知道不该给无情第三次机会——因为他把机会用完了还杀不了对方，对方就会倒过来杀他。

他可不想死，只想杀人赚钱。

他杀了不少人，也挣了不少钱——而且，他还习惯把价钱开得很高。

奇怪的是，价钱愈高，找他来杀人的也愈多。

——或许，请杀手也要看是不是"名牌"。一幅画、一张名琴、一块玉石，如果价格不高，买的人好像也乏然无味，以为它没有多大的价值，一旦定价昂贵，反而会珍而惜之，视之若宝。

文随汉就是认准了这种心理,开的是高价。

当然他首先得是个杀人高手,杀的是高人。

他的钱赚多了,出入、出手,就愈见气派:甚至是愈挥霍无度。

他要显示出他的"与众不同"。

他要言行特立。

——其实,他显然并不知道:他这样做,倒只显现了他的自卑和自大。

他倒赢得一个外号,实至名归:

"富贵杀手"。

——人杀多了,就慢慢变成了"富贵杀人王"了。

人就这样听着,也觉得自豪,扬扬自得,也沾沾自喜。

不过,只有他打从心里清楚:他的钱其实赚得并不容易。

他每一分钱都是用性命、鲜血博来的。

但是,今天的事,他是志在必得。

他也清楚明白:"名利圈"内高手如云,他可不想孟将旅那一伙人插手阻挠。

所以,他只有收买他们。

这些钱都是他的血汗钱。

因而,当他开价:"五千金、五千银"的时候,难免也情绪激动、情怀激荡。

他要杀多少人才会有这笔钱!

而今,他又开了个"新价":

"一万两。"文随汉几乎屏住了呼吸,一字一句地说:"金子。"

——一万两金子!

大家听了，也都屏住了呼吸。

大家都望向孟将旅，看他们的眼色，好像孟老板这次稍再犹豫就不是人似的。

大家都在等孟老板的答复——除了那三张桌子的人。

一张桌子本来有四个人，其中有三人已蹿了出去，正跟何车打得电光石火、如火如荼、生死争锋、递招抢招。

留下来的只有一个人。

一个颓靡的老人。

老人太颓废了，太沮丧了，窝在凳子上，不但全无生趣，也了无生机。

是的，他对楼下的交战、楼上的"买卖"全不理睬，也一点都不关心，只低下了头，把瘦骨嶙峋而且干枯的肩膀，缩入了宽松粗糙的衣领里，默默地喝闷酒。

看他喝酒的神态，仿佛一再地说着。

"好闷啊，好闷。"

没有说出来的"闷"，要比"闷"更闷。

另一张桌子的那一文一武的青年，依然互相依傍，依然无精打采，一副事不关己、己不关心、麻木不仁的样儿。

伏案大睡的人依然大睡伏案。

只有那个精神奕奕、虎虎生风、长得一张娃娃脸的青年依然动个不停，只见他坐在那儿，一会儿搔头皮，一会儿掏鼻屎，一阵子剔牙缝，一阵子双脚直晃，坐也没静过片刻，眼也并不定在一处，老是溜过来，转过去，但对四人战局和两人讨价还价，似乎也漠不关心，不闻不问。

还有一张桌子：

一老，两少。

一个少年美。

美极了。

一个少年好看。

好看极了。

一个老人老。

沧桑极了。

——虽然常可看见那样的老人家，但很少遇上这样的美少年：一个美得如诗如画、如玉如宝，美得贵气；另一个则美得有点艳、有点邪，还有点害臊。

他们好像也没怎么注意到剧烈的战团和谈判的针锋。

他们之间在谈话。

低声在交谈。

——这些人是谁？他们来这里干什么？他们在谈些什么？

鱼姑娘如是想。

如此寻思。

她现在已退了下来，不在第一线。

——自从她狠狠地把钟午、吴夜、黄昏整治了一顿之后，她就一直没有再出手。

她跟鱼氏兄弟在掠阵。

——看来，敌人已分各路渗透了进来，他们这次得要关起门来打狗，不得有失。

文随汉向孟将旅提出了"一万两金子"的时候，以为已"万无一失"。

只有他自己才知道，要杀多少人，冒多少次险，才会有这笔钱。

——人以为当杀手的钱是易赚的,其实绝不然,也绝不好赚。

可是他现在是势在必行,志在必得。

故此他只好提出了"价目",一如已划出了"道儿"来。

他认为这数字已足以成功诱惑孟将旅。

孟将旅果然呆住了,一时说不出话来。

"怎么样?"文随汉催促道,"要是你高抬贵手,让开身子,咱们就马上成交了,一万两金子,就是你的了。"

孟将旅张口结舌,好一会才道:"不。你骗我。"

"我为什么要骗你?"

"因为你绝不可能身上带那么多金子出来。"

"我有银票。"

"银票不一定能兑现,"孟将旅审慎地说,"银票毕竟不是真金白银。"

"那我有珠宝。"

"在哪里?"孟将旅还是有点不敢置信,"你会把值万两金子的珠宝带在身上?"

"会。"文随汉拍拍他的衣襟,然后自包袱内掏出一个小包包,把结解开,立刻耀眼生花,灿亮夺目,宝玉金珠,翡翠玛瑙,尽在掌上。

大家都看直了眼。

其中像玲珑七层象牙宝塔、雪山枣火红血丝算盘子蜜蜡、青金松蓝黄水玉天然金元宝,还有红绿金银发雾三角犀牛石,骤眼看去,如果是真品,那绝对都是价值连城的宝物。

那些珍宝绝对值一万两金子。

而且还不止一万两金子。

一万两金子可以买到许多东西，许多平时一个平常人想也不敢想的东西。

一万两金子可以做许多事——包括使人做出许多平时不敢做的事情来。

一万两金子！

"都给你。"文随汉的手一扬，数十粒奇珍异宝一齐向孟将旅飞打了过去，犹如一天流星缤纷雨。

就在这一刹那，文随汉已拔出了剑。

剑如电。

快如光。

宝石互碰互击，发出火花：

电、光、火、石打出了石火光电！

第叁贰回 快活鱼

人多不一定了解自己真正的性情。

所以，有的以仁义为先、以和为贵、慈悲为怀的政治家，做的尽是好烧杀、杀戮的残酷事。

有的艺术家貌似谦恭仁厚，温文儒雅，画的画却大开大阖、兵戈交鸣；有的却自十指弹出了将军冲杀、十面埋伏的天籁；有的却写下了打打杀杀、腥风血雨的诗篇文章来。

文随汉在珠光宝气中出剑。

剑华贵。

——那就像一把镀了金的剑，灿目刺眼，迷神眩志。

人也高雅。

他每一个动作，都像一条快活而优雅的鱼。

可是这个贵气的人和他那柄高贵的剑，使出来的剑法，却一点也不文雅清贵。

每一剑尽是杀气。

每一招全是杀伐。

那是一种不死不休、不杀不止的打法。

——一种纵使拼了命也要取人性命的杀法。

这种剑很好看。

但剑招却不好看。

却很实用。

——只为了杀人而用。

珍珠宝物，乱人心志。

剑法却要取人性命。

——快，而有效。

先乱人心毁人志，再杀人，更有效。

可是，没有效。

对"名利圈"的孟老板而言，这些都没有效。

因为他是"七好拳王"。

很多人都知道孟将旅的拳法好，但好到什么程度，练到什么境界，却很少人知晓。

有些人以为所谓"七好"，就是孟将旅这个人："人心好""耐性好""人面好""武功好""底子好""信用好"以及"拳法特好"。

其实不是这"七好"。

不是好。

而是"嗜好"的"好"。

"好"什么？

他的人什么都不好。

——除了交朋友，他并没有太多的嗜好。

可是他的拳法却不同。

他的拳法一旦施展开来，连他自己好像也无法控制了：

他的拳法不像他的人。

他的拳招招狠、式式拼、拳拳搏命。

不是他"好"，而是他的拳头：

好勇、好狠、好拼、好斗、好攻，不但好打还好杀人！

他好像有一双完全不属于自己的手，使出这种跟他性情大相径庭的拳法来。

——或许，这才是他真正的性格，也许是性情的另一面。

人多不一定了解自己真正的性情。

所以，有的以仁义为先、以和为贵、慈悲为怀的政治家，做的尽是好烧杀、杀戮的残酷事。

有的艺术家貌似谦恭仁厚，温文儒雅，画的画却大开大阖、兵戈交鸣；有的却自十指弹出了将军冲杀、十面埋伏的天籁；有的却写下了打打杀杀、腥风血雨的诗篇文章来。

谁知道哪一样才是他们真正的本性？还是每样都有一些？

孟将旅完全不理会那些珠宝。

他闭着眼睛，一拳打了过去，人也冲了过去。

不，不只是一拳，而是一拳，又一拳，再一拳地打了过去。

打了七拳。

那些迷人炫目的珍宝，全给震开、荡开，要不然，就给震碎、砸烂，孟将旅绝对不顾惜，也不留手。

他的拳真正要打的不是珍珠。

当然也不是宝贝。

而是人。

他要打的当然就是：

"富贵杀人王"文随汉。

两人未开战之前，都很讲礼数，很礼貌，甚至礼仪周到。

但真正一接战就很可怕：

两人都是以快打快、以狠斗狠、以险击险、以毒攻毒。

两大高手都像是在拼命。

——把命豁出去了似的拼了起来。

同一时间，这边厢文随汉与孟将旅拼生斗死，何车那儿也正以一对三，力战雷氏三杰，亦打得石破天惊。

真的是石破天惊，简直还震耳欲聋。

因为雷壹已燃起了挂在他身上的那一排鞭炮。

鞭炮点着，砰砰訇訇。

火光。

火花。

火星。

火花火光火星火星火光火花火花火光火星星星星光光光花花花火火火火火火火火火……一直在闪烁不定、吞吐无定地攻向何车，炸向何车，不但缠绕而且倏忽不定，更要粉碎何火星。

爆炸中的鞭炮，简直是活的火蛇。

何车力战，已感吃力。

何况还有雷凸手上的钉和凿。

雷凸并没有狂攻紧杀。

他只是在一旁，观战着，然后，觑着时机，久不久，突然窜了过去，钉上一钉，凿了一凿，只见金光大闪，轰隆大作，之后便立即跳开，重新观战，又在等候另一个机会，时不时，又作突击。

他出手很少，但每次都在"要害关头"才下手。

下手一击。

这才可怕。

对何都头而言，这一钉一凿，要比那条长蛇般燃着的鞭炮还可怕。

而且还可怕多了。

鞭炮也有燃尽的时候。

可是那一钉一凿，不但冷不防，简直像是一次雷殛，一场天谴，令人吃不消，抵不住，也受不了。

更令人敌不住的是雷凹。

雷凹在开始的时候没有出手，直至雷壹动手显然没讨着便宜之后，他才加入战团。

他以一口铜管作为武器。

他的招法只一种：

砸。

不过，却没砸着何车。

——他的确有几次几乎要砸中何都头了：任何事物，只要稍挨着他手上那口铜管，不变成支离破碎，只怕也得要面目全非。

每一次他都给何车一脚撑开了距离，有一次，还险险没给何都头一腿蹬了个穿心，飞了出去。

后来他居然不出手了。

他抽身，离开了战团。

他竟然不打了。

——难道他是给吓怕了不成？

但对何车来说，这人不打，比打更可怕。

因为"不打了"的雷凹，用肩膊扛起了管子，用一只眼睛凑着铜管上的扣子，好像一直在做一件事：

一件在这时候算是十分古怪的事——

瞄准。

他的手就托在铜管下面。

铜管下面有一个铁扣。

他的食指只要轻轻一扣，就可以扣动铜管下的机栝，看他的情形，好像是要在瞄准之后便会做另一件事：

发射！

第叁叁回 杀人飞鱼

流星不是蝴蝶。

蝴蝶也不是剑。

剑更不是流星。

——可是,这三件迥然不合的事物,却常常会附比在一起,原因是:

他们都快,都亮,都会在瞬刻后消失不见。

瞄准与发射。

那必定是因为雷凹手托肩负的铜管里，有极其厉害的杀人利器！

雷凹虽然没有再出手，但却让何车更加分神、分心。

他要忙着跟雷壹交手。

雷壹的武器分作两头，都会动，都会爆炸，都有奇巨杀伤力。

他要应付雷凸的突然一凿，以及忽然一钉。

不管给钉着凿着，只怕都得七零八落，死无全尸。

他更要留意雷凹。

雷凹的瞄准与发射。

——如果那是杀伤力奇大的武器，自己可禁受得住？招架得了？闪躲得及？就算自己可以无恙，但在店中其他人的安危呢？是否会殃及池鱼？连累无辜？就算雷凹的发射不能中，但也必是会毁掉这店里好些角落，很多东西！这都是何都头所担忧的，也是他所顾虑和分神、分心的。

他只有速战速决。

——虽然要即决胜负，立判生死，对他面对的战局而言，只有更加不利。

但他已别无选择。

雷凸好像已觑准了他正神涣志散，已突然挪身向前，当胸一钉、当头一凿地就打了下来。

何车就等他攻过来。

要是雷凸不动手，他还真没办法把他引过来。

雷凸一过来，他拳掌齐出。

原本，雷凸的钉子凿子，攻袭之前，必先碰击发出轰然炸响，加上雷壹点燃了的双头鞭炮，乒乒乓乓，震耳欲聋，声威迫人，星火四溅。

可是，如今，更加火光大起。

火光来自何车的一双手。

他仍是七拳、九掌、九掌、七拳。

但这次跟上一轮拳法掌功很有点不一样：

这次是"火拳"，还有"火掌"。

整只手臂，像燃着了一般，火焰烧着，火舌绕臂，然后才出手、出击。

这才是何都头的绝技。

——为何人称他为"火星都头"，便是这个缘故。

"火拳烧掌"。

他的出手是一种焚烧。

——他这套掌法拳劲，源自一位六扇门的顶尖人物相传。

那人以一双无坚不摧、无敌不克的铁手成名于世，威震天下。

那人姓铁，名游夏，外号"铁手神捕"。

不错，就是他。

雷凸一钉子、一凿子轰了过来，何火星就一拳打在钉子上，一掌拍于凿子上！

骨肉怎敌得过铜铁？

——就算那是着火的拳头和手掌，又焉能抵得住每敲一记就能震起一道惊雷的凿子，以及每叩一次就能炸起一抹艳电的钉子？

是抵不过。

所以，何火星飞了出去。

快得像长空里一颗陨石。

——一枚带火的流星。

流星不是蝴蝶。

蝴蝶也不是剑。

剑更不是流星。

——可是，这三件迥然不同的事物，却常常会附比在一起，原因是：

它们都快，都亮，都会在瞬刻后消失不见。

这一刹那，何车便突然在雷壹和雷凸两大高手围攻下倏然不见。

他浑身着火，确如流星。

飞掠似蝴蝶。

出手像剑。

对，剑！

一剑定江山的剑！

他借雷凸一轰之力，像点着了的火箭一般射向雷凹。

雷凹这时正好手指一扣，扣动了扳机，铜管口"砰"的一声，打出一道火球来。

急逾星火快若电。

——像一条杀人的飞鱼，跃水只一瞬，即灭洪流中。

幸好何火星比他快了一步。

他比雷凹先行发动。

他一拳就擂了过去：那团火球刚刚才离开管子口，他已一拳就打了回去，使那枚火球反撞回铜管内。

然后何车就急往后翻。

一口气翻出十七八个筋斗。

然后就听到爆炸声。

爆炸自铜管子内发生。

全店为之动。

为之摇。

晃

幌

炸力与火光，爆破与热浪，使全店的人，神为之夺，肤为之侵。

雷凸见状，飞身前来阻截，但已迟了一步。

爆炸已生。

雷凸及时立定，离雷凹还有十二三尺之遥。

爆炸就在这刹那间发生。

雷凸已无能为力。

他只能站在那里，一下子，全身服饰，连同肤发，全都烤焦了似的，呆立在那儿，像一座炭雕。

他还算好，至少仍然"存在"。

雷凹却已"消失"。

随着那一声火光硝烟并起的大爆炸，血肉横飞，雷凹突然就

"不见了"。

他只剩下了:

碎片。

残碎的骨肉和血块。

还有血浆。

第叁肆回 当心儿童

——谁说危机就是转机?

危机解决得好,不错就是转机,要是解决不得法,很可能就成了杀机!

雷凸给炸得个千疮百孔，破破烂烂。

雷凹则给炸得"消失"了。

但还有雷壹。

雷壹追击。

就在何车成功得手把那枚"杀人飞鱼"碰回铜管再飞身疾退之际，雷壹已飞快地截住了他。

他用一排两头正在燃放的爆竹截向他。

但在这刹那之间，两端正噼噼啪啪点燃的爆竹，本来正劈头劈面地砸向何车，却突然、倏地扬起来、荡开来！

炸声更烈。

爆力更强。

原来，就在这一刹间，何车已双足并起、齐蹴、踹着了炮鞭两端。

而今，他的双足真的起了火。

还火光熊熊、火焰缠绕，像两支火把、火棒！

这是烧着了的脚。

——这在武林中，也有个名堂，就叫作"焚足杀法"，又叫"火腿"。

这正是四大名捕排名第三崔略商的看家本领之一，就跟铁手所授的"火拳烧掌"一样，不到生死关头，是决不会施展这种绝技的。

然而他们却都不约而同，把自己的绝技授予何火星，可见这两位名捕，对这名同僚的注重与器重。

其实，追命指点他"焚足杀法"的用心是：他看出像何都头这等血性男儿，在这凶险诡谲的六扇门内树敌必众，形势凶险，所以，他极乐意教他一些在重要关头时能保命杀敌的武功，希望能助这个脾气犟但性子直、富正义感的汉子渡劫解厄。

铁手则在何车毅然做出要退出六扇门的决定后，才暗自传授"火拳烧掌"：

那是因为江湖风险多之故。大家份属同袍时，铁手还可以在明里暗里给他照应，一旦何车脱离了刑部衙门，以前破过的案子所结的仇家，必然找上门来，而他又失去了荫仗，连同当日得罪过的官道人物，也不见得会放过他，是以，铁手毫不犹豫地就教了他练"火拳烧掌"的要诀。

他们各都教了一手，皆不愿为师。

何车脾气虽躁，用功却勤，终于苦练成了"火拳烧掌、焚足杀法"——当然，这比诸于铁手、追命而言，只算是练成了皮毛。

但皮毛也好，杀伤力已够大了。

何车"火腿"一出，雷壹的双鞭二头炮，便给踹得炸在自己脸上，这下，可要命得紧。

一下子，雷壹不但给炸得脸上开花，而且还血肉模糊一片。

何车兔起鹘落，举手投足间，已重创、格杀了雷壹、雷凹和雷凸。

但他并没有闲下来。

他甚至比刚才更紧张。

更火躁。

他飞身而起，全身着火，像心同五官也一道儿着了火似的，大叱了一声：

"当心儿童！"

他之所以会那么情急，当然是因为要赶着救人。

可是，他并不是扑向孟将旅与文随汉那一边的战团，而是在半空突然扭转，飞掠向店堂的中心：鱼头、鱼尾那儿去！

几乎在同一刹那，跟孟将旅交手的文随汉，也有了新的战况，孟将旅也不再恋战，"呼"的一声，整个人连冲带撞连撞兼冲连掠带闯甚至还连跌带滚地"飞"了过来。

幸好还不至是用"爬"的。

他也急。

情急。

——一个像他那么悠闲而且又见过世面的人，如果也会那么急，那一定是不得了的大事。

可是他急弹而起、疾窜而至的方向，也是鱼头、鱼尾本来所立之处。

鱼头、鱼尾到底发生了什么事？

其实鱼头、鱼尾，不只有鱼头和鱼尾，还有一个鱼姑娘。

鱼好秋。

鱼天凉自从一出手使诈就放倒了吴夜、黄昏和钟午之后，就一直没再出过手，静观其变。

静观其变，其实也就是"看风看水看形势"的意思，俗称"掠阵"。

由于她旁观者清，一直都在留心、留意，所以也几乎在同时（其实要比心分数用的何车还快了一步）发现了不妙之处：

那是一个危机。

也就是说，在何火星的一搏三勇奋歼敌分心留意分神游目之际，以及鱼姑娘袖手旁观、观察入微之时，还有孟将旅居高临下、边打边旁顾的当儿，三人几乎一起发现了这危机，也一齐要去奋身营救、面对、解决这危机！

——谁说危机就是转机？

危机解决得好，不错就是转机，要是解决不得法，很可能就成了杀机！

鱼姑娘、孟老板、何都头，三大高手，一齐飞扑向鱼头、鱼尾，只因为一个缘故：

"当心儿童"！

——"儿童"，就是鱼头、鱼尾两人，之所以要"当心"，因为担心，那是因为出现了一个人。

一个早已"出现"了的人。

这人一直就坐在那儿，样态颓靡，苍老沮丧。

那原是跟雷氏三杰与文随汉同座的枯瘦猥琐矮小老人。

这老人已风烛残年，而且也正苟延残喘——看他的样子，只怕能活过今晚，也未必能活到月底。

可是，现在，这老人突然站了起来。

他一立起，雷凹就死。

他一站起，全身形貌，就完全地、迥然地不可思议般地变成了另一个面貌：

怒、忿，而且青面獠牙！

——他浑身上下，都散发出一种极强大的精气和煞气来！

他完全变成了另一个人。

一个精气强盛得似野兽一般的人，恍似有用不完的精力与劲道。

这时，雷凸也给三魂炸去了七魄。

这老人突然跃起。

跃起如蛙。

怒蛙。

——像一只史前恐龙一般的大蜥蜴一样的愤怒翼蛙！

这瞬间，他像一只天外飞蛙，多于像一个人。

就在雷壹丧命的刹那，他飞扑向鱼氏兄弟。

——因为，他已清楚地观察到：在敌对阵容里，最容易下手的，便是鱼头、鱼尾。

他俩是"名利圈"里的破绽。

他专攻破绽。

只攻破绽。

他从来不浪费精气，不虚耗精力。

所以他只会在看准了之后才出手。

既出手，必得手。

一击必杀。

一下手必血流成河。

因为他是：

江南

　　霹雳堂

　　　　雷家堡

　　　　　　杀戮王

　　　　　　　雷怖！

他是雷怖！

不错，雷电的雷，恐怖的怖。

江南的、霹雳堂的、雷家堡的、杀戮成性的雷怖！

从开打伊始，孟将旅一直不敢尽显实力，何火星一直要分心留意，鱼好秋一直都在旁观阵，便是因为担心、害怕、顾虑那一个"魔头"已来了这里，进入了客店，就潜伏在"名利圈"。

这个人当然就是雷怖。

——恐怖的雷怖。

没想到看去只是一个精神涣散的颓唐老人，却是精悍得令人骇畏的"杀戮王"雷怖！

第叁伍回 琵琶鱼

——"琵琶鱼"在鱼类中,是担任了"清道夫"的位置和责任。

鱼姑娘的兵器也正是"清道夫"。

——这武器之厉害,还有杀伤力之巨,变化之繁复,足以替她在这艰险江湖中为之清道:清除一切魔障、阻碍!

只要抓住两个小孩,就能威胁住"名利圈"的高手,并且瓦解和粉碎了这些人的斗志。

——这就是雷怖的想法。

可是若他要成功胁持住鱼头鱼尾,第一个要解决的,便是在双鱼兄弟之间的鱼姑娘。

鱼好秋一直留意着这老人的动向。

她一直担心。

她一直担心他。

她一直担忧他就是——

她一直忧虑他就是雷怖。

结果,他真的就是"杀戮王"雷怖。

她想起雷怖的种种传说就觉得生起一种莫大的恐怖。

她一见他霍然立起,变脸,而且变色,更变成完全另外一个人了,她就马上做了一件事:

她一掌劈碎了近前的一张桌子。

桌子内赫然出现了一样事物:

鱼!

——一只铁铸的鱼。

很大很大的鱼。

她一手就抄起了它。

桌子内怎么会有一条鱼?鱼姑娘砸碎了台面就为了这条鱼?她在这紧急关头要这条鱼来干啥?蒸?炒?煎?炸?炖?还是只为了吃?

当然不是。

有些鱼是可以杀人的,也能吃人的。

那其实也不真的是一条鱼,只是一件乐器。

一件乍看很像一条海豚、乳鲸的乐器:

琵琶。

——在这生死关头,她竟然要弹乐器?

自然不是。

那不只是一件像鱼的乐器,更是一件兵器。

这兵器有极好的名字,就叫作:

"铁骑突出蜂涌虫动银瓶乍破蝶舞蝉鸣千军蚁兵万马虱腾鱼跃龙门铁琵琶。"

——这兵器名称几乎有唐宝牛的外号那么长,至少,可以媲美。

但如果要简称之,却只有三个字:

琵琶鱼。

实际上,也真有琵琶鱼这种"鱼"。

那是一种养在鱼缸里可以吮食青苔、除污去渍,乃至清理其他鱼类尸身、秽物、粪便、"任劳任怨、天生天养"的鱼。

大概,鱼好秋手上的这武器叫作"琵琶鱼",也有这个意思。

——"琵琶鱼"在鱼类中,是担任了"清道夫"的位置和责任。

鱼姑娘的兵器也正是"清道夫"。

——这武器之厉害,还有杀伤力之巨,变化之繁复,足以替她在这艰险江湖中为之清道：清除一切魔障、阻碍！

　　事情发生得极快。

　　雷怖一动鱼姑娘就动。

　　雷怖飞身而起，急扑鱼头鱼尾，人犹在半空，突然听到蝉声。

　　这是夏天。

　　夏日闻蝉，实属正常。

　　不过，在酒肆客栈之中，何来的蝉？

　　何况蝉鸣还如此劲急。

　　蝉声自鱼姑娘手挥琵琶后乍起，一时间，急而劲的蝉声在她指间飞取半空如怒蛙的雷怖。

　　不仅闻蝉，更且见蝉。

　　蝉如急矢，分作二十四点，急取半空中雷怖脸上、身上各大要穴。

　　雷怖在半空发出一声沉叱。

　　他双手合十，置于额前，一拜。

　　只见二十四点流星急火，破空而出，那二十四只寒蝉，立即着了火。

　　着火的蝉倒飞向鱼姑娘！

　　二十四点火。

　　——二十四道反击。

　　反击得干净利落、杀人要命。

　　雷怖的身形一点也不受阻，一丁点儿也不滞留，仍然扑向鱼头鱼尾。

　　鱼姑娘这时候只能做一件事。

她仍手挥琵琶。

琵琶不作乐音。

却骤生蜂鸣。

二十八只飞蜂急弹而出:其中二十四点,击落正劲急飞至的二十四点流火,另外四点迎刺雷怖,夹杂着"嗡嗡"锐响。

雷怖身法,依然不变。

他双手合十,仍置于发顶,指缝间闪出四道青流。

——青烟般的急气锐流。

只听"波波波波"四声,四只飞蜂炸了起来,嗞嗞啸啸地爆起小星小火,反扑鱼好秋!

鱼姑娘仍做一件事:

手挥琵琶弦。

她只能做这件事。

她只有靠这琵琶来打击这强敌。

——她已不求杀敌,甚至不求退敌,只愿阻敌。

只要能阻一阻就好。

这次琵琶内飞出的是苍蝇:

金头乌蝇!

——十六只金头苍蝇:呜呜呜呜呜呜呜呜呜呜呜呜呜呜呜呜。

前面八只金蝇,飞噬住爆炸的飞蜂,吃住了它们,也钉住了它们,更钳住了它们。

然后正式的爆炸便起。

金火撞起于店内。

硝烟四起。

剩下八枚飞蝇，在雾卷烟飞之际，一点也不留余地，急钉飞咬死追怒噬雷怖。

雷怖的手依然在头顶。

双手倏分、又合、一拍、即止，就在此时，指端陡吐八缕黑风。

突然间，那八只飞近他的金蝇，陡然停在半空。

僵止。

不知为何，这八枚金蝇竟似给冻结了似的，冰封般固定在半空。

鱼姑娘这才不管。

她已不管一切。

她手挥，腕转。

指弹，目送。

琵琶弦颤。

这次却无声。

琵琶内飞出的是蝶。

彩蝶。

——七色翩翩，美如飞虹。

这次蝶舞很缓、很慢、很悠，也很游：它们以一种极优美的姿态围舞向雷怖。

上几次攻袭，都很奇快奇急。

但这次却不是。

而是奇慢。

慢得悠闲，舞出一种悠然的美。

雷怖反而脸色变了：

他终于打开了双掌。

如果眼快的人又眼尖的话，当能发现这个人的手掌很特别。

——特别之处，不是在他掌心里有什么特别的东西，而是什么东西也没有：包括掌纹。

这老人竟是全无掌纹的！

第叁陆回 没有掌纹的人

"杀戮王"雷怖竟是一个没有掌纹的人!

——掌纹往往记录和显示了一个人的过去与未来,难道这老者竟是一个全无过去也没有将来的人!

人活着都有过去。

人只要活下去都会有将来。

"杀戮王"雷怖竟是一个没有掌纹的人!

——掌纹往往记录和显示了一个人的过去与未来,难道这老者竟是一个全无过去也没有将来的人!

人活着都有过去。

人只要活下去都会有将来。

——那么,这人为何却没有掌纹?

他的掌一开便合。

说也奇怪,他的手掌只在一开合间,蝴蝶已尽飞入他掌中,他双手一合,一阵搓拢,指间便簌簌掉落了一抹抹的粉末。

蝴蝶都不见了。

尽消失于他掌中。

这一刹,鱼姑娘已近技穷。

她在琵琶里的杀着已快使尽、用完。

但她一面施放蜂蝇蝉蝶,一面飞身迎起,要截击雷怖。

可惜没有用。

她迎不着雷怖,更截不着"杀戮王"。

却在她掠身而起之际,那八只本来顿止在半空中的飞蝇,突然动了,且以本来激射向雷怖十二倍以上的速度返打向鱼好秋。

鱼好秋吓得尖叫了一声。

她知晓自己所放出"飞蝇"的厉害,没有人比她更清楚的了。

慌忙间,她一掌拍碎了琵琶的尾部,就像她刚才一掌便砸碎了桌子一样——原来那琵琶虽作铁色,毕竟也是木制的,像一尾鱼,有鱼头鱼尾。

如今,琵琶尾碎。

五六十点急物像跳蚤一般飞弹而出。

大约七八只小物衔住一只"飞蝇",就像钉子让磁铁吸住了一般,这才险险把"飞蝇"吃住了、消解了,掉落下去。

鱼姑娘手上的琵琶只剩下半截头部。

且惊出了一身冷汗。

更几乎用尽了琵琶内的法宝。

等她要再追截雷怖时,一切已来不及了。

太迟了。

雷怖的双掌终于已不是抵在他自己的额上。

他的手终于已放了下来。

他的手现在改而抵在鱼头、鱼尾的头上。

孟将旅和何车已分别、分头赶到。

他们显然已出过手,也跟雷怖交过手,但肯定都没讨着便宜,且已失手:

至少,鱼氏兄弟已落在雷怖的手上。

其他的人,都僵住了。

当然,也有例外:

至少有一桌子的人仍气定神闲,一桌子的人依然无动于衷。

孟将旅强笑道:"你想干什么?"这时,他因担心鱼头、鱼尾的安危,一时已无暇顾及文随汉的动向了。

就算他仍有心,而且还有力,但也一样没办法,因为他的视线才略一转移,雷怖已道:"你们最好就这样站着别动。"

他的语音很干燥。

孟将旅舔干唇:"他们只是小孩子,有什么事,我们来承担便

是，犯不着拿小孩出气。"

雷怖的声音好像一点水分也没有，他的口腔似是完全干枯的，所以发出来的声音也干巴巴、沙嘎嘎的。

"你知道我是谁？"

"雷怖。"

"你知道我外号叫什么？"

"杀戮王。"

"对。"雷怖发出了几下干得令人发慌的笑声，"我就是'杀戮王'——任何活着的事物到了我手上，我就杀掉它。我的力量足以杀尽天下人。——我可不管那是大人、小孩、女人还是什么的！"

"好。"孟将旅倒吸了一口气，"那你要的是什么？"

"人。"

雷怖答得干脆。

"什么人？"

"你们这家客店新近来了些人物，我们是势在必得的。"

"你们要的人，文先生不是已经上去看他了么？"孟将旅说，"雷前辈名动天下，又何必挟持两个小孩，有损英名吧！"

雷怖像千年狗屎放到干得结成炭的热锅里又煎又炸地笑了几声：

"他去看的是他兄弟，我们要找的是敌人。"

孟将旅皱了皱眉头。

雷怖又干憎憎地道："你们楼上可不止一间客房。"

在他手下（同时也是手中）的鱼氏兄弟，肉在砧板上，可一动也不敢动。

孟将旅自然投鼠忌器。

何车怒叱:"把人放了,一切好商量!"

雷怖也怒喝:"你杀伤了我们雷家的人,已不必商量,你是死定了!"

何车正要引雷怖动手,好让鱼氏小兄弟脱危:"那你有本事就过来把我杀了!"

雷怖道:"杀你又有何难?杀你们全部也是易事。"

说着,他双肩一耸。

他本来就异常形容枯槁,形销骨立,双胛插背,而今一耸,真似努上鬓边去了,而一颗瓜子般的枯小头颅,好似已钩挂不住,滚入了衣衽里面。

不过,他只这么一动,却没有松手。

看来,他并没有出手。

可是,他确已出了手。

靠近他的一张桌子,人客已走避一空,但台面上依然有杯、碗、筷、碟。

他双肩一耸,那桌上瓷制的筷子筒就跳了起来,筒里的筷子全似上了弦的箭矢,急射向何车,还发出了一种极密集的"格特格特格特格特格特……勒勒"的声音。

何车一向很火暴,但脾气火暴的人只是性急,不见得就不谨慎、小心。

雷怖一动,他就向孟将旅和鱼天凉打了一个手势:

那是他们的暗号。

——准备救人!

他要激怒雷怖,为的就是转移他的注意力,好让其他的人全

力营救鱼氏兄弟,以脱离这可怕人的毒手。

可是他错了。

也对了。

雷怖的确是向他出手。

但雷怖双手并没有离开鱼头鱼尾的百会穴。

他不必动手,却已下了重手。

第叁柒回

救世鱼

她手上的琵琶原名"余韵鱼",是一位好友知己送给她的纪念物,她不到生死关头,自己不忍砸碎;但对她而言,此际不但性命攸关,更是许多的救命灵丹。

——那是一只杀人琵琶救世鱼!

筷子来得快，何车也接得快。

他的"九掌七拳七一腿"这才发挥无遗：这刹那之间也不知他打出多少拳、递出多少掌和踢出了多少脚。

——也许，仍是九掌、七拳、七杀一心腿，只不过，他快打快着、快得令人已分不清哪一招哪一式，哪一下是拳哪一下是掌哪一下是腿而已！

筷子不是给接住了，就是给砸飞开去了。

看来，雷怖的攻势，尽皆击空。

筷子尽。

最后一支筷子，眼看何车已避不开去了，却给他一张口，咬住了！

筷子攻势尽为之空。

可是就在那时，筷子筒却爆了开来。

这一爆炸，瓷筒碎片四溅。

四射。

这一下才是攻击的主力。

也是压轴的杀招：

这记杀招最可怖在于——

这突如其来的爆炸，使瓷片四射，就算不能把敌人当即打杀，但四射的碎片至少会把店里三分之一以上的人射杀或重创。

——虽然，这些人，可能根本不是雷怖要格杀的对象，他们可能与此次行动全无关系，他们既不知道有雷怖，雷怖也不认识他们。

这一下很阴毒。

也很要命。

雷怖可以把店里的人统统杀掉，但孟老板、何都头、鱼姑娘等人却不能眼看他们全给莫名其妙地牵连在内。

——我不杀伯仁，伯仁亦不能为我而死！

这也许就是"侠者"与一般江湖人心态上的区别。

是以，不但何火星，连孟老板和鱼姑娘都慌了手脚。

——确是慌了手脚，但绝非没有行动。

行动，绝对是有的。

而且还非常剧烈。

十分激烈。

这场仗的确不好打，也绝不容易打。

——一面要救人，一面要自救，一面还要杀人。

救的人，包括了店子里的闲杂人等、无辜食客，还有两个受胁持的小童，以及自身难保的自己！

杀的人却极不好杀。

因为他是"江南霹雳堂"中的一流杀手、第三级战力的雷怖。

跟他交过手的人，少有不死的，就算不死，也得七残八废，死不了的，对于雷怖这个人，一旦回忆起来，都只有一句话，一个神情，那就是：

恐怖！

——雷怖的怖！

就像杀人一样，救人的方法也是人人不同。

对鱼天凉而言，她先前一手拍碎了她手上那把鱼状的琵琶尾

救自己，就像她刚才一掌拍碎桌子一般。

她手上的琵琶原名"余韵鱼"，是一位好友知己送给她的纪念物，她不到生死关头，自己不忍砸碎；但对她而言，此际不但性命攸关，更是许多人的救命灵丹。

——那是一只杀人琵琶救世鱼！

现下，她又拍碎了最后半截琵琶头，救人。

里边飞出了许多事物：一条条的卷了起来、通体茸毛，像小虫。

小虫有七八十条，突然弹起，向瓷片追钉了过去。

说也奇怪，碎裂的瓷片激射得愈快，那些"毛虫"就追得愈快，"它们"好像"活着"乃是为了完成一个"指令"：有啥碎片、物体飞得越快的，"它们"就越有办法及时截住。

的确奏效。

的确，至少有一半的碎瓷片，都给鱼好秋的"救命鱼保命虫"截了下来。

但还是有差不多一半是截不住的：

那至少也有二三十块碎片。

不过，鱼天凉截不住的，孟将旅截。

孟将旅人还未扑到雷怖那儿，突然间，已出拳。

他出拳不是攻敌。

而是打自己。

他一连打了自己七拳。

这七拳一挨，他整个人，像脱胎换骨似的，精神抖擞，如同疯虎狂龙一般，飞身怒啸，双手左手一伸，两张台上的桌布，全吸到他手里,原搁在台布上的杯碟碗筷,全稀里哗啦地跌落于地。

他左手的桌布旋舞而起,挟着呼啸,像一面旗撕风裂气,席卷雷怖。

另一面桌布则飞扬尽张,到了极处,突然每一缕布帛尽为内力所激,薄纱绷紧如铁丝,成了一张大网,瓷片激射,尽罩其中,而且还割不开,切不破纱帛。随着桌布急卷,尽裹其中。

剩下的二三十块瓷片,亦尽收于桌布内。

另一面桌布,却已裹住雷怖。

在桌布尚未完全罩吞雷怖的刹那,人影一闪:

何车已趁隙冲了进去。

何车已冲了进去。

何车冲进去。

冲进去。

冲进。

冲!

——桌布内,就剩下了雷怖与何车作殊死战。

然而,还有两个人质,仍在"杀戮王"手里。

另外,孟将旅正在操纵着手上的桌布,一如那就是一面指挥千军、号令万马的军旗一般,为何都头掠阵,同时,也为满楼的食客护法。

这一瞬之间,桌布里的人胜负未分,生死未定,但楼上突然响起了一声怪叫,一人扎手扎脚地掉落了下来。

孟将旅就担心这个。

——因为雷怖突然发动,孟将旅只好放文随汉上楼,他与何火星、鱼好秋三人合力联手牵制"杀戮王"可怕的杀性。

但他怕房内的小鸟高飞、叶告与陈日月未必能应付"富贵杀人王"。

他不无为此事而担忧。

乃至分心。

就在他一分神间,爆炸乃生。

爆炸旋生旋灭。

但毁坏力惊人。

爆炸乃自桌布内发生。

布帛成了片片飞蝶。

但在爆炸伊始之前,刚刚好不容易才接下泰半瓷碎片的鱼姑娘在一瞥之间发现了一件事:

有两物在爆炸就要发生之前的一刹那,飞了出来。

第叁捌回 鱼鱼鱼鱼鱼鱼

好杀手是最懂得把握时机的。

——其实任何在社会上功成名就的人,都一定是懂得把握时机的人:不管从政从商都如是。

不。

不是飞了出来。

而是踢了出来。

——给人踢（或扔，或掷，乃至于掂）了出来！

那两个物体是人影！

——他们是给人用重手法激了出来，爆炸始生。

要不然，若果他们仍在桌布内的话，那么，后果不堪设想了。

破碎的布帛片片扬起，像黑色之蝶，又似一片片烤焦了的鱼。

鱼鱼鱼鱼鱼鱼鱼……

"烤鱼"片片掠起、四散，又徐徐落下。

——原来布帛已成"烤熟了的鱼"，而在布帛里的人呢？

这是鱼姑娘和大部分在店子里的人都急着要知道的、想知晓的。

尽管他们都情急要知道爆炸后的"究竟"，但仍禁不住让那打从楼上摔落下来的人，吸引住了视线。

他是谁呢？

意外的是摔下来的人竟是——

文随汉是一个好杀手。

好杀手是最懂得把握时机的。

——其实任何在社会上功成名就的人，都一定是懂得把握时机的人：不管从政从商都如是。

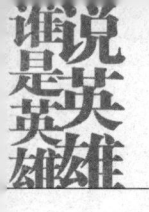

文随汉亦如是。

他知道雷纯所派来雷家的高手一定会为他出手护法——不过，单凭雷凹、雷凸与雷壹，却未必制得住何车、鱼好秋、孟将旅这几名老江湖、冲锋将。

但是还有雷怖。

雷怖不是"六分半堂"请过来的。雷纯甚至不知道"杀戮王"雷怖已受到米苍穹的密令带同他的弟子，悄悄来到京城，并且，已加入了"有桥集团"。

不但雷怖来了，雷艳也来了。

当然，米苍穹是用了好一些适当的办法请他们过来的。

像雷艳、雷怖这样在武林中有身份有地位的人物，太出名了、太难惹了，以致很多人都以为请不动而不敢碰。

甚至不敢去尝试。

米苍穹却不是这么想。

他私下一早已把"富贵杀人王"文随汉请了过来，所用的条件，不过是："你爹以前的官位有多高，你跟着我，保证至少高过他三倍，而且，你干杀人的买卖时候，只要提防'四大名捕'，别的巡捕衙差，绝不敢惹你，这事就包在我身上。"

有这句话，文随汉就无条件向米苍穹效命。

他要的就是这些。

也只是这些。

——只不过，却一直无人肯给予他这些保证或保障。

米苍穹一眼就看出他的需求。

"六分半堂"只能给他钱。

——很多很多的钱。

雷纯也刻意让他强。

——他也可以号令许许多多的"六分半堂"徒众。

有钱和耍强,只是一时的威风,到底,一个杀手杀人多了,更重视的是安全与安定。

米苍穹允诺能给他这些,而且还笑眯眯地告诉他:"你暗里加入'有桥集团',只要不张扬,谁也不得悉。你可尽收两家茶礼。我不到必要关头,也绝不要你去跟'六分半堂'作对。再说,'有桥集团'目下跟'六分半堂'并非在开战状态,所以,是友非敌,你也不算吃里扒外。你收了雷纯的银子,再来收我的金子,又何乐而不为之哉?你只要在重要关头,兹事体大的情节上,站到我这一边来,或者把要紧情报通知一声,那就是大功一件。跟'六分半堂',到底是贼,纵有蔡京做后台,也决不会把盗寇搬入庙堂当祭酒……"

他像一个好心的长辈在教诲亲信子弟,句句都是为他好,字字都出自好心似的,"蔡京毕竟不是江湖人。人在社稷,要屹立不倒,首先得要懂得心狠手辣,出卖朋友。所以他只是利用黑道,决不会让黑的变白,有朝一日能弃暗投明——因为这样一来,助力就会倒过来变成他的阻力了。我则不然,我老了。快要死了。我又只是,嘿,嘿,嘿,一个老太监,我是真心在帮你们,我才不稀罕要什么利禄权位。你要是身在曹营心在汉,我就会领会,而且特别顾恤你,待适当时机,你就可以摇身一变,成为朝廷命官了,不必再亡命武林,为人卖命了,那多好……"

"当杀手,是要杀人的,但也要受法律制裁,给人杀的,"米苍穹那时是边嚼花生边跟他这么说,"我是因为跟你爹有交情,才好意劝你几句:当官的也是杀人,但杀得名正言顺、明目张胆,而且杀的人多得是哪,还可挟王命自恃,不畏法规呢!嘿嘿嘿嘿,杀的人越多，官做得越大哩……"

文随汉听懂了。

明白了。

——在江湖地位，他显然仍跟胞兄天下第七有一段差距，天下第七曾经投靠元十三限以壮实力，他为何不能依附"六分半堂"更壮声势？

——在庙堂官职，文张一殆，他原来的芝麻小官已前程似绣而非似锦，不当也罢，可是，文雪岸居然向蔡京靠拢，自己在江湖上的名声已难及其项背，难道连当小吏也及不上这出身卑贱的家伙么！那么，自己真是白受父亲一番教诲，枉自寒窗苦读诗书了！

他当然不服。

不甘心。

——你可以厚颜附从蔡京，我也投效米公公，看谁日后才是能覆雨翻云真经纶手！

他一向不服天下第七。

他们本来是胞兄弟，为何偏生就忍不下对方比自己更好的这口气，他自己也不甚明白！

也许，就是因为他是自己的同父异母的兄弟，他才会那么忍受不了对方比自己更有成就。

不过再怎么说，文雪岸仍是他的兄弟。

——而今兄弟已落难，他该怎么办？

他当然得要做他应该做的事。

人生只有干他该干和想干的事才会有兴趣。

不过，他知道这是一个"表忠心"的大好关键。

——事情好像是：文雪岸知晓了一些秘密，而这秘密足以威胁而今正当红大紫的"神枪血剑小侯爷"方应看小公子的安危，是以，雷纯、狄飞惊等人对他势在必得。

问题是：天下第七心狠、手辣、武功好，很不易对付。

更难对付的是他的靠山：若公然打杀天下第七，就算真的得手，也定必招怒于蔡京。

惹怒蔡京，不但在京城不能立足，只恐天下均无容身之地了。

所以，要对付天下第七，得要等时机。

至少，等到他"弱"了的时候。

这样一个强悍的人，也会有"示弱"的时候？

有。

而今就是。

第叁玖回 为鱼辛苦为鱼忙

一个人只要活着,就有他的需求,他的欲望,不然就与死人无异。谁都有他的欲求,只分大小,求所当求,或不当求,如此而已,没有例外。

他受伤了,他给人制住了。他已无还手之能。他看来最近已开始失宠于蔡京。而且,这个时候,动了他,至少做得干净利落,他的后台也只以为那是无情四大名捕那一伙,或戚少商、孙青霞"金风细雨楼"那一帮下的手。

这是"对付"他最好的时机。

文随汉当然不愿错过。

雷纯派他来料理这件事。

——把天下第七设法带回来。

然而文随汉也通知了米苍穹。

他知道"有桥集团"比任何帮派、势力更"需要"天下第七这个人。

因为文雪岸的存在,可以是毒药,也可以是解药。

当时的形势虽然很紧急,但文随汉还是有"办法"通知"有桥集团"的人来"参与"这件事。

他跟"有桥集团",一向有很"特殊"的联系方法——正如跟"六分半堂"也一样,总有许多秘密的联系网:有时候可能只是当街调笑一女子,有时可能是仰天打了一个喷嚏,有的时候却可能只不过是一只狗经过身边之际撒了一泡尿。

对其他人而言,那只不过是一句调笑、一声哈欠和一泡狗尿,但对这些怀有特殊任务和特别身手的人物而言,却可能是价值连城的莫大秘密,杀人放火的恐怖指令。

他知道,"名利圈"里一向有"有桥集团"的卧底——不分昼夜,也不辞劳苦。

"卧底",是帮派势力间的一种必然存在的"恶瘤",若不是有这种"奸细",恐怕他要把讯息自"六分半堂"里即时传予"有桥集团"的人知晓，也许真不容易。

他混入了"名利圈"，就发现雷壹、雷凹和雷凸在那儿。

对这三人在这里出现，他并不奇怪，但雷怖也在，并还比他先到，这就令他放心和震惊。

放心是因为：既然"杀戮王"雷怖在，大势已定，大局已稳。

雷艳和雷怖都是"江南霹雳堂"里的绝顶高手，他们来了，就算只一个，天下有敌者已几稀矣。

所以文随汉心中大定，另有计较。

在武林中，知晓"杀戮王"雷怖和"破坏王"雷艳已入京的人极少。

大家都以为这两员是雷家堡中、"延"字辈的两大高手，早年以霹雳堂火器炸药中的"刀法最猛"和"杀戮最彻底"称著，后来则另创霹雳刀和雷霆剑名震遐迩，自成一派，立一代宗师。

由于他们杀伤力奇巨，所以也使文随汉心中暗自惕怖。

米苍穹曾对文随汉推心置腹地提过，要请这两大高手入京。

文随汉以为不可能。

老实说，他心里也老大不愿意这些人陆续进京。

——连雷雨、雷逾这些高手都逐一来京，高手如云，有这些人在，自己这几下功架还有什么看头的！

——再这样下去，饭碗都得给砸破了啦！

"他们都是一方之主，威震江南，桀骜不驯，称雄一时，只怕不易请得动，"当时文随汉就表达了意见，"就算请得了也不易制得了。"

"不是的。"米苍穹用一只手指在唇前摇晃着，表示他的话不对，"一个人只要活着，就有他的需求，他的欲望，不然就与死

人无异。谁都有他的欲求，只分大小，求所当求，或不当求，如此而已，没有例外。隐相蔡京，权倾天下，但他还是贪财、好权，欲无止境。方今天子唯其独尊，但他还是有欲求的，他要漂亮的女人，也要天底下的奇花异石，又要长生不老，更要宝座安如泰山。——雷怖、雷艳也是人，是人就会有需求、愿望。"

果然，米苍穹只派了他手上的大太监余木诗去了一趟"雷家堡"，告诉了米有桥可以给予雷艳和雷怖的利益，然后通知他们一个消息：

"雷逾求、雷雨，已分别来到京师，加盟'六分半堂'，看来，雷无妄不久也会加入他们的行列。米公公问你们：到底要跟雷郁、雷抑这些老古董苦守老死于江南一隅呢？还是要跟米公公共享富贵、共图天下？别忘了，连雷日、雷月加盟'有桥集团'，也受到了十分的礼待，更何况你们二位德高望重、举足轻重的绝世高手呢？"

雷怖一听，毫不犹豫，就加盟"有桥集团"。

雷艳虽看似不甚热烈，但也口头答允加盟一事。

事后，米苍穹跟文随汉就那么说过："是不是？没有人是可以完全不动心的。有的为公，有的为私，有的为义，有的为钱，有的为家，有的也许是为国为民，有的只为了自己。这些我倒是跟方小侯爷学来的。他告诉过我，世上有美女无数。有的令人见了，惹人怜爱，生起好逑之心。有的确是人间艳物，可望不可即，贵华自洁，令人不敢起狎玩之心，只有仰仪之情，而自形俾陋。其实就是错的。世上哪个女人，到头来不是得成为人家的夫人、妻室的？就连公主、皇妃、小家碧玉、大家闺秀也不例外，更休提青楼艳妓、风尘侠女了。既要成为男人的妻房，就会让人狎戏，只不过，那个男人不是你罢了——但既然她可以任人泄欲，那个男子汉也一样可能是你，可以是你。是的，没有什么女人是不能亵玩的，不可冒犯的。若有，那你是自己自讨苦吃罢了。正如我们养了一大批有识之士，手上有一大票人才、高手，常常要为满足、讨好他们而煞费苦心、费尽心力，但小侯爷就说过：咱们养了一大缸的鱼，啥了不起，漂亮、美艳、动人的、古怪的鱼都有，有的贪吃，有的嗜杀，有的坏脾气，就会翻缸倒盆的，咱们成天为鱼辛苦为鱼忙的，但就不要忘了，这些鱼是咱们豢养的，没有咱们饲喂，他们还真活不了呢！决不能让他们反客为主，转过来纵控咱们了！说到底，他们再美再凶，也不过是一缸鱼、一条鱼！"

文随汉听得心里明白了，但也有点奇怪。

奇怪的是：米苍穹看来很欣赏方应看，而且听来他也不住提起方小侯爷说的这有道理，讲得那有高见的，但他却发现不管是雷艳、雷怖还是"雷公雷母"雷日、雷月，乃至年纪轻轻就升为"大太监司"的"展魄超魂舒云手"余木诗，以及身为"御膳副监司"的那位"酒神醉妖摩三手"金小鱼，都是只见过米苍穹，只效忠于米公公——奇的是：方小侯爷到底去了哪里？怪的是：方应看不才是"有桥集团"的第一号人物吗？

第肆拾回 斯文鱼

文随汉更明了的是:

自己也只不过是他们所饲养的鱼缸里的一条鱼。

而且,也是一条比较斯文的鱼。

——他毕竟不似雷怖的穷凶极恶,也不似雷艳的讳莫如深。

——他也不像余木诗深得信重,更不似金小鱼极得人望。

文随汉更明了的是：

自己也只不过是他们所饲养的鱼缸里的一条鱼。

而且，也是一条比较斯文的鱼。

——他毕竟不似雷怖的穷凶极恶，也不似雷艳的讳莫如深。

——他也不像余木诗深得信重，更不似金小鱼极得人望。

他只是文随汉。

他若要在"有桥集团"里站得住脚跟，就一定得要有自己的特色，并且要利用自己的所长和关系，立下一些别人无可取代的奇功方可。

这就是他"立功"的时候。

——雷怖既然来了这里，大概能镇得住楼下那几个煞星的了：他也不想与"用心良苦社"的人扯破了脸斗到底，温白二家两门联手，毕竟不好惹，而且最好能不惹便不惹。

他趁孟将旅分神要掠下楼对付雷怖之际，急窜到十九号房门前，突然间，他觉得腿上的"箕门"臀上的"仙骨"、前臂的"温溜"、内臂的"肩负"、背后的"意舍"、颈下的"大抒"、胸前的"不容"，还有脸上的"左颧髎"等穴位，一齐隐隐酸痛。

他心里一数、一、二、三、四、五、六、七……正好是七处穴位。

七道穴位都在痛。

虽然，他没有着过孟将旅任何一拳、一击，但这看来斯文、淡定、温和、憨厚的孟掌柜的，那一轮猛拳、厉劲，还是震伤了他的血脉、经络。

——幸好没跟这厮瞎纠缠下去！

他一掌震开了房门。

——其实，就算他不出手，那间房早已壁破门砸，内里情状，已大可一目了然了。

正好电闪。

房里有人。

电闪雷鸣。

如临大敌。

这时候，孙收皮刚刚走。

刚刚才走出窗外。

——他仿佛连轻功也没施展，只是"如履平地"般地"行云流水"似的"走"了出去。

叶哭、陈日月和高飞都知道这人厉害，为之悚然。

这时，楼下的格斗声传来。

愈打愈烈。

"小鸟"高飞对犹有余悸的叶哭和陈日月道："我看，今儿的事，很有点不妙。这姓孙的，是蔡京身边红人，所谓善者不来，来者不善，他大可得手，却自甘空手而回。"

陈日月一哂道："我看这姓孙的只是缩头乌龟，豕狗不如的老王八，他不过是怕我公子威名，不敢强来。"

高飞横了陈日月一眼，"你家公子是名气大，但就算包青天跟前也一样有人敢杀人犯法。这孙总管走的不是好路，做的只怕更非好事。"

楼下爆炸声迭起。

叶哭最喜欢听到别人对陈日月抢白、奚落、语锋，自然较倾向高飞："看来，公子也意想不到，会有这么多人去争夺天下第七这废料!"

只听被上被衾里一声隐约冷哼。

叶告登时双眉一竖:"怎么了?!不服气么!我老大耳刮子打你!信不?"

"小鸟"高飞依旧眉头深锁。这人本来长得粗豪高壮,但偏打扮成浓艳女人模样,令人只觉突梯、突兀,如今一旦深思计议,还是让人脱不掉诡异、怪诞的感觉。

"我怕他们来不只为了这死不足惜的家伙……"

"哦?"陈日月一向机灵,这句倒真的听进去了,"他们志不在此……难道还有更大的目标吗?"

高飞沉重地点了点头。

"那是个更重要的人了?"陈日月紧迫盯人地问,"那是谁?"

小鸟高飞犹豫了一阵子:"这不好答。"

陈日月并不放过:"是不便说?"

"也不是。"高飞苦笑道,"你们也不是坏人。"

"那是什么人?"陈日月发现对方不想说,就愈发要问个究竟,"有什么大不了嘛?说不定,咱师兄弟也可以帮点小忙,尽一尽力。"

叶告忙道:"就算我们不一定帮得上忙,我家公子知道了,也一定可以为你们答疑解难了。"

他自然也想知道,这一点,是两个小少年好奇的共性。

所以就这一点上一定"共同进退"。

高飞还是觉得很为难:"我不是不说……因为我也不肯定是不是那人……也不确定那人会不会出来……更不知道他已来了没有……再且又不知道他如何来……"

这么多的不确定,两个少年不免觉得有些烦,只催促道:

"那么,到底是何人嘛?"

高飞正想说。

却正好发现有人一手震开了门。

——还好还不是那个"凄凉的老鱼"!

这条是看来颇为斯文的:

斯文鱼。

——斯文多败类!

却不知来的可是个斯文败类?

第肆壹回 移移移移移移移移

"你怕我?"文随汉不敢置信地说,"我对你一直都很有礼,而且还十分讲理。"

"我就怕既礼下于人,又大条道理的人,"高飞不客气地说,"这种人,笑里藏刀,就算翻脸不认人地杀了你,也一样振振有词。"

文随汉看来很斯文。

他的举止也相当文雅。

他谈吐更是文质彬彬："对不起，我以为没有人在里边。"

小鸟高飞笑笑。他涂红唇，偏又满腮胡楂子，形象十分诡异，"我们都是人。"

陈日月接口道："但你却不是熟人。"

叶告加了一句半嘟哝的话："你大概也不是好人。"

陈日月乖巧地笑道："所以我们不能请你进来坐。"

"我是来探病人的，"文随汉往房里随目游睃过去，"你们不是正有一位病人吗？"

"就是因为有病人，"陈日月道，"所以，才谢绝访客。"

"你们跟我虽不熟，"文随汉并不死心，"但你们的病人跟我却是老相好。"

高飞道："我的病人病得很沉重，最好是让他多歇息，不管哪门子的老相好，都不应该在这时去骚扰他，除非是想他早点归西。"

"你不明白，"文随汉慢慢向前移步，"他可能不会同意你的看法。"

高飞打了个眼色。

陈日月到了床前。

叶告挪步到了房的中间。

高飞则迎向文随汉："你怎知我病人的想法？但无论他怎么想，他是我的病人，我有责任保护他。"

文随汉前行的脚步放缓了一些，依然温和地笑着："保护他是我的责任才对。"

"为什么？"

"因为他是我的兄弟。"

"江湖人初识刚点头都会称兄道弟，所谓四海之内皆兄弟也。"

"不，"文随汉正色道，"他真的是我的兄弟——同胞兄弟，正式算起来，他要算是我的哥哥。"

此句一说出来，连高飞也颇为意外。

"他真的是你的兄长？"

"就算我喜欢与人称兄道弟，"文随汉苦笑道，"也断不会喜欢自抑为弟，到处叫人做老哥吧？"

他涩笑指着自己的鼻子道："我在江湖上，也不算是无名之辈。"

高飞抚着胡楂子："你是文随汉？'富贵杀人王'文随汉？"

陈日月偏首看看，又回首看看，忍不住道："不像。"

文随汉释然道："我本来就不喜欢杀人，当然不像是个杀手。"

陈日月澄清道："不是你不像杀手，而是你长得富富态态、冠冕堂皇的，而你老哥却邋里邋遢，一脸猥琐肮脏的样儿，怎看都不像是一对兄弟。"

文随汉笑了："小兄弟你真有眼光。我也觉得不像。"随后叹了一口气："谁叫他却真的是我的兄弟！我这时候撇下他不理，谁还会管他的事呢？"

高飞忽道："我劝告你还是不要管的好。"

文随汉似吓了一跳，问："为什么？"

高飞说："因为你会受到牵连。"

文随汉笑了起来："我本身就是个通缉犯，还怕受到牵连？"

"你不怕。"高飞严峻地道，"我怕。"

"你怕我?"文随汉不敢置信地说,"我对你一直都很有礼,而且还十分讲理。"

"我就怕既礼下于人,又大条道理的人,"高飞不客气地说,"这种人,笑里藏刀,就算翻脸不认人地杀了你,也一样振振有词。"

"我不要杀人。"文随汉有点惋惜地道,"我只想见一见我老哥,问候他几句话,说不定从此以后就老死不相闻问。"

"我凭什么要相信你?"

"因为你是小鸟高飞。"文随汉侃侃而谈,"就凭你一身出神入化的轻功,就算我背了他走,能走得了吗?"

高飞笑了:"你的说辞很动人。"

"不是动人,我说的是事实。"文随汉认真地说,"就算你不相信我,你也该相信你自己。"

"我不是不相信自己,"高飞虽然是个不易给说动的人,"我是不愿意冒险。"

"冒险,啧啧啧。"文随汉大为可惜地道,"没想到名震天下的'小鸟高飞'空有一身高来高去如入无人之境的轻功,竟然如此胆小。"

"我不是胆怯,"高飞显然也是那种不太接纳别人对他的评价——任何评价,包括赞美他的人,"你听听,楼下正打得灿烂哩!你若有诚意,又何必带一帮朋友来闹事、助拳?"

"他们?啊不,他们不能算是我的朋友,"文随汉也侧耳听了听,知道楼下战斗惨烈,也听到了刚开始的一阵骤雨,正开始叩访京城的长街深巷,"至少,他们还不是我真正的朋友。"

"哦?那么,听来,"高飞大力地拔了一根胡楂子,剔着粗重的浓眉,笑道:"你还有的是好帮手呗。"

文随汉望着他,流露出一种同情之色,忽然改变了话题:

"我知道你。"

高飞倒没想到对方忽有这一说。

"你本来姓高,但不叫飞。"文随汉又恢复了他的华贵、从容,"你原来叫亦桦。"

然后他仿佛要重整他的思路似的,一字一句地道:

"高亦桦。"

大半的江湖人都有本来的名字,正如司徒残原为司徒今礼,而司马废原名司马金名一样。

高飞的脸色变了:仿佛连胡楂子也转为酱紫色。

"你的武功过人,但你原来的兴趣,却是医道。"

高飞没有说话。

"你有意钻研高深的医理,但一般的岐黄之术、治疗之理,一下子都给你弄熟了、透悟了,于是,你想更进一步,就打起皇宫御医监所收集天下医学秘本的主意来。"

高飞仍在猛拔着须根、胡脚子。

"可是,龙图御医阁又怎会容得下你这等江湖人?"文随汉又嘟囔叹道:"这主意不好打。"

高飞不理他,没反应,但连陈日月和叶告都一齐听出了兴趣来。

"不过,你一心学医,只好打了个坏主意。"

高飞闷哼了一声。

陈日月忍不住问:"什么主意?"

他一向比较多嘴。

也比较好奇。

"他只好假装去当太监,图以御监身份,混入御膳阁藏经楼。"

"啊!"

"不幸的是,当时主持剔选太监入宫的,是个很有本领的人。这人一眼就看出了高大侠的用心和企图。"

"——那怎么办?"

陈日月忍不住问。

"他真的把高大侠阉了。"

"天!"

陈日月一时只能说这一句,这次连叶告也忍不住忿然问:

"可恨!那家伙是谁?!"

"那也怪不了他,那是他的职责所在。"文随汉似笑非笑地道:

"他就是米公公。"

叶告登时恍然。

陈日月忍不住啐了一口:"这老阉贼!"

"不过,毕竟是高大侠高来高去的轻功高明,只给阉了一半,趁米公公以为已无碍自去处理别的要务之际,别的太监制高大侠不住,还是让他'飞'出了皇宫。"

听到这里,两个少年才舒了一口气,再望向高飞的眼色,也变得有点不一样了。

——似是多了点同情,也添了些关怀,但却少了些先前原有的崇敬。

"可是,到底,还是阉割了一半,"文随汉的话还未说完,"是以,日后,高大侠依然精研医理,轻功日高,声名渐隆,但还是心里有点……有点那个……所以,老是将自己打扮成女人一样……"

这次,就连陈日月也听出了他的歹意,叱道:"住口!"

文随汉笑了一笑,摆了摆手,道:"行,我可以不说。不过,你们房里的这位高大侠,心里未免有点那个……有异常态……所以他既对女人没兴趣,也见不得人一家子团聚……"

这回到叶告叱咤道:"你还说——"

高飞怒道:"你是说我心理有问题,才不让你见天下第七?"

文随汉笑而不答。

高飞叱道:"三小哥儿,你去解了那厮的哑穴,我们得先问一问那家伙,愿不愿见这专掘隐私的无行东西!"

陈日月应了一声,到床边骈指疾点,要解除天下第七的穴道。

叶告见高飞恚怒起来,忙劝道:"高叔叔,你可不值得为这厮……"

忽听咯的一声,想来陈日月已然照高飞吩咐行动了,他见阻也无效,就不说下去了。

高飞兀自忿忿。

——好好的一个人,给阉了一半,过了这许多年,还给人旧事重提,并以此低估他的人格,自然难免郁愤。

所以他扬声喝问:"这人是不是你的胞弟?!"

只听床上传来有气无力、奄奄一息、阴阴森森的语音。

"他从来不当我是他哥哥。"

高飞冷哂。至少,他现在有一句话能把文随汉的高傲和信心打击了下去。

"你愿不愿意见他?"

这次天下第七还没回答,文随汉已抢着扬声说:"打死不离亲

兄弟。——我有要紧的事跟你说。"

高飞突目怒视文随汉,字字清晰地道:"姓文的,你莫要以为我不知道你怀什么鬼胎!你若不是如传言所说的已加入了'有桥集团',就是必然已遭姓米的国贼收买,要不然,你怎会知晓那么多内情!你们两兄弟都不是好东西!一个是煞星,一个是杀人王!一个投靠蔡京,一个依附阉党,各造各的孽,各有各的混账!可别忘了,蔡京、王黼等狗官,最近可是摆明了跟阉党对着干!天知道你们一对活宝鬼打鬼!"

文随汉听得笑不出来了,只冷不防待对方说完了才加插一句,像一记冷箭。

"那么说,我刚才说的事情,都是真确的了——你的确是给阉割了一半,半男不女之身了!"

高飞咆哮起来。

他终于忍不住了。

他飞身掠了出来。

尽管文随汉早已料到高飞会忍不住突然出击,而且他也处心积虑要激对方出来,但高飞之快之疾,仍令他吃了一惊。

情形几乎是:高飞身形一动,就已到了他身前!

不,是眼前。

高飞五指一撮,分左右飞啄他的双目。

——且看高飞一出手便要废掉他一双招子,可见对他已恨绝!

文随汉就是要高飞对他深恶痛绝。

他就是要对方对他全力出手。

高飞一飞,他就退。

飞得快，退得疾。

高飞说什么还是要比文随汉快上一截！

文随汉退到走廊之际，高飞已追到门口，文随汉再退，背部就撞上对面房的墙上。

他的背一靠墙，高飞的鹰啄子就"啄"了上来。

他所贴的门房，真的是第十七号房。

——原来，十九号房对面真的是第十七号房。

奇怪的是：刚才在楼下，鱼尾故意试探他的时候，偏把十七号房说成是十九号的隔壁房，文随汉却不为自己分辩，到底为什么？他为何要隐瞒？

也许，他是真的搞不清楚。

或许，他也真的没上过楼。

不过，还有一个更重要的原因。

而且，这肯定才是个最主要的原因。

"喀隆隆"连声，墙碎裂。

那却不是文随汉震碎撞破的。

文随汉只迅速移开。

滑走。

高飞突见强光扑面。

他一时也不知道那是什么东西，

但他心中迅速生起了一种感觉：

他中伏了！

——敌人就一直潜匿于十七号房里，就等他靠近！

他马上作出一种反应：

移走!

他身法极快。

他急挪!

疾移。

这才移开,只觉身边"啸"地飞过了一件不知什么东西。

他虽不能确定那是什么事物,但肯定是一种很可怕、很锐利,而且也很光很亮很炫目的兵器!

不管是什么东西,都一定有极大的杀伤力。

但不管是啥东西,都已经给他躲过了。

幸好他挪移得够快。

够速。

也够及时。

他是避了。

可是险境并没有过去。

又听"嗖"的一声,一物既阴又寒,急劈他腰际。

他怒叱了一声,全身旋转,当空打翻,飞转急闪!

那森寒事物又险险地躲过去了!

他虽无法断定那是什么东西,但却绝对能感觉到那是一件很毒辣、很恐怖、也很阴很寒很冷冽的利器!

总算还是让他避过了。

躲过去了。

可是攻击并未完。

攻袭再度发生。

这次是剑。

剑从后方刺来。

一旦发觉来的是剑,高飞不禁勃然大怒:那斯文败类果然趁火打劫!

他飞闪。

急腾。

身子倒挂,足下跟跄间一移五尺。

剑刺空。

可是剑锷上有二枚宝石,一红一蓝,飞射他的身前、身后!

——这才是后着!

也是杀着!

高飞无计,只有高飞。

他冲天而起。

他从原来所立之处,急移飞升。

那一红一蓝的"宝石",打了一个空,却神奇地互相撞击后,爆出星花,再急射入在半空的他!

高飞猛一吸气,再度腾移。

他旋舞而起的裙子,终于卷飞了那两枚杀人的"宝石"。

但闻"嘶嘶"两声,他的裙子各给打穿了一个洞!

他还没喘得一口气,身子正在急坠,但一枚如太阳般猛烈、一件如月亮般沁寒的武器,又递到了他的身前、眼前。

他这时只好施出浑身解数,在完全不可能的状态中和死角里,又抽身、反身急移了两次。

他这两次急移,大约只有两三尺余的翻腾余地,但已恰恰、刚刚、险险避过了一刚一柔二道致命杀着!

到了这俄顷之间,他前后背腹受敌,已总共"移"了七次。

遇了七次险。

——也是七次都化险为夷。

但他已力尽。

气尽。

——再挨打下去,他就要挨不住了!

就在这要命的刹那间,强光又三度乍起!

——仿似午阳就在他那印堂间乍现。

第肆贰回 太阳在手

无论如何，向上总是要付出代价的，因为地上总有一股莫名的力量，要把人和物吸回地上去。

何况是向上"飞"。

向上本来就不容易。

飞更加是一种冒险。

飞得越高，看得越远，但也容易跌得越重。

太阳，好像就在那里。

掌中。

——他正要把他掌中的太阳印在他的印堂上！

高飞已气衰力竭，但他还是鼓起余力往上力冲。

拔身而起——就像是上天派了一位无形的神祇，一手揪住他的头发，将之"拔"了起来一般，又像是那儿摆了一道无形的天梯，无形的绳索，将他一气提吊了起来似的。

他现在已知道狙击他的人是谁了。

手中有"太阳"的，叫作"雷日"，外号"雷公"，他的武器便叫作"大日金轮"。

——乍现便发出灿亮金光的，想必是这人和他的成名兵器。

另一人当然便是"电母"雷月。

他们两人一向焦不离孟，秤不离砣。

雷月的趁手武器当然就是"弯月冰轮"，刚才每出手即寒意侵人的，定当是这杀人利器了。

这两人最近已来了京师，并且加入了"有桥集团"。高飞亦有所风闻。

他却万未料到他们就住在这儿——这对夫妇斯斯文文、秀秀怯怯的，没想到却是性子出名火暴，而且出手残暴出了名的"雷公电母"！

其实，这也不奇：要不然，刚才文随汉为何要故意将错就错，把十七号房就在十九号房对面一事哑忍默认？他一定要保住自己的同伙，才能一击得手。

文随汉也不是一样斯斯文文的模样儿。

——他们好像天生就是好伙伴!

高飞追悔,已然无及。

目前,他只有比快。

——只要他的动作比狙击手快,他就可以逃开一劫,飞升于上,居高临下,重新部署,作出应战,回气反击。

如果狙袭者比他的身体更快,他就只有死路一条了。

虽然在这样屡遭突袭,遇上一次又一次,一波又一波狙击的情形下,以高飞的绝世轻功,依然可以躲得过这一击。

——虽然险,但仍可幸免。

如果不是——

不是文随汉在这时候仍加了一手、递了一招、落井下石、暗箭伤人的话!

文随汉这时正返身往房里闯。

叶告铁剑把守在门口,寸步不让。

文随汉一冲近,就出手,便发剑。

出手极狠。

每一剑都又歹又毒,又恶又绝!

他完全不予敌手以生机。

他也一点都无视于叶告还是个小孩子。

他甚至不把敌手当成一个人。

——也许,他只当面对他的是一只待宰的兽!

不过,侥幸的是:

叶告也够凶、够狠、够剽悍。

他的一柄铁剑,不但一步不让,他简直是一剑不让、一招也

不让。

他本来就是"四剑童"中打斗最狠的一个。

文随汉以为三招内可以把他放倒。

可是放不倒。

他又来三十招。

叶告仍不倒。

甚至不退。

不让。

不避反击。

还反攻,足足反攻了十三招,十三剑!

文随汉却在这时候,一俯首,背上一阵强弩响,三枚急矢,飞射了出去。

叶告以为他射向自己,急跳开、猛闪躲,待他发现箭矢不是射向自己的时候,却已迟了!

他毕竟是应敌经验未足。

箭是射往高飞的。

其时高飞正在飞。

往上飞。

无论如何,向上总是要付出代价的,因为地上总有一股莫名的力量,要把人和物吸回地上去。

何况是向上飞,

向上本来就不容易。

飞更加是一种冒险。

飞得越高，看得越远，但也容易跌得越重。

高飞正在全力拔起，忽闻弩响，三道箭矢，已至眼、脸、身前！

好个高飞，及时在这完全不可能的情形下，在这完全不可能的时间里，急以完全不可能的身法，颤了三颤、避了三避、移了三移！

三箭击空！

三矢擦过！

险！

险险！

——险险险，三次俱险！

可是，避得过这三支要命的箭，他的身法难免也慢了一慢，缓得一缓。

这一缓，左腿一阵刺痛。

血光暴现。

高飞情知不妙。

然而寒风又起。

——这次是月光。

阴而柔，寒而凛，但同样要命。

高飞已负伤。

重伤。

他的人在半空，血如雨下。

可是他居然还能憋住一口气，遇挫仍升，全力飞身扑向屋顶那一根横梁。

不过，他身负重伤且失去平衡的他，身法难免踉跄，下盘破绽大现：

这一次，血光再现。

这次突然凉了一凉的是右腿。

腿一凉，高飞的心也凉了一凉。

他大喝了一声，一对大袖搐动了一下，然后，双手划动，就像在空中泅泳一样。

说也奇怪，像他那么个彪形大汉，既穿着大金亮红裙，又梳着高髻辫子，偏偏又浓眉大眼，满腮髯楂子，且轻身功夫那么好，这一切"特性"叠合起来，使他的人看来十分古怪、吊诡。

如果说他的"形象"奇特、怪异，而今，他这大叱一声，看来则更古怪了。

他明明势已尽。

力已衰。

他先后受创。

——小鸟高飞，已飞不起。

可是，就在他大叫一声之后，他整个人，都像骤然泄气的球似的，骤变了体形，一下下，"瘦"了几乎一半。

加上他双手滑翔，就像鸟的一双翅膀一样，居然又能向上"飞"去，其势更速。

他的一双腿还在溅血。

血水簌簌地洒落下来，溅得激战中的叶告和守在身边的陈日月一身都是。

叶告眼看抵受不住文随汉的狠命攻势了，只有大叫：

"死阴阳怪，还不出手。要待何时？"

——"阴阳怪"当然就是陈日月，他一向认为陈日月是"阴阳人"，他也一向都瞧不起这"不阴不阳的东西"，而今竟扬声向他求救，可见情急。

第肆叁回 说时迟,那时快

他忽然想起这个人他为啥这般熟悉了!

他在这半晕不活里居然自茫茫脑海浮沉中想了起来,像在记忆的大海里捞起了熟人的一具浮尸。

他记起这人应该是谁了!

高飞正在高飞。

流血的腿仍在淌血。

他不用脚"飞"。

而是用"手"：

滑翔。

他在空中吐出一口元气、划拨双手之前，袖子曾经搐动了一下。

那一下，说时迟，那时快。

那一刹，便是"说时迟，那时快"。

"雷公电母"正得手、收手，他们已倏地收回了"大日金轮""弯月冰轮"，正拟作再度攻袭。

而已，他们已真的出手：日月双飞！

——这一次，必杀高飞。

——高飞必死！

他已负伤，"飞"不了的了！

他们断没想到的是：

高飞居然还能反击。

——在这负伤、惨败、狼狈的一刻间反击！

他们知道、察觉已迟。

说时迟、那时快。

——那是高飞的绝技：

名字就叫"说时迟，那时快"。

每次一发就是两口。

高飞仗轻功成名,他的轻功纵术名为"千山鸟飞绝"。

可是一个人能在武林中闯出名堂来,总不能只有靠轻功满山跑便成事了。

他还有一门绝技:"说时迟、那时快。"

那是一种"暗器",一发两枚,两支都作"鸟形"。

它们的速度绝对比鸟快!

——这是"小鸟"高飞外号的真正来源。

现在,这两枚"鸟"一般的事物,已在雷公电母一疏神之际,"嗖嗖"二声,一个打入他的肋骨里,一个打进她的背肌里。

真是"说时迟,那时快"。

不过,也"说时迟,那时快"的是:

雷日、雷月在被击中的前一刹那,也作出了还击。

他们手上的"月轮""日轮"也破空飞击,横空飞袭!

——日月并明,彩凤双飞,这雷公电母"日月双轮"离手飞脱的一击,无疑也是他们的看家本领!

这是生死关头。

高飞拼命往上冲。

他整个人就像瘪了下来似的,就像一支箭矢,一直往屋顶上的主梁死钉过去。

"名利圈"的屋顶本来就起得很高,如今看来,更是高,而且远,更且遥。

好高。

好远。

好遥。

——太高太远太遥,以致高飞已支持不住了,顶不住了,憋不住了。

他的气已用尽。

力也用罄。

梁呢?——还在上面,虽然愈来愈近,但也像愈来愈遥不可及。

然而寒光、白芒、风声、破空之锐响已在他脚下,呼啸而上。

他已没有选择。

他只有踢出双脚。

"噗噗"二声,双轮给他踹飞,"嚓嚓"二声,钉在墙上、柱上。

他只觉双腿一轻,两脚骤凉。

血如雨下。

血雨纷飞。

"噗、噗"二响,他已双手抓住了横梁。

毕竟,他已"抵达"主梁了。

然后他双手一扳,身形飞荡,翻身上梁,只发现自己身躯奇轻无比,才发觉自己双腿已断!

一条自膝、一条自踝,给日月双轮齐口切断!

他先是不觉痛。

可是很惊惧。

——乍然发现自己已失去了双腿的惊恐所产生的痛苦,甚至要比断腿对肉体上所造成的痛苦,还要来得快,来得深,也来得迅速。

这一刹那,高飞知道自己已永远不能"飞了"。

他没有腿了。

他成了残废了。

他只有双手紧紧地抓住横梁,紧紧地抓住,他的人便悬在木梁上,血一直吧嗒吧嗒地往下淌落。

他的人也渐虚脱。

他竭力敛定心神,凭着尚剩下一点清醒的神志,他先疾封了自己下盘几个要穴,先遏止住大量涌出的鲜血,本来还想要在未完全丧失意志之下,俯瞰房内的战局,却不意一眼瞥见了,在远远的远处,许多房子的后面、许多巷子和沟渠的间隔下,一处高地上一棵大树的旁边,站了一个人,正远远地看了过来,还招了招手,算是招呼。

这个人很奇诡。

——诡异得令人有点毛骨悚然。

在"小鸟"高飞从此就不能再"飞",因失血过多快昏死过去之前,仍依稀认得,勉强可以识别。

这人正是那个蔡京的大总管。

孙收皮!

他忽然想起这个人他为啥这般熟悉了!

他在这半晕不活里居然自茫茫脑海浮沉中想了起来,像在记忆的大海里捞起了熟人的一具浮尸。

他记起这人应该是谁了!

他是谁呢?

不管是谁,也随便是谁,只要在此时此际此刻此关头,过来帮铁剑叶告一把,就算不能扭转乾坤,也必能强撑一阵。

盖因叶告尽其所能,只差一点便能敌住文随汉了。

但还是差一点。

他快抵挡不住了。

——偏偏又无人过来助他一把!

第肆肆回 阴湿的男人

——一个人要是求死,首先是对他自己的生命不尊重,对他自己的存在完全否定,这种人活下去,已失去了生存的意义。

我不能死！

双手紧攥着"名利圈"上横梁的高飞，心中有这样一声狂呼。

本来，只要是不想死的人便一定想活下去，这点并不出奇。可是，在高亦桦要活下去的坚持中，还多加了这样一个强烈而鲜明的意志：

他要活下去，才能把他今天所发现的事情，告诉他的朋友、同道、圈里的人……

所以他不能死。

他要活下去。

可是，能吗？

叶告也要活下去。

他快守不住了。

他发现文随汉的剑法自己倒不一定是抵不住、敌不过，而是对方一旦出剑、开打，就大开大阖、大气大势、大劈大杀、大路大步，让他先失去了信心，再招架不住，更陷入了险境。

对方用的是黄金剑，上面镶满了宝石。

——要是别人，使这种黄金打镂且宝钻琉璃粉饰珍贵非凡的剑，最多只供炫耀、奢华、以显家世，多半都是只有姿势、无实际者，真正一流剑手，决不会把佩剑装饰得像八宝箱里的玩意儿般的。

可是事实上却不然。

这个使黄金宝石珍珠剑的家伙，还衣饰华贵、金冠玉佩，美衣丰载，一点也不像是个为银子而杀人的杀手。

然而，这人拿人钱财、不惜替人收买人命，得来的钱，就用来修饰自己。

他一旦抽出黄金剑，一身金饰华服，粉敷俊面，蕊香熏体，踏青皂靴，他的信心全都来了，手里拿剑，腕底风雷，那种高人一等、傲视王侯的杀法和剑招，令叶告真的接不下来，应付不了。

这时分，叶告好似不是输了武功，而是信心先凉了半截，所以，他知道久战下去，只怕要败，所以决定要仗剑冲过去，要用近身制穴法来速战速决。

没想到的是：正是文随汉这等看似光明正大，而且风华、风流且风骚的剑法中，突然之间，他一甩剑穗，就如同小鸟高亦桦袖中藏有独门杀着"说时迟，那时快"一样，"啸啸"二声，发出二物。

那是两条"虫"一样的事物，四边都是铁刺一般的毛！

这两条"毛虫"飞射向叶告！

叶告本已告不支，他毕竟年纪太小，没想到这个每一招每一式都冠冕堂皇的人，所作所为，大方高雅，全都只是他的掩饰，他真正下杀手的时候，他的对手往往就是因为迷眩于他的华衣包装下，而遭了他的道儿。

他这手暗器，也有个名堂：

"点点星星点点虫。"

星光只是梦。

高悬于空，炫人心目。

虫才是真实的。

要命的。

他本来就是这样的人。

他是个外面堂皇高贵，内心阴湿腥臊的男人。

叶告刚好要逼近敌手：这形同送上门去！

这二物来得极快！

叶告已来不及闪避。

他突然做了一件事。

趴下！

他说趴就趴，几乎是扑倒于地。

他避得了这两枚"点点虫"吗？

他自己也不知道。

这瞬间，他只记得追命曾教过他：万一你来不及闪、来不及躲、更招架不来的时候，你在生死关头，不妨先对手把你打得倒下去之前而突然倒下去，倒得愈快愈好，愈突然愈好。因为敌人的目的只是想把你打倒、杀死，如果你突然先倒了、先"死"了，他别的可能都能防着，这一下可大半防不着：这叫置之死地而后生。

——先求死，反得活。

由于叶告年轻好胜，且骁勇善战，他很少与人对敌会落败，纵败北时也绝少用这种方式图存、求活。

可是他现在已没有选择。

他只有扑倒。

趴下。

他还年轻。

他还要活下去。

——一个人要是求死，首先是对他自己的生命不尊重，对他自己的存在完全否定，这种人活下去，已失去了生存的意义。

叶哥当然不是。

他可不想死。

——他可还要跟公子无情相随千里不觉远，何况，他的"死对头"陈日月还没死，他又怎能先死！

一击得手——还是不中，文随汉已无暇理会，他马上回卷剑穗收回了一对"点点虫"，然后转腰扭身：大步迈出，跨向床那儿去。

陈日月手持着剑，面对他，似为他气势所迫住了，几不敢出手。

文随汉举起了剑，自牙缝里挤出了两个字："让开！"

陈日月没有"让开"，只是怔怔地看着文随汉的剑。

文随汉扬起了剑，就要发出他的"富贵剑"：

"滚开！"

陈日月仍然拦在床前。

不走，不退。

文随汉连划三道剑招，连剑花也堂皇华丽逼人，他发出一声断喝：

"给我滚！"

这一刹那，他就出了手。

不，他出的不是手。

而是肘！

他全面吸住了陈日月的注意。

然后出袭。

猝然出击的是肘！

他一肘，撞开了陈日月。

陈日月一移开，他就迅速地跳到了床边。

然后伸手一扯，扯开了被。

扯开了被，便看到了人。

一个阴阴湿湿、龌龌龊龊的男人。

伤痕累累、血迹斑斑、奄奄一息、狺狺而喘的天下第七，就斜躺在床上，以一双绿色的眼，有气无力地望着他。

文随汉笑了："你好。"

文雪岸死气沉沉地道："你好。"

文随汉大声道："你都有今天。"

文雪岸垂死地睨着他，似已听天由命，引颈待毙。

文随汉开朗得十分开怀："我是来救你的。"

文雪岸那两片皱皱的薄唇拗了一拗，不知是表示致谢还是反映委屈。

然后文随汉大笑道："我救你的方法是杀了你——那你就不必再在人间受苦了！"

话一说完，剑光金光宝光齐闪，他一剑斩了下去：

对着天下第七那截弯垂在胸口的脖子。

第肆伍回

腰斩

世事常难逆料。

不过，人生的好玩处亦在于此。

残酷处亦源于此。

黄金剑。

剑光黄金芒。

这一剑，就要斩落他兄弟的人头！

原来，他不是来救他的兄弟的。

他是来杀他的。

——他原本就恨他，一直都在恨他。

他恨他的母亲，夺走了他父亲部分的爱。他恨他的存在，又夺走了他父亲对他的爱。他恨他比他自由自在，恨他比他早些成名，恨他比他更有江湖地位。他也恨他先自己一步，加入蔡京麾下，使自己只能选择"六分半堂"；更恨他就算落难，但仍是那么矜贵，到处各方都有人找他，要他说出了不起的大秘密，就像是一部活着的秘籍，看来还随时都可以靠这一点东山再起，他亦恨他比自己丑陋难看，但却可以到处糟蹋美丽的女人，又能名扬天下。他最恨他一向瞧不起自己，没负过家庭的责任，但爹却肯授他以"上天入地，十九神针"。他恨他的死样子。他恨他比自己更卑鄙、阴毒。他恨他看他的眼神、眼色，他恨他的幸运。到头来，他最恨他是因为他的存在、使他恨自己！

所以，他要杀他。

他想杀他，已经很久、很久很久、很久很久很久了。

可惜苦无机会。

而今有了。

他趁他负伤，要他命。

机不可失。

再无二次。

——他要杀他、除此无他！

他等了好些年岁，而今终于等到了：
他以一种比手刃仇人更欢悦的快感，去杀自己的兄弟：
文随汉终于能格杀文雪岸了！
——从今而后，江湖上、武林中，就只有"富贵杀人王"，而无"天下第七"了！
他为这个想法而亢奋不已。
——一种几令他射精的快感，正充斥着他，他手起剑落，要斫掉他兄长的头！
没有比这更愉快的了。

世事常难意料。
不过，人生的好玩处亦在于此。
残酷处亦源于此。

文随汉一剑斩下，突然发现了一蓬光。
一起很亮很亮但又很粗糙很粗糙的光。
在这一瞬之间，文随汉错以为雷日出了手。
——雷日的"大日金轮"，出手光耀夺目，一般人绝对招架不了，就是因为既睁不开眼，又如何应付他的出手？
"大日金轮"的灿亮炫目，正好与雷月所使的那"弯月冰轮"侵入肺腑的寒意冷光，相映对照，交错运用，难对难敌。
可是，雷公不是刚才已着了那姓高的暗器么？！
看来，就算他不致马上倒下来，只怕也一时恢复不了战斗力。

雷母亦如是。

就算是他们，也决不会在这儿出手。

——那么，是谁发出这道金芒万丈呢？

——这道粗横专霸的厉芒，到底是射向谁呢？

灿目难当，刺眼难视，莫不是这道利芒是向自己射来？

天下第七不是已身负重伤的么？

文雪岸不是已经给人封住了穴道才会任由那两个小孩及一个高飞操控的么！

天下第七文雪岸不是已全无还击的能力吗？！

——怎么？！

什么都是假的。

在这当口儿，他吃了一记，才是真的，才是千真万确的！

他吃了一记，立时不觉什么，只觉得好像有什么东西要往外泄了。

他初时还以为大概是自己的下面失禁了：只是一时还弄不清楚是大的还是小的。

然后他便看见天下第七徐徐坐起。

——阴湿的脸上有一个诡异的阴湿的笑容。

也许那不是笑容，而是一个快乐的表情，却用一种卑鄙的方式表达出来。

"你……你……你不是……"

文随汉震讶极了。

"你本来不是受雷纯所托,来救我回去,让我供出方应看近日苦练神功的秘诀吗?但你却公报私仇,杀了我,回去伪称我死了,是不是?"

满脸血污的天下第七如是说。

阴。

湿。

而且冷冽。

——不只是他的人,连他的话、他的脸,他的表情、他的血污,还有他只剩下一只的眼,都一样让人生起这种不寒而栗的感觉。

"你……怎么……你?!"

文随汉更震讶的是自己竟一句话也无法"顺畅"地说出口来。

——好像只说到了个字头,尾音就完全"泄"掉了。

"我外号不是叫'天下第七'吗?人家都以为我只服前面六个什么韦青青诸葛小花元十三限……之类的家伙,其实我才没那么无聊呢!告诉你也无妨:我可以死上七次!你信也不信?"

天下第七幽幽地说着。

然后他徐徐立起。

显然,他很艰辛,也很吃痛,但的确已能够站起来了。

"你明明……明明……"

文随汉无论怎么努力,怎样吃力,都挣扎要把话说清楚。

因为连话也说不清楚,又如何出手、反击、求存、逃命?

可是,他仍然无法清清楚楚都说完一句话。

"我明明是死了的,对不对?不对。我只是假死。我比任何人都耐死。我偷学过'忍辱神功',虽然只是皮毛,但依然能冲破受制的穴道，只是需要耗损大量的内力，以及一些时间。既然已伤得一时无法还手，我就索性假死过去，在这几个混球试图救我的时候，我趁机用'山字经'我所明了的部分逼出了身着'火炭母'毒力，然后静候时机。"

文随汉觉得十分恐怖。

无限恐惧。

因为他终于找到自己无法完整说出一句话的原因了。

"可笑的是他们还以为制住了我。我知道你不是来救我的，你等候已久，为的是杀我。我身负重伤，不跟你力拼，只好与你斗卑鄙，等你来杀我的时候我才来杀你。刚才孙总管过来，只瞄一眼便知道：一、我不是他们要找的人；二、我根本还没完，他马上便撤走了。他确是个厉害人物。"

文随汉喉头咯咯作响。

他现在不是看天下第七。

他在看自己。

看他自己的下身：

他齐腰已给"斩"为两截！

——只不过，来势太快，他的腰虽然"断"了，但仍"连"在一起，只不过，血水、肠肚、肾脏正汩汩溢出，他甚至可以听到嗞嗞的血浆冒泡在斩裂处的声音！

文随汉为这个发现而完全毁掉了斗志。

而致崩溃。

"我曾经在大威德怖畏金刚神前矢誓祝愿，我身不死，除非有人一天内让我连死上七次，我今天给戚少商逆面打碎了鼻骨，不死。我后来让温文透过'金狗脊'对我下的毒，仍不死。我又

失手遭无情暗算了一记暗器，打瞎了一只眼睛，但我仍不死。才'死'不过三回，我现在又活过来了，这小家伙要前来制我，岂是我的对手？可悲的是你得意过甚，居然未曾发觉！"

然后他阴阴森森地问道："怎么？被腰斩的滋味好受吗？——不必奇怪我手中已无剑、背上无包袱，从何发出'千个太阳在手里'……"

他嘿嘿嘿嘿地笑了起来："我也学到了'伤心小箭'的一些窍妙。伤得愈重，使来愈是得心应手。你看——"

他的手腕一挈，亮出来的是一把刀：

柴刀。

——那是刚才于寡手上的刀。

一把平平无奇的刀。

"就这么一把刀，就把你给一刀两断，你一定很不服气了，是吧？可不是吗？"天下第七得意得全身都在哆嗦，看来，他好像是痛苦大于快乐，痛楚多于欢悦似的，"你没想到吧？我受了重伤，才清楚看出了蔡京、雷纯这一干人利用我的真面目，看清楚老字号的人、'风雨楼'的徒众，还有你……把我除之而称快的局面。可是我偏就不死。我是不死战神。我才是死神，你们的催命人。……我已没有了包袱，丢弃了背负，反而更强、更悍、更独立而可怕……"

然后他一伸手，撷下文随汉手里的黄金剑道："现在，这是我的了。"

之后他又冷冷地说："现在开始，江湖上只有天下第七，没有富贵杀手。"

天下第七踹出了一脚，叱道："去吧！我要让你永远身首异处！"

"噗"的一声，文随汉的上半身便给他一脚踢了出去。

文随汉惊慌已极，只来得及怪叫一声。

只有这一声他还叫得清亮脆响。

他的"上半身"已给踢飞出去，"下半身"仍留在房里。

血流了一地。

他的"上半身"仍在半空飞掠，"呼"地划了一道弧形，和着血水"叭"地落到了楼下：

——"名利圈"的大堂中！

然而他犹未气绝！

那时那儿的爆炸方生方起。

大家都为这"从空中掉下来的半截血人"而震愕不已。

第肆陆回

断了气

不敢用才人智者，或用而未能重用，或忌对方强于己者而压抑之、弃用之，乃至于毁灭之，的确是一种迂回的自尽，起码也是变相的自宫。

意外的是：

自楼上摔下来的竟是文随汉！

——而且还是半截身子的"富贵杀人王"！

他刚才不是趁楼下的激斗中千方百计突破封杀，闯入十九号房去为所欲为的吗？

怎么却落得如此下场？！

——看来，他好像尚未断气！

上面到底发生了什么事？

是不是有什么变化？

楼上发生了什么事和有什么变化，在楼下应战的鱼姑娘一时还弄不清楚，但眼前的大爆炸，却是有了结果：

桌布如蝴蝶，似焦鱼纷飞、飘扬。

原先桌布内的两个人：鱼头和鱼尾，已经及时跳了出来，炸力波及，伤头损面，但不致死。

爆炸如此剧烈：

然而在爆炸力最强大的台布之内的两人，却丝毫都没有给炸伤。

爆炸力那么巨大，以致在旁边的人，就算走避不迭，也伤了几个，可是，在爆炸发生之所在的人却平安无恙，这实在是匪夷所思的事。

但事实确是这样。

暴风的中心是"暴风眼"。

"风眼"反而是平静的。

——大自然的威力尚且如此,更何况这爆炸是雷怖自己制造出来的!

说什么,他都没道理会炸死自己。

何车就是觑准了这点。

——最危险处往往是最安全之地。

爆炸力的中心反而没有杀伤力。

至少,雷怖擅使火药,一定会先保住自己的安全。

所以他就趁爆炸的那一刻冲了过去,飞起两脚,踢飞了鱼头鱼尾,再扯住了雷怖,作近身肉搏殊死战。

他的脚在"救"人,但双手却忙着"杀"人。

——就算不能一举将雷怖格杀:至少,他也要以"火拳烧掌"把他缠住再说。

因为他清楚明白:只要他把双鱼兄弟救走,暂时稳住雷怖片刻,他的战友鱼天凉和孟将旅就一定会联手对付雷怖。

他知道"杀戮王"雷怖的功力:单凭自己一人,还真应付不了。

——毕竟,雷怖是"江南霹雳堂"中少有的三级战力好手,而且还是个破家出堡去自创门户的一代宗主,自有过人之能,可怕之处。

不过,要是加上鱼好秋和孟老板,情势必然不同——要是小鸟高飞也加入战团,那应该是可以一拼的。

温六迟远行之前,把"名利圈"的"生意"就交给他们四人,绝非没有道理。

所以六迟居士走得很放心。

其实温丝卷正是要去"招兵买马",再请聘些高手回来,进一步拓展"名利圈"的格局。

——这主要是因为:时局不一样了,形势变了。

其实,人是活的,时势不断地在转变,若无因应之策,那只有老化,或给淘汰掉了。

温六迟决不如此。

他的观点一向很新。

他的想法入时,手段也很"激"。

——激烈、激动也刺激。

以前,京城里只有三个首要帮派:"迷天盟""六分半堂"和"金风细雨楼"鼎立,那是因为这三个势力刚好相互平衡,一个是纯粹黑道的势力,一个是绿林与蔡京派系的结合,一个则是武林与反蔡京势力的同联。

后来,"迷天七圣盟"因关七神志迷乱而迅速萎谢,代表了内戚、官宦新兴势力的"有桥集团",迅即冒升崛起,重新平衡了京华的江湖力量。

近来却发生了蔡京"下台"的事,尽管,不久就酝酿他快要"复相"一事,但他的"罢相"一事,多少是因为武林势力"倒"他的"台"而造成的,所以,在他"重出"之前,有一"正"一"反"两个势力正在互相消长、对决:

一个是"反"蔡京(包括那一干使得皇帝穷侈极奢,闹得民怨载道、民不聊生的童贯、梁师成、王黼、朱勔等人)的"江湖正义力量"纷纷趁他"未起",入京建立自己的山头势力,或"化零为整",加入"风雨楼"以壮声威,刚好遇上戚少商很有招揽结纳豪士之风,又有联结纵横的才干,故而一时浩浩荡荡,雄风

大振。

一个则是"拥"蔡（以及六贼等人）的势力，乘蔡京"复出"之前，为他清道，为他造势，为他卖命，以博他日在京里建立己方势力，或索性加入"六分半堂"，与"风雨楼"（包含了"象鼻塔""发梦二党""天机组"等组合）对抗。

"名利圈"也是其中之一。

他要建立"自己的势力"。

——这是个乱局，六迟居士最喜欢的就是"乱世"，因为时势愈乱，就愈有可为。

就算不是为了权力，原来的秩序或传统给冲击解构之际，新的传统与秩序未建立和重整之时，一定会有许多好玩的刺激的事情在"乱局"之中出现，温六迟、温八无和他"用心良苦社"的人，一向善于把握这种敏锐感觉、特别时机。

"用心良苦社"所建立的种种"事业"，必然都新颖过瘾，出奇制胜，赚钱还在其次，最重要好玩，但这一切，都得要有个基础，受到保障——为了保障这个"保障"，温六迟和"感情用事帮"白家的人，决心要在京师里拓展，扩大他们的影响力，要扎根，也要升腾。

于是，温丝卷便出去联合温八无、温兄、白赶了、白猖狂等人，多找些能人回来，壮大"名利圈"。

"名利圈"本来一直在京城营业，已多年了，而今才要大展鸿图，连"用心良苦社"本来安设在"十八星山""义薄云吞""自成一派书坊""杀手涧""崩大碗""鱼尾瀑""玻璃猫""吃不了兜着走""冬不足"等高手，也回调京城，这下可热闹了。

不料，正值这时节，却发生这变乱。

显然，这么多敌手、高手、杀手，全同时来到"名利圈"中，只怕其志不只在营救天下第七，定必别有图谋，不然的话，就是找个借口铲平"名利圈"了！

本来，待新的一批好手赶到之后，"名利圈"势必声势大壮，而何车、鱼姑娘、孟将旅及高飞等人，则是店里"元老级"开山人物，届时，地位自是高人一等，总算是熬出头来，且是大有可为之际。

是以，今天的冲击，说什么都得稳住、守住、顶住。

所以，何车已豁出去了。

他冲前，先救双鱼，再死缠雷怖。

他这样做，看似鲁莽，其实，内里也是经计算过的。

其实不止经商、工事、文章，必经计算，连同军事、出手、政事，莫不经计算。

——若不经计算，就算只是放射一支带火的箭，也一样打不着目标，说不好，还打着了自己的屁股！

计算重要，所以，一个国家、军队、社团里的军师、顾问、师爷类的人物，也分外重要。

这些人，必定是读过许多书、有很多人生阅历（至少通透人情世故）的人来担任的，他们出谋献计，制定模式，经营形象，运筹帷幄，苦心积虑，殚精竭智，对君主、老板、社团、组织委实贡献良多，功不可没。

是以，诸葛亮虽不擅武，亦未手执大刀长戟冲杀敌将于阵中，但他居功至伟，不管是蜀主刘备或敌国君王甚或青史大椽，都不敢将之跻身于关公、张飞、赵子龙等一级武将之下。

这种智者也不一定出现于战场、军中，或帝王、君主身边，

其实，巨商大贾、帮派组织的主脑人、大老板身边，也一样需要这等人才！

只可惜，今未见注重这等谋略家、智囊如同昔者！

盖因三国之后的君主，乃至于商贾豪绅，其容智者之量，已远不如往昔！

——这些人，纵得智者、能人、奇才，亦不重视，或闲置不用，或才非所用，设虚以立，材用不当，自古才大难为用，以致这些智慧高深的人，忍辱含屈，星沉月陨，宁投隐深山不出，或索性扮作俗人，无所用于俗世横流中。

其实，真正的"受害者"，到头来还不是集团的首脑，不管那是国家的领袖还是经商的老板，他们不能见容这些智者，形同削减了他们自己的实力，使他们无视于偏见与盲点，身边仅存的是唯唯诺诺的小人等流，又如何得遂壮志雄心？

话说，就算有假意收容这等读书人、士大夫、有风骨的志士侠客智者，但又处处忌之、防之、疑之、控之，结果，这些人自然都战战兢兢，勉强出头，自也不敢献策治国良方德政，应势自保，苟全自救，哪还敢为君王、主子算计天下事？巴不得收尽锋芒、缩隐无闻为上计也！

不敢用才人智者，或用而未能重用，或忌对方强于己者而压抑之、弃用之，乃至于毁灭之，的确是一种迂回的自尽，起码也是变相的自宫。

何车不是智者。

但在打架上，他绝对是个高手。

他当衙差、禁子，一路打上来，打成了班头、捕快。

他打斗虽然狠、出拳厉害，出掌犀利，出脚快，但最厉害的是，看他形似莽烈，但一切其实均经过精密之计算，他才出手打人的。

所以他才会逢战必胜。

他计算得很快，所以才让人觉得他鲁莽灭裂。

他出手很快，快得使人以为他凑巧、凑兴——其实仅是凑合的招式根本不能让他这种人活到现在，还打出了如此名堂。

这一次他也一样。

——看似随意、拼命、玉石俱焚的打法，其实也一样经过精密且快速的推算：

有把握，他才出手。

——只要缠住这厮一阵就好。

没想到，这次他计算失败。

他的确没让对手炸死。

但却仍然断了气。

第肆柒回 刀风风 刀刀刀 风如刀

这时候的他，一点也不老迈、一点也不猥琐，更一点也不萎靡、颓唐，舐过血后的他，反而好像年轻了，茁壮了，而且威风凛凛、顾盼自雄。

他像一位刚完成了他绝世杰作的大师，横刀立马地站在那儿，很志得意满的样子。

他突然断气。

他死了。

这人物,不死于爆炸,死于刀。

他成了刀下之魂。

他能够避过爆炸,是因为计算正确,他之所以殒于刀下,却是因为计算错误。

他算得一点也不错,既然是雷怖亲手引发的爆炸,炸力一定不会伤及他本人。

所以,他只要贴近雷怖便可保平安。

他对了。

他也算错了一步:雷怖既然是"江南霹雷堂"的八大高手之一,当然是擅长炸药的运使,不过,他跟雷艳一早已毅然离开"雷家堡",另创支流,成了"封刀挂剑"的雷氏一族中最早先"提刀拿剑"的宗主,是以,爆炸反而不是他的绝技。

刀法才是。

因而,何车冲近雷怖的结果,等于是将身体送上刀尖。

他错了。

所以他死。

这是一把风快的刀。

这一刀比风还快。

这一刀就捅进了他的腹腔里。

这一瞬间,何车眼泪、鼻涕、大小便一齐失禁。

他觉得他的内脏已给这一刀绞碎。

他现在才发现他错了。

他错得太厉害了。

——炸药,绝对不是雷怖的强项。

相比于他的刀法,他的爆炸只算是一条小蛇。

刀才是他豢养的龙。

但他知道已迟。

太迟了。

所以他付出了代价。

代价极为沉痛。

生命!

雷怖抽出了刀,用手指在刀锋上轻轻一弹,"嗡"的一阵响,然后他伸出了舌尖。

他的舌头很长。

他舐了舐刀口上的血。

好像很美味、很享受的样子。

这时候的他,一点也不老迈,一点也不猥琐,更一点也不萎靡、颓唐,舐过血后的他,反而好像年轻了,茁壮了,而且威风凛凛、顾盼自雄。

他像一位刚完成了绝世杰作的大师,横刀立马地站在那儿,志得意满的样子。

可是,在这酒楼里许多人都痛恨他。

特别是痛恨他的样子。

——鱼天凉、孟将旅固然恨之：因为他刚杀了他们的亲密战友何都头，可是，店里其他的伙计、客人，也都憎恨他，因为恨他刚才引爆的时候，一点也不顾全他们的安危。

　　孟将旅一向和和气气，但和气不代表他好欺负，也不等于他没火气。

　　何火星一死，他就红了眼。

　　"雷杀戮，你今天别想活出去了，不是你死，就是我亡，我们'名利圈'、'感情用事帮'、'用心良苦社'、老字号……谁都不会放过你这老崽子！"

　　雷怖道："四十一。"

　　孟将旅没听懂："四十一？"

　　"对，是四十一，刚死了一个，还有两桌子的活死人和地上趴着、枕着半死的人不算。"雷怖手上的刀发出七种森然八种寒芒来。"剩下四十个人，在这里，在楼上活着的人，大大小小，总之是七十四人——楼上的我不管，雷公电母负责楼上的活人，我负责杀楼下的，四十一个，一个也活不了。"

　　他说，说得理所当然，也不怕犯众怒众憎，更胸有成竹，势在必成。

　　——好像没拿这饭店里的人当人！

　　真正在"名利圈"楼下饭堂里做事的人，连双鱼兄弟、鱼姑娘、孟老板，还有三名伙计两名厨子，顶多只是九个人。

　　余者均是客人。

　　这些茶客、食客、住客、差役、小吏，以及看似只在现场卖皮肉色相的、但实有点武功底子的姑娘们，加起来，的确是三十二人——这数字正确。

看来，雷怖的确是用心算过了。

但他这一句话，等于是跟整个场里的人为敌。

这店子里当然也有不少能人，来自三山五岳的都有，有的本来还不愿插手，有的原来不想蹚这浑水，听雷怖这么一说，又见雷怖那么张狂，难免都激起了义愤：

——居然想以一个人来杀全部的人！

就算你有通天本领，若是一拥而上，双拳难敌一百四十八手，就看你怎么口出狂言，会有什么下场！

当下，人人都站了起来。

除了东隅那三个无精打采和那个全身动个不停的青年，仍然无动于衷之外，就是西南座的一老二少，依然茗茶，似在静观其变。

到了这时候依然巍然不动、漠不关心的人，未免太令人费解，孟将旅纵在愤慨中，也留意到这一点：

会不会是因为雷怖有强大的后援，所以才如此有恃无恐呢？

鱼姑娘也有意煽动大家合力剪除掉这号恶人："雷怖，你一句话就要啃尽今天在座那么多英雄豪杰，我怕给你吃到嘴里也咽不下，胀爆了肠肚也是活该！"

雷怖忽然望着鱼天凉。

他没做什么，只是望着她。

他的眼神也不是特别凌厉，也不知怎的，给他一望，鱼好秋只觉一阵悚然。

只听雷怖眼看着鱼姑娘，说了一句很奇怪的话："你不要死。"停一停，又说，"你最后才死。"然后才回答孟将旅的问题：

"我今天是冲着你们来的。"

一句话。

"我要杀光你们'名利圈'的人。"

又一句话。

"谁教你们'名利圈'的主事人:不管是老字号还是'用心良苦社''感情用事帮',都得罪了我们的后台——我接到命令,清除'名利圈'的叛逆,然后在此地建立'大雷门'的势力,把势力接管过来。"

这是一句长话,大约解释了雷怖的用意。

孟将旅不禁问:"谁是你们的后台?"

雷怖笑了。

鱼姑娘正觉得他笑得像一只横行的蟹,却给人一脚踩碎了壳似的,相当恐怖,突然,雷怖便出了刀。

刀快如风。

刀风快利。

他一刀砍了过去。

他不是砍鱼姑娘。

也不是斩孟将旅。

而是劈向鱼头和鱼尾。

——不止一刀两断,还一刀杀两个:两个小孩!

他像专盯着他们下手:

以他这么一个堂堂武林中享有盛名的人物,居然刀刀都攻向鱼氏兄弟,刀刀都向小孩子下手!

他这一刀,更犯众憎!

怒叱声中,至少有十六人向他扑来,有七人向他出了手,有五人要替鱼尾跟鱼头接那一刀。

就在刹那间,刀势却变了。

一刀变两刀。

两刀变四刀。

四刀变八刀。

八刀变——不是十六刀,而是四刀,然后是三刀、两刀、一刀——然后突然收刀!

刀刀如风。

风之刀。

血光暴现。

惨呼、哀号声中,着了刀的有八人,倒下的有五人,不倒的也血涌如泉,伤重难支,倒下的眼见就不活了。

他的刀原来是假意攻鱼氏二小,引蛇出洞,刀势陡变,一路急砍猛杀,一气便杀伤了八个仗义出手的人!

第肆捌回 茶杯杯 茶茶杯 有茶

他杀了人之后,就走过去,用左手拿起茶壶,倒了杯茶,拿起茶杯,杯子里有茶,他喝了口茶,好像在品尝茶味,享受每一点茶水滋润之乐,他像是一个清逸的品茶老人,一点也不像是刚杀过了人,右手还拿着柄沾血的刀,地上还趴着给他杀了或还没杀死浴血悲号中的人。

然后他回刀。

一时无人敢近前，只见负伤者呻吟挣扎，哀号打滚，死者倒在血泊中，肠肚满地。

然而他们多与雷怖并不相识。

雷怖横刀，沉思，外面轰隆一声，打了一道闷雷，雷声恐怖。

看来，在这将暮未暮的时分，京城难免会下一场今日已是第三场的雨，而且看来雨还会下得很大，而在这三不管地带"名利圈"里，只怕也难免有一场大杀戮。

雷怖杀了几个人，心情似乎才稳定一些，刚才他精神矍铄，而今才宁定平复了些，甚至还有了些许的倦意。

然后他走了几步，回到他原来的桌子上，倒了一杯茶。

他的手枯干，指节凸露，如晒干的鹰爪。

手腕很瘦，但很稳。

也很定。

他端起杯子，闭上了眼，往杯里深吸了一口气。他像嗅茶香。

且很享受。

他杀了人之后，就走过去，用左手拿起茶壶，倒了杯茶，拿起茶杯，杯子里有茶，他喝了口茶，好像在品尝茶味，享受每一点茶水滋润之乐，他像是一个清逸的品茶老人，一点也不像是刚杀过了人，右手还拿着柄沾血的刀，地上还趴着给他杀了或还没杀死浴血悲号中的人。

这些人都是有父有母有妻有儿有女有兄弟姊妹的。

雷怖却在喝茶。

他现在一点也不像是来杀人的。

而是专诚来品茶的。

——可是他刚杀过人，而且还扬言要杀下去，杀光为止。

喝完了一杯茶之后，他横了西南座的那两个美少年和一个猥琐老人一眼。

那三人也在喝茶。

好像这儿发生的事，跟他们毫不相干似的。

他们也只是来喝茶。

那羞怯的少年低首喝茶。

喝得很愉快，而且还有点怯生生的，仿佛每呷一口茶，都是跟茶店这位姑娘打了一个招呼似的。

他居然把茶喝得带点羞涩。

他大概把茶当作他的恋人了，就像拿着杯子的手，也那么轻柔不甚着力。

另一个美青年也在喝茶。

他喝茶时带着微笑，就像佛祖在拈花微笑一样。

他随随便便地坐在那儿，却隐然有一种平视王侯的气概。

或许，他本身就是王侯。

他美且俊，但不羞赧，他大方。

替他们斟茶的反而是那位老人。

那老者替两个青少年在倒茶，态度恭谨。

他自己也在喝茶。

每喝一口，喉头就咔啦一声，好像倒灌了一口浓痰，看他的神情，就像刚刚喝下去的是一大啖仇人的血。

他们手里都有茶杯。

杯里有茶。

他们在喝茶。

——他们三人好像都浑不知这儿刚发生了以及正发生杀人、打斗的事。

还是他们早已见惯为平常？

他们好像也发现了雷怖在注意他们。

他们举杯示意，好像在敬酒一样。

又像在祝贺：

祝福他长命百岁，贺他东成西就一般寻常。

可是：杀人可是平常事么？

——把杀人当作是寻常的人，一定不是正常人。

孟将旅也是这样想：

那一老二少，到底跟"杀戮王"是不是同一路的？

——一个雷怖，已经够恐怖了。

可是情形却不大像。

因为雷怖对他们的举杯"示好"，只冷哼了一声，耸肩说了一句。

"讨好没用，到底还得死。"

鱼天凉却觉得没道理让大家一起死："雷老鬼，就算你要霸占'名利圈'的地盘，也用不着杀光这儿的人——这些人是无辜的！"

她刚才想煽动大家围攻雷怖，可是现在她发现没有用。

人多只是牺牲大！

她现在倒希望他能网开一面，让这些人能够逃生。

——活下去，才能把这儿发生的事传出去。传出去，不管让"感情用事帮""用心良苦社"还是"老字号"的人得到警醒，还是让"金风细雨楼"、四大名捕六扇门的人赶来相助，为他们报仇，总好过死得无声无息、不知不觉！

何况，她也想拖延时间，等来援的人及时赶到！

"无辜的人也要死！"雷怖喝完了茶，斩钉截铁地说，语音像一个判官，"在这里的人，除了雷家的日、月二将及姓文的同道外，谁都得死。谁敢来救，一样得死！"

"为什么？！"一个本来高大威猛而今却因惊慌而失措的汉子站出来，不忿地喝问，"我们无冤无仇，为啥要杀我？！"

"那是因为立威。"雷怖呵呵地干笑了两声，"不杀你们，无法树我要在这里办'大雷堂'之威——现在姓雷的人那么多，雷家子弟全进京来捞一把，讨食充字号的也有不少。只有把你们杀个精光，既挫一挫你们打击我后台的威风，也好吓一吓'风雨楼''发梦二党'的家伙——我下一个就铲平'象鼻塔'，且瞧着办吧！我这家才是正版，才是玩真格的！"

孟将旅听到"雷公雷母"，还有"富贵杀人王"的名字，心中明白了五六，冷笑道："原来你们跟'六分半堂'是一路的！没想到威名赫赫的'杀戮王'，居然当了一个娘儿一个废人的跟前走狗！"

雷怖怪眼一翻，问："你是指雷纯和狄飞惊？——我堂堂'杀戮王'岂是他们用得起的大丈夫，他们跟我同伙是不错，但要用我这等人物还差着八千五百里了呢！"

孟将旅一面是有意拖延，他在"名利圈"情势告急之时，已着身边一名得力的"小伙计"李忠顺去报官，而鱼姑娘也令一位

亲近的"姊妹"陈恕芳去走报"象鼻塔"的好汉。援兵必定会到，只争迟早。

孟将旅一面也真的在思忖：

"杀戮王"杀戮那么大，支持他入京做这一番惊天动地行动的人，既不太像蔡京一脉一向比较阴沉、诈谋的行事作风，也不似"有桥集团"，王侯内戚的傲岸手段，更不是名门正派的行事方式，莫不是又有新的恶势力，要趁机吞并席卷京师武林江山？

——刚才雷怖摆明了要打击的是"老字号""用心良苦社"和"感情用事帮"的人，莫不是他们的后台是跟这些组织、社团有仇的人？！

——这么一来，答案就呼之欲出了！

"你是'叫天王'请来的？！"孟将戟指道："你们是梁师成的走狗？！"

梁师成本来在朝廷要风得风、要雨得雨、翻手云覆手雨，在皇帝面前极为当红，也极之得宠，后因蔡元长、童贯等得势，渐获大权，梁师成反而得躲入深宫投闲置散当太傅去了。他心机深沉，志气不小，自是不甘，早跟米苍穹、方应看等联结一气，而今，眼见蔡京又快复出，京里龙蟠虎踞，黑白相争，各争地盘，他也要来插一把子手，邀得"一线王"查叫天为他招兵买马，用激烈重手法立定山头、创出名堂再说。

——雷怖便显然是他"请出来"的重将！

而且也是杀将！

——不大开大阖、大砍大杀，便无法在这乱世、乱局里立威，短时间内搞出个头面来！

"叫天王"跟"用心良苦社"的人本有仇怨。"名利圈"又正好介乎黑白绿林之间的一个堡垒，是以"杀戮王"正好找他们"祭刀"！

雷怖的目的，显然要一进京就立功，先做成件大事，那就得大开杀戒，夺取"名利圈"这个重镇，有了本钱再与不同势力对峙。

——"六分半堂"只是他们的"友邦"，"叫天王"是他们的后台，梁师成一伙宦官，才是他们的头领、首脑。

如果让"杀戮王"这一伙人一上来就立住阵脚，声名定噪，从者必众，那时，京师的腥风血雨，只怕更无日无之，无法无天，无以为甚了！

第肆玖回 执行大行动

他的炸药手段,虽然厉害,但还是可以见轨迹,有动静,窥门路。

但他的刀法却完全没有套路。

无从捉摸。

——无迹可寻,神鬼不测,但却能惊天地而泣鬼神。

这是一种"恐怖的刀法"。

"走狗？"雷怖怒笑，长空又霹雳一声惊起了一道雷，看来，雨快要下了："苍生眼里，谁不是走狗？谁都一样！你也不是老字号、'用心良苦社'的走狗！大家都是江湖上的黑刀子，不必充清高扮闺秀了！"

"不一样！"鱼姑娘怒斥，"我们是规规矩矩地来这儿做生意、赚钱养活自己和大伙儿的！我们循规蹈矩，安安分分，来繁荣这里，兴旺大家，只有在遇上强权、豪夺、不合理的情形下，我们才用实力保护自己——你们却是来搞砸的，为谋私利、不劳而获，才用武力杀戮、逼人就范的家伙！——我们是不一样的，完全不一样的！"

"武林，本来就是你杀我、我杀你这一码子的事！"雷怖狞笑道，"你别臭美了！这世间没有侠义，只有势利，谁强便谁对，谁武功高便是谁的天下——我今天便是来执行大行动的第一步！"

忽听有人嗤笑一声。

雷怖厉目如电，笑的人原来是那贵介公子美少年。

另一个清秀害羞的少年却怯生生地问："公子觉得好笑？"

公子仍掩着薄而弧形美好的唇，窃笑："世上哪有行动是光用说的，不用干的？"

雷怖震怒。

他一气，刀便炸起了寒芒。

寒芒甚厉。

孟将旅等人也甚怒。

怒甚。

——这一老二少，居然唯恐天下不乱，生怕雷怖不动手杀人似的！

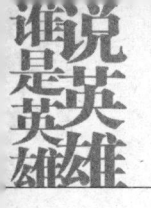

可恼也！

——他们到底是什么人？！

果然雷怖问："你们是什么人？"

害羞少年低下了头，更羞怯。

美公子笑了："我们是来看你杀人的人。"

雷怖道："你很漂亮。"

公子道："谢谢。"

雷怖道："但我却不喜欢好看的人。"

公子道："我看得出来。"

雷怖道："我尤其不喜欢好看的男人——女人又不同。"

他指着鱼姑娘，龇着黄牙，说："像她就很美，我想操够她，玩够她才给她死。"

公子道："你很坦白。"

雷怖道："你便不同。"

公子道："怎么不同？"

"我刚才没把你这桌的三个死崽子和那桌的四个活死人算在内，不是不杀，而是要你们看完我杀光这里的人后，才各剁掉你们一手一足，再放你们出去宣扬我的威风，让大家怕我。可是你太漂亮，我不喜欢你，所以你也死定了。"

雷怖道："我会让你死得很惨，很难看。"

公子道："我相信。"

另一个老人忽然问："我呢？"

雷怖道："你很丑。"

老人道："你更丑。"

雷怖道:"但我喜欢丑人——丑人比较漂亮。"

老人道:"那你一定很喜欢自己了。"

雷怖道:"我当然喜欢自己,我是独一无二的天生杀人狂!"

他这样说的时候,十分自豪,好像那是个响当当的名号,不得了的赞誉似的。

"你真了不起,"那美公子说,"可惜……"就忽地没说下去了。

雷怖不禁问道:"可惜什么?"

"现在我不跟你说,"公子温婉地道,"待你真的能杀光了人之后,才跟你讲。"

他居然敢跟雷怖这样说。

雷怖却是个天生的杀人狂魔!

雷怖也笑了。

他笑得当真是十分狰狞,非常难看,望之令人畏怖。

"我知道你们还不相信我说得出、做得到!"雷怖的脸肌像一大束会活动的枯藤,他的人像株老树,说话的声音却像一树的昏鸦:

"我杀光他们,再找你算账——那时候,你留下一口气告诉我:到底'可惜'什么,好吧?"

"好,"公子愉快地笑着,但眉心突然闪过一抹赤红,"很好。"

那怕羞少年也附和地笑着:"非常好。"

老人眯着眼,脸容像豺狼笑意似狐地道:"简直是太好了!"

他们都十分服从美公子的意思。

突然间,雷怖出刀。

他原来在桌子这边，离已关起的大门大约有十三尺之遥，可是，他一出刀，刀光就已到了门口！

有一人正欲蹑步走到门口，要溜出去，但刀光过处，也身首异处。

他又杀一人，还打铁敲钉般地笑道："想溜？死得更快！"

然后他说："三十二个。"

他话还未说完，两人已一个狂叫，一个怒吼，分别各往东、西两个方位飞蹿而出。

那儿有窗口。

窗外已黑。

雨淋沥。

——好一场黄昏雨。

刀光一闪，再闪。

雷怖依然在原处不动。

但分两头逃亡的两人，一个突然顿住，一道血线，由肩至胁蓦然喷出，人也斜断为两截，倒下。

另一人竟仍能一气掠出窗外。

不，窜出窗外的只是他上半身。

上半身而已。

——他的下半身仍留在屋子里。

他已给雷怖一刀两断。

一斩两截。

——两人皆如是。

雷怖却依然站在那儿。

手上有刀，刀口有血，血是新的，还在流动。

他身畔有茶，血滴在杯里，茶更红。

他的人在这里。

刀也在这里。

死人却在远处。

——一个也逃不掉。

他的炸药手段，虽然厉害，但还是可以见轨迹，有动静，窥门路。

但他的刀法却完全没有套路。

无从捉摸。

——无迹可寻，神鬼不测，但却能惊天地而泣鬼神。

这是一种"恐怖的刀法"。

他脱离"江南霹雷堂"，便是以这种"怖然之刀"，创立"大雷门"。

"三十个。"

他说："只剩下三十个。"

怒叱。

纷纷出手。

这一次，众人中有二十三人一齐出手。

他们已没有了退路。

他们要一齐把雷怖攻杀。

——既然没有活路，那只有拼命了。

这一次的反击大行动，包括了孟将旅和鱼天凉！

这时分，却听一个人叹了一声。

美公子闻声寻人，只见是一个相貌十分平凡、一脸病容的人，发出了一声似断欲绕的轻叹。

——这人的眼睛却很有感情。

虽然没有神采，但却很深邃，好像那儿曾有一个旖旎的梦，不过已然褪色。

过去的梦都是会褪色的，是吗？

这叹息者的身旁还坐着两个人：

一个高大，一个文秀。

两人都垂头丧气，活像行尸走肉。

他们同座有一个英俊、活泼、开朗得像早晨刚飞起来就叼获一条大肥虫的青年，这青年又搔首，又揉眼睛，又剔牙龈，还喃喃自语什么："掉下来了……"但就是一点也不去留意身边发生的事。

他们三人，都没有参加攻杀队伍。

图书在版编目（CIP）数据

天下有敌.2/温瑞安著.--北京：作家出版社，2022.5
（说英雄·谁是英雄）
ISBN 978-7-5212-1899-2

Ⅰ.①天… Ⅱ.①温… Ⅲ.①侠义小说-中国-当代 Ⅳ.①I247.5

中国版本图书馆CIP数据核字（2022）第069979号

说英雄·谁是英雄：天下有敌（第二卷）

作　　者：	温瑞安
责任编辑：	李宏伟　秦　悦
装帧设计：	合利工作室
出版发行：	作家出版社有限公司
社　　址：	北京农展馆南里10号　　邮　　编：100125
电话传真：	86-10-65067186（发行中心及邮购部）
	86-10-65004079（总编室）
E-mail：	zuojia@zuojia.net.cn
http:	//www.zuojiachubanshe.com
印　　刷：	三河市紫恒印装有限公司
成品尺寸：	142×210
字　　数：	261千
印　　张：	11.375
版　　次：	2022年5月第1版
印　　次：	2022年5月第1次印刷
ISBN	978-7-5212-1899-2
定　　价：	52.00元

作家版图书，版权所有，侵权必究。

作家版图书，印装错误可随时退换。